JN223631

境界を持たない愛

ヘンリー・ジェイムズ作品における同性愛をめぐって

斎藤彩世

松籟社

Love without Boundaries

Homosexuality and Homoeroticism in Henry James's Works

Sayo Saito

目次

ヘンリー・ジェイムズによる作品の使用テクストと略号

ヘンリー・ジェイムズの作品のうちニューヨーク版に収められたものは *The Novels and Tales of Henry James*, A. M. Kelly, 1971-76. 26 vols. より引用し、略号として *NTHJ* を用い、巻数とページ数を記した。それ以外の作品の使用テクストは以下のとおりである。

The Bostonians. Oxford UP, 2009.
The Other House. New York Review of Books, 1999.
"The Romance of Certain Old Clothes" *Henry James: Stories of the Supernatural*, edited by Leon Edel, Barrie and Jenkins, 1971, pp. 3-25.
Washington Square. Oxford UP, 2010.

また、エッセイや手紙、自伝、ノートブックなどは以下のテクストを使用し、それぞれ次の略号を用いた。ただし、*Hawthorne* については、Cambridge UP, 2011 を使用した上で、出典には略号を用いずタイトルを記載した。自伝についても同様に F. W. Dupee の編集した *Autobiography*. Princeton UP, 1956 を使用し、タイトルをそのまま記した。

AN — *The Art of the Novel: Critical Prefaces*, edited by Richard P. Blackmur, Scribner's, 1962.
HJL — *Henry James Letters*, edited by Leon Edel, Harvard UP, 1974-1984. 4 vols.
LC — *Literary Criticism: French Writers, Other European Writers, the Prefaces to the New York Edition*, edited by Leon Edel, The Library of America, 1984.
NHJ — *The Notebooks of Henry James*, edited by F. O. Matthiessen and Kenneth B. Murdock, George Braziller, 1955.

境界を持たない愛

――ヘンリー・ジェイムズ作品における同性愛をめぐって

序章

ヘンリー・ジェイムズ（Henry James, 1843-1916）は多義的な解釈ができる曖昧な文体を用いて、簡潔には言い表しようのない人間関係を、複雑なままに描いた作家である。その不明瞭さを通して、ジェイムズは生涯に渡り、ジェンダーや性的アイデンティティについて同時代に広く認識されていた考え方を問い直した。その中でも特に同性愛に関心を持っていたことは、すでに先行研究によって明らかにされている。一九八〇年代以降、イヴ・コゾフスキー・セジウィックやウェンディ・グレアム、エリック・サヴォイ、テリー・キャッスル、マイケル・ムーンらがジェイムズ作品の同性愛をめぐる優れた批評を発表した。彼らの活躍によりジェイムズ作品を読み解く上で同性愛という主題が重要であることが広く理解されることとなったが、特にセジウィックの「密林の獣」論はジェイムズ研究者以外にも大きな影響をもたらしたと言えるだろう。その論の中でセジウィックは「密林の獣」がホモセクシュアル・パニックを主題とした作品であると解釈し、十九世紀末の男性が抱える不安をジェイムズが理解していたことを明らかにした。これによって議論が活発化し、ジェイムズ作品の構造や語りが同性愛の意識や、規範と逸脱との関係を映し出していると論じるものが次々と発表されることになったのである。このようにジェイムズ作品における同性愛の主題そのものは、数十年に渡って議論されてきた。二〇〇〇年以降に出版されたエリック・ハラルソンや松下千雅子による批評書も、同性愛を主題とする作品をジェイムズ以外にも広く取り上げ、語りの力学から同性愛をめぐる言説を考察したものだ。

こうした批評の恩恵を受けつつ本書でさらに掘り下げて考察したいのは、ジェイムズの描く同性愛が異性愛との対立にとどまらない点である。ジェイムズ作品における同性愛表象の多様性は、これまでに多くの批評家によって明らかにされてきた。しかし、異性愛中心主義やそれを支えるジェンダーの認識に縛られることによって、逆説的に同性愛に惹かれるようになるさまや、同性同士の規範的な関係によって同性愛が阻まれるさまなどについては、さらに考察の余地があるように思われる。また、ジェイムズ作品における愛はとりわけ、様々な形の愛が相互に重なり合いつつ内包され、いわば境界を持たないものとして描かれている。そのため、異性愛が同性愛を語る手段になり得ることもあれば、子供や家族への愛と性愛がゆるやかにつながることもある。同性愛が「発見」された時代の小説として、異性愛との対立が基軸となっていることは間違いないが、その前提に立ちつつも、ジェイムズ作品に見られる同性愛の多様性についてさらに新たな面を明らかにしたい。

そして同性愛と異性愛との複雑な影響関係を明らかにする際には、登場人物の性格や心理を考察し、それによって作品が何を語ろうとしているのかについて考えていくことにする。これらの要素は、今日の文学研究においては、もはやナイーブであるとみなされるようになったが、やはり小説を小説たらしめる重要なもののように思われるのだ。これまでにジェイムズ作品の同性愛については少しずつ明らかにされてきたが、どの人物が同性愛者であるかを次々に指摘したり、構造面を分析したりすることが中心であったため、各人物の心理や、彼らの葛藤が形作る小説の主題については明らかにされてこなかった。それぞれの研究書の主眼は、登場人物がどのような状況に置かれ、何を考え、それらが描かれることによってどのような主題が表現されているかを明らかにすることではなく、同性愛をめぐる言説や歴史について明らかにすることにあるように思われる。そこで本書では先人たちが光を当ててくれた同性愛についての議論を前提としながら、それを通して主題を考察するという観点でそれぞれの作品に向き合っていく。

ジェイムズは、その鋭い洞察力や緻密な文体を十分に生かし、同性愛者の抱える心理を丁寧に描いた。先行研究のうち、ジョン・R・ブラッドリーが編纂した論集や本合陽の『絨毯の下絵——十九世紀アメリカ小説のホモエロティックな欲望』、町田みどりの「男性性とセクシュアリティの教育——ヘンリー・ジェイムズ「巨匠の教え」」は本書と同じ観点を持つように思われるもので、それぞれの物語が何を描いているのかを登場人物の心理から明らかにしている。この流れに沿って、同性愛者の心理に対してジェイムズが寄せた関心の在りようを追っていきたい。ある作品には自らのセクシュアリティを自覚していない同性愛者が、愛する人と別れることになるとき、理由もわからないまま悲しみに暮れるさまが描かれている。また、「なぜ異性を愛せないのか」という罪悪感や、同性愛者としてふるまうことへの抵抗など、異性愛中心主義の価値観を取り込み、自分を罰してしまう気持ちも逃さず描き込まれた。さらに、結婚が道徳や経済を支える柱となる中で、中産階級の女性が追い詰められ、その責任を上流階級の同性愛者が感じさせられてしまうことについても捉えられているのだ。何万字も尽くしてしか言い表すことのできない同性愛者の複雑な心理こそ、まさにジェイムズが書きたかったものであるように思われる。

このような同性愛に関するジェイムズの問題意識が、創作の段階ごとに変化していることも示していきたい。先行研究の中で、同性愛が描かれた作品として取り上げられることが多いのは『ロデリック・ハドソン』『ボストンの人々』「密林の獣」「絨毯の下絵」「『ベルトラフィオ』の作者」などである。中には例外もあり、たとえばサヴォイは「にぎやかな街角」を取り上げ、この幽霊物語では従来ジェイムズ作品の特徴とされてきた国際テーマと、同性愛のテーマとが交差しているという見解を示した（Savoy, "The Queer Subject" 2-3）。このように、ジェイムズ作品における同性愛の考察はまだ発展途上であり、さらに同性愛の観点で読まれるべき作品が数多く残されている。また、これまでの研究では特定の一作品について同性愛がどのように描かれているかは論じられてきたが、創作の初めから終わりまでを対象としてジェイムズの同性愛に関する問題意識を探ったものはない。アンソロジーならばずいぶん多くの作品を検討できるが、それでも共著になればそれぞれに関心や分析方法も異なっていくので、やはり全貌をつかむのが難しくなってしまう。そこで、本書ではこれまで論じられることのなかった作品も含め、ジェイムズの代表作としてよく知られる作品を取り上げ、ジェイムズが生涯に渡って同性愛に関心を寄せ続けたことを明らかにする。特に同性愛に対する洞察が深まるのは、『ねじの回転』に代表される一八九〇年代の作品群だ。この時期を一つの頂点として、そこにいたるまでに同性愛への問題意識がいかに深められたのか、その後はどのように収斂していったのかをたどっていくことにする。

各章の概要へ移る前に、前提知識として一八九〇年代の作品群が生まれるきっかけとなった実社会の動きも確認しておきたい。この時期はオスカー・ワイルド裁判を契機として、同性愛が「発見」され、可視化された時期だが、そのことがジェイムズ作品にも大きく影響していると思われるのだ。同性愛が可視化されるまでの過程はおおよそ次のとおりである。イギリスでは一八八五年に刑法改正法令第十一条項（ラブシェール修正条項）が承認され、男性同士で行われる性的な行為が犯罪とされるようになった。この法令が通ったことは、イギリスにおける同性愛の歴史において、一つの転機と言えるだろう。というのも、罪という扱いではあったし、把握も十分ではなかったが、初めて同性愛がほかの「性的逸脱」と区別され、同性愛とはどのようなものであるかという考えが書き表されたからだ（角田 一七）。その四年後の一八八九年から翌年にかけてはクリーブランド・ストリート・スキャンダルという事件も起きている。クリーブランド通りにはチャールズ・ハモンドという人物が経営する男娼窟があった。そこに皇太子の息子アルバート・ヴィクター王子や、そのほか高名な貴族数人が訪れ、テレグラフ・ボーイズと呼ばれる電報配達の少年たちと関係を持った疑いがかけられたのだ（オールドリッチ 一七二）。ハモンドの売春宿を捜査した警察は、そこにいた少年たちを逮捕した。貴族の顧客は逮捕されず、経営者のハモンドは国外へ逃亡したものの、やはり人々から非難され、社会的制裁を受けている。この事件も人々の目を引くことになった。このように少しずつ同性愛への関心が高まる中、最も人々の意識を変えたのが一八九五年のワイルド裁判である。もともとワイルドの恋人であったアルフレッド・ダグラスの父クイーンズベリ侯爵が、ワイルドを「ソドマイト」と呼んだことから始まった裁判だった。父と仲の悪いダグラスにそそのかされて、ワイルドがクイーンズベリ侯爵を名誉棄損で訴えたのだ。しかし、ワイルドはこれに敗訴してしまい、すぐに同性愛の嫌疑で逮捕され、裁判にかけられることになる。とうとうこの裁判にも負け、ワイルドは重労働を伴う二年の懲役刑を言い渡された。

この裁判が人々に広く知られるようになったのは報道によるところが大きい。ワイルド裁判当時のイギリスには、ほんの三年前に同性愛を指す語としてドイツから「ホモセクシュアリティ」という言葉が入ってきたばかりだった。(1) この言葉が徐々に医学界や新聞で使われるようになり、一般に広まっていったが、その結果、同性愛がさまざまな場で取り上げられ、擁護運動と批判とが同時に巻き起こることになる(オールドリッチ 一六七)。医学や精神医学では同性愛を言い表すのに様々な用語を検討し、同性愛を分類しようと議論を重ねた。たとえば「倒錯」「ウラニズム」「第三の性」などが挙げられる。これらの医学的な議論に加えて、より一般大衆に同性愛を知らしめたのは、同性愛にまつわる裁判を「スキャンダル」として売り物にしたマスメディアであったという(オールドリッチ 一七二)。ワイルド裁判の様子は連日報道され、大衆たちは仔細に伝えられるワイルドの容疑や発言を熱心に追った。これによって同性愛が可視化されることになったのだ。そもそも裁判の前からワイルドは自らの女性性をファッションや言動として目に見える形で公に披露していた。そして、当時女っぽい男は同性愛者であるとみなされ、同性愛は忌避されていたにもかかわらず、ワイルドは大変な人気を博していた。この矛盾は、人々がワイルドのことをただ「同性愛者を演じているだけ」だと思っていたためらしい(オールドリッチ 一七二)。しかし、裁判の報道を通して人々は初めて同性愛とは何かを知るようになり、社会における自らの立場を考え始めたのだ。

この裁判が引き起こしたのは二つの相反する動きだった。一つは同性愛者を見分ける印(緑のカーネーションなど)が登場するなど、同性愛が認知される動きである(オールドリッチ 一七二)。それとは反対に、大衆紙の読者たちは裁判の様子を知るにつけ「自分たちは正常だ」という気持ちを強くしたという(オールドリッチ 一七二)。これは規範的な価値観を強め、同性愛者を逸脱したものとみなすことにもつながった。また、同性愛者たちは覚悟を問われることになり、思い切って運動に加わり権利を主張するか、自らのセクシュアリティを隠して生きるかを選ばなくてはいけないような気にさせられたという(オールドリッチ 一七二)。

このようにワイルド裁判は同性愛について人々に考えさせるきっかけとなったが、これに加えて同性愛の権利を主張する者たちの巧妙な戦略も人々の内省を促したと言えるだろう。裁判が起きた十九世紀後半には、同性愛を語ろうとする動きが見られ始め、その際に古代ギリシャの少年愛が引き合いに出されるようになった。それはこの時代に古代ギリシャの研究が進んだ成果でもあるので(角田 一八)、イギリスにおける学問の水準の高さを示すものが同時に、性的逸脱とされた同性愛を正しいと認めるものにもなることを示したことになる。実は古代ギリシャにおける年長の男性と年少の男性の間にあった教育システムとしての同性愛は、この時代に可視化され始めた同性愛とは性質が異なっていた。しかし、ジョン・アディントン・シモンズら同性愛を擁護する運動を行っていた人々は、同性愛に明確な、そして差別的でない名前を与えようと懸命に活動する中で、ギリシャ的愛の力を借りることで新たな道を切り開いたのだ(角田 一八)。ワイルドも裁判でダグラスの詩に出てくる「あえてその名を言わぬ愛」について問いただされ、それが「同性愛」であり、「自然に反する」愛ではないかと追及された際に、やはり同様の手法を用いている。古代ギリシャの愛や、ダビデとヨナタンなど聖書に出てくる男性間の愛、ミケランジェロやシェイクスピアのソネットに出てくる男性間の愛などを引き合いに出し、同性愛が「自然」なものであると主張したのだ（Cohen 200）。イギリスの権威を証明するために用いられてきた聖書、古代ギリシャの文化、イギリス文学やイタリア・ルネサンスの芸術などが、そのまま同性愛を認めるために使われる（Cohen 201）、そのような議論を日々報道で知った人々は、同性愛について深く考え直すこととなったのだ。

ジェイムズはこうした同性愛をめぐる急激な認識の変化にさらされたとき、あるいはその前後の時期に、愛についてどのような問題意識を持ち、小説に書き表したのだろうか。この問いについて以下のとおり考察していくことにする。まず第一章では「古衣装のロマンス」という最初期の幽霊物語に着目し、姉妹の間に見られる同性愛について論じる。姉妹という関係や、結婚という伝統的な要素によって見えにくくなっているが、本作には同性に対する愛や憧れが確かに描かれているのだ。その想いは、一方通行であるがゆえに強い疎外感となり、幽霊の姿を借りて表に現れてくる。このことは同じ主題をより強く打ち出した「友だちの友だち」と比較することで、さらによく見えてくるだろう。この疎外感とその裏面とも言える執着については、第二章で分析する『ワシントン・スクエア』でさらに追究されることになる。この作品も一見すると父と娘、女性と婚約者など男女の力学を描いたもののように思われるかもしれない。しかし、ひとたび視点を変えて作品を眺めたならば、娘をさしおいて父親と娘の婚約者との間に強い執着が芽生えていることが明らかとなるだろう。男性性を重視する文化においてひどく男性性を欠いている父親は、失われた力を取り戻そうとして婚約者を締め出してしまう。その頑なな姿勢には、彼が快楽の対象として婚約者を見ている可能性が暗示されているのだ。婚約者のほうでも疎外されることによって、父親と一体化したいという願望が募っていく。こうした結婚制度にまつわる男性同士の同性愛的欲望について明らかにしていきたい。第三章では『ある婦人の肖像』を同性愛の観点から読み直す。本作はそれまでに書かれた長編・短編小説のあらゆる要素が混ざり合い、一つの頂点を成すものである。したがって、この初期の傑作において同性愛の主題がどのように描かれているかを考察することは重要であるように思われる。「古衣装のロマンス」や『ワシントン・スクエア』と同じく、『ある婦人の肖像』も、結婚の物語という体裁を取ってはいる。しかし「父」との関わりで生まれる同性愛的欲望が、典型的な結婚物語のプロットを随所で崩しているのである。たとえば、ラルフ・タチェットはイザベル・アーチャーよりも父との一体化を望むが、それによって、イザベルとの異性愛の成就が阻まれている。また、イザベルはギルバート・オズモンドの父性に惹かれるのだが、それを心得ているオズモンドはイザベルに求愛する際、娘パンジーを介して愛をささやくため、イザベルの中にパンジーへの同性愛的欲望が芽生えていく。そして、オズモンドは、パンジーとイザベルの性的魅力をいつ、どのように引き出すか計算し、それらを操ることによって父権的な力を手に入れようとするのだが、この策略を通してますます女性的な立場に置かれることになる。ついにはオズモンドが女性の視点から強い「父」を欲望するようになるさまが描かれるのだ。

初期の作品群では、ジェイムズの関心は異性愛に潜む同性愛的欲望にあったが、その後同性愛が社会の中でいかに生まれ、挫かれていくかという問題へと関心が移行していく。たとえば第四章で論じる『ボストンの人々』では、規範的な女性同士の関係が同性愛の絆を打ち砕くさまが丁寧に描かれている。この作品に登場する二人の女性オリーヴ・チャンセラーとヴェリーナ・タラントの関係は、今日で言うところの同性愛であろう。しかし、家庭教師と教え子、母親と娘、レディとコンパニオンなど、当時許容されていた女性同士の関係へと振り分けられていく中で、二人の愛は自分たちにも周囲にも認識されなくなっていくのだ。こうして振り分けられることは不都合ではあるものの、その一方で、周囲の人々は二人の関係が規範的な型に収まらないことがわかると、二人を別れさせようと介入してくるため、オリーヴとヴェリーナはやはり悩まされてしまう。このように『ボストンの人々』には、同性同士の規範的な関係によって同性愛が打ち砕かれる過程が順を追って描かれているのだ。続く第五章では同じ時期に書かれた、もう一つの代表作『カサマシマ公爵夫人』を取り上げる。この作品の主人公ハイアシンス・ロビンソンは、自分を母親の分身とみなし、父を欲望の対象としている節がある。彼の母親は労働者階級（娼婦）に属し、おそらく父親であろうと思われている人は上流階級であるため、彼らの関係は悲劇に終わってしまう。お腹にハイアシンスを抱えた母親が、お腹の子の父親であるはずの紳士を刺し殺してしまうのだ。この事件がハイアシンスの心に深く影を落とすことになる。ハイアシンスは母親の運命を自分もたどるのだと信じ込み、母親の立場から父親に似た人々を求める様子を見せ始める。

その後、ラブシェール修正条項承認やワイルド裁判を契機とした、一八九〇年代の同性愛をめぐる社会の認識の変化に応じて、ジェイムズの同性愛に関する問題意識も深まっていく。この時期の作品として第六章では『ポイントンの蒐集品』を考察する。支配―被支配の関係にあるため見えにくくなっているが、フリーダ・ヴェッチとゲレス夫人の愛は確かに存在している。しかし、二人は結婚という制度を当然視しているため、自らのセクシュアリティを認識できず、理由のわからない苦しみを抱えている。このような意識と無意識のずれが、本作では言葉と身体的接触それぞれから発せられるメッセージの差異によって示されていることを論じていく。続いて第七章で取り上げる『あちらの家』では、ジェイムズ作品で初めて同性愛を自覚する女性ローズが登場する。一見推理小説に思われるこの物語には結婚しないでいることへの恐れと、愛する女性のことだけを想って生きたい気持ちとの間で揺れるローズの姿が描かれているのだ。彼女が抱くやり場のない苦しみは子殺しという形で現れるが、罪を犯すのは彼女一人ではない。ほかの登場人物たちも、密かに逸脱した異性愛を抱えているために、ローズの罪を隠すことに加担していく。このように異性愛と同性愛がローズの策略の中で溶け合うさまを明らかにしていきたい。その『あちらの家』から一年後に、第八章で論じる『ねじの回転』が発表されることになる。本作では、同性愛者が別の社会的弱者を苦しめていると感じさせられてしまう状況が描かれている。ここでジェイムズが着目したのは上流階級の同性愛者であった。彼らはセクシュアリティの点で大多数の価値観に追い詰められる経験を持つため、貧困者や女性など社会的弱者に共感する視点を持つことができる。その反面、階級の力によって、知らぬ間に貧しい女性を苦しめてしまっている状況を意識させられてしまうのだ。このように、自らの意思とは関係なく、自分は加害者なのではないかという罪悪感を持たされることについて描いた作品として『ねじの回転』を読み解いていきたい。

同性愛に対する問題意識が最も深まった時期に、現実の残酷さを見つめたジェイムズは、晩年の作品で理想を追い求めるようになる。その例として第九章で取り上げる『大使たち』では、主人公ルイス・ランバート・ストレザーが、「息子」にあたる若い男性チャドウィック・ニューサムを愛し抜くさまを描くことで、愛の理想が語られている。ストレザーは自分のすべてをかけてチャドを守り、その愛が一方通行であるとわかったあとでさえ、二人で過ごした日々を大事な思い出として記録しようとするのだ。実はストレザーがチャドを助けるのには、自らも「息子」として救われるという意味が込められている。チャドへの愛を通して、男らしさの規範から外れがちで、独身生活を望む自分を受け入れたストレザーは、男性への愛を胸に自由な生き方ができるようになっていくのだ。第十章では執筆順でいくと次の作品にあたる『鳩の翼』を考察する。本作は、若い友人ミリー・シールを崇拝する作家スーザン・ストリンガムによって、ロマンスという文学形式を用いたミリーの神話が書き上げられていく物語であると考えられる。ミリーへの愛を芸術として昇華することで、スーザンは苦しいほどミリーに焦がれることも、彼女の無関心に切ない想いをすることもなく、愛することができている。これら晩年の作品には、同性愛の苦しみを描くことから、愛の美しさを芸術として昇華することへの転換が見られるが、これは現実を直視したジェイムズだからこそ、たどり着いた境地であると言えるだろう。

こうしてジェイムズは、時代の変化とともに変わっていく同性愛者のさまざまな葛藤に思いを馳せて小説を書き、生涯に渡って同性愛の多面性や同性愛者の心理を探究した。最後にジェイムズがたどり着き作品に表した境地は、同性愛者のみならず、性的関心を持たない非性愛者(2)や結婚制度が合わない独身主義者、そのほか孤独を愛する人々にとっても自己肯定感をもたらすものとなっている。グレアムによると従来の批評におけるジェイムズ像は、恋愛には無関心な世捨て人か、想像世界で同性愛を楽しむ無自覚な同性愛者かのどちらかに分類されるものだった(Graham 4)。前者のイメージには「冷淡」「不自然」「気難しい」など否定的な意味がつきまといがちであったし、後者の解釈ではジェイムズが現実の苦しみには無頓着であったように見えてしまう。こうした従来の見解とは異なり、ジェイムズは情熱的に愛を信じ、その愛が阻まれる現実から目を背けない人であったことを、各章の議論を通して明らかにしていく。

具体的な章ごとの議論に移る前に、「同性愛」という言葉についても確認しておきたい。本書では同性の登場人物間に見られる性的欲望（身体的）と、曖昧にしか描かれないが友情の範囲を超えている同性間の恋愛感情（精神的）とをどちらも「同性愛」と書き表すことにする。そもそも厳密な意味において、ジェイムズが同性間の性的（身体的）関係を描いたことはない。ロバート・マイルダーによれば、十九世紀に同性愛という語が意味していたのは性行為か生殖器に関する空想であったという（Milder 74）。この「空想」という要素はジェイムズ作品の同性愛を考える上で重要であろう。ヒュー・スティーヴンスが論じるように、ジェイムズは同性間の性行為そのものに関心があったのではなく、同性間の愛情や欲望に関心があったのだ（Stevens, "Queer Henry" 124）。したがって、本稿では身体的・精神的同性愛を広義に作品から取り上げ、考察の対象とする。

また、テレサ・デ・ラウレティスが指摘したように「レズビアンとゲイ」あるいは「ホモセクシュアル」と呼ぶことによって、同性愛にまつわる性別、人種、地域などによる違いを見落としたり、そのほかのセクシュアリティを無視したりして議論することになってしまうという問題についても考えなければならない（de Lauretis v）。さらに、「同性愛」と「異性愛」などのように二つに分けること自体が、「異性愛という規範を生成するために同性愛を構成的外部に位置づけるだけのことである」ため、このような考え方にこそ抵抗していかなければならないとも指摘されている（河口 五三）。こうした文脈から異性愛以外のセクシュアリティを論じる最適な方法として「クィア研究」が始まった。しかし、こうした問題を考慮した上で、やはり本書では「同性愛」という言葉を用いることにする。というのも、ジェイムズや彼の登場人物たちが十九世紀に感じていた苦しみは「男／女」、「同性愛／異性愛」といった二項対立に根ざすものであるように思われるからだ。彼らが悩むのは自分が「男」あるいは「女」である「べき」だと考えていることに原因がある。「男」か「女」か、「同性愛」か「異性愛」かしか認識されていない当時は、「男」であるということと「熱心に女性を口説く」ことがつながっていたし、「女」であることは「男性のよき妻をめざす」ことであった。セクシュアリティとジェンダーの問題が密接に関係していたのだ。そのせいで男性の同性愛者が「女っぽい」男とみなされることになった。つまり「同性愛はジェンダーの倒錯」とされたのである。このように見てくると、たとえば「男」である「べき」なのに、同性を好きになって「しまう」と考えるからこそ、その人物は苦しむのだということがわかる。こうした二項対立が埋め込まれてしまった人々の意識を追っていく上では「同性愛」という語は避けられないように思う。しかし、冒頭でも述べたとおり、だからといってジェイムズが当時の社会的価値観と同じように愛を分類できるもので、それぞれに独立するものとみなしていたわけではない。愛が二つに対置されてしまう社会で、あるいは愛が性行為としかイコールにならない社会で、ジェイムズはそのくくりを超える愛のあり方を想像することができた。こうしたジェイムズの特異性も、当時の社会が染まっていた「同性愛」「異性愛」の前提に立つことで見えてくるだろう。このような理由から本書では「同性愛」という呼び方を採用し、議論を進めていくことにする。

注

(1) 同性愛を犯罪とする法律に反対するため、カロリー・マリア・ケルトベニーという著述家がプロイセンの法務大臣に充てた抗議文の中で「ホモセクシュアリティ」に相当する語"Homosexualität"が初めて使われた（オールドリッチ 一六七、三成 四四）。この言葉をリヒャルト・フォン・クラフト＝エビングというドイツの精神医学者が自著『性的精神病理学』の中で用い、一八九二年にその本の英訳がイギリスで出版されたため、「ホモセクシュアリティ」という語が英語の語彙に入ってきたという（角田 二二）。

（2）非性愛者とは性的関心を持たず、ときには恋愛感情さえ持たない場合もある人々のことである。非性愛に関する語の定義は本によって異なっている。性的関心も恋愛欲求もない人をアセクシュアル、性的関心はないが恋愛欲求はある人をノンセクシュアルと呼び、ノンセクシュアルをアセクシュアルの一部とするものもある（ＬＧＢＴ支援法律家ネットワーク出版プロジェクト二〇一六 一八）。しかし、これとは異なり、ノンセクシュアルとアセクシュアルを区別しないものも存在する。アセクシュアリティのネットワークであるＡＶＥＮ（Asexuality Visibility and Education Network）の定義に留意したアンソニー・Ｆ・ボガートは、アセクシュアルの人に性的関心がないのは確かだが、恋愛感情がないかどうかは人によって様々だと述べている（Bogaert 13）。本書では、包括的なボガートの定義に倣い、恋愛欲求の有無でアセクシュアリティを持つ人々をさらに区別せず、『セクシュアリティ基本用語事典』にあるとおり「非性愛者」と訳すことにする（イーディー 三五）。

第一章

幽霊物語における同性愛的欲望

――「古衣装のロマンス」と「友だちの友だち」

ジェイムズはリアリズム小説に劣らず超自然の物語を数多く書き残した。それぞれの物語には風変わりな幽霊や呪いが持ち込まれ、設定にも描き方にも工夫が凝らされているので、ジェイムズにとって超自然の物語が生計を立てるための手っ取り早い手段以上のものであったことがわかる。こうしたジェイムズの物語については、「幽霊」などの素材のサブカルチャー的なおもしろさにとどまらず、規範の内実を問い直すという、超自然の存在が果たしている役割にも注目すべきであろう。たとえば「ド・グレイ――あるロマンス」は吸血鬼伝説に基づいて書かれており、夫の命を吸い取る妻が出てくる。また「モード・イーヴリン」のように、観念の中にしか存在しない女性との結婚を題材とした作品もあるのだ。この作品では奇妙なことにある男性が、生前には会ったことがなく、その存在を知ったときにはすでに亡くなって何年も経つ女性と、回想の中で結婚している。これらの超自然の物語には当時規範的であるとされた結婚について、その意義やあり方を問い直す役割があると言えるだろう。

規範の問い直しは、もちろんセクシュアリティの観点からもなされている。特に同性愛が幽霊やそれにまつわる不安となって作品に現れ、「自然に反するもの」という役割を与えられていることが多い。たとえば序論で取り上げたように、セジウィックは「密林の獣」で主人公に飛びかかる謎の獣を、ホモセクシュアル・パニックにとらわれた男性の運命を表すものと見ている（Sedgwick, *Epistemology* 205-212）。また、『ねじの回転』では幽霊が語りの中心にいながら「語れないもの」とされており、それによって同性愛を含む「逸脱した」セクシュアリティが暗示されていることも忘れてはならない。スティーヴンスによると、一八九〇年代以降に書かれたジェイムズの幽霊物語は同性愛の「出現」に対する反応として読むことができる（Stevens, *Sexuality* 117）。特にワイルドが示した同性愛者のアイデンティティに対する不安と好奇心が描かれたものとして、スティーヴンスが挙げたのは『ねじの回転』「死者たちの祭壇」「にぎやかな街角」「密林の獣」「オーウェン・ウィングレイヴ」「ほんとうの正しいこと」の六作品だ。これらの幽霊物語にはスペクタクルを見るものとスペクタクルとして見られるものとの境目が曖昧になるさまが描かれており、そうした同一化の瞬間には同性愛的欲望が描かれているという（Stevens, *Sexuality* 132）。

このように同性愛に関する問題意識はジェイムズの幽霊物語に深く根を下ろしている。ところが、最初の幽霊物語である「古衣装のロマンス」（"The Romance of Certain Old Clothes"）は、長いこと同性愛という観点からは顧みられることのない作品であった。[1] この作品は姉妹の争いと結婚の物語であるために、同性愛の主題が見過ごされてきたのだ。さらに、これがジェイムズの若書きの作品であるせいで、のちの幽霊物語とは異なり、幽霊の出現に心理的理由はないと考えられてきたことも災いしたように思われる。これらの理由から本作は、そもそも批評家たちに研究の対象とされることがあまりなかったのである。しかし、姉ロザリンドと妹パーディタの常軌を逸した愛憎は無視できるものではない。この姉妹はニューイングランドの鄙びた街に住んでおり、結婚適齢期であった。ある日二人のもとに、兄の友人でヨーロッパ帰りのアーサー・ロイドがやって来る。姉妹はたちまちロイドとの結婚を夢見るようになり、ついにパーディタがロイドの愛を勝ち取った。しかしパーディタは若くして亡くなり、彼女と入れ替わるように今度はロザリンドがロイドの妻となる。この姉妹は互いを愛していたが、常に相手より優位に立とうと争い続けてもいた。その争いはパーディタが亡くなっても終わらず、ロザリンドはパーディタの隠していた大切な衣装を奪おうとする。衣装箱を開けたまさにそのとき、パーディタの幽霊が現れロザリンドを殺してしまうという物語だ。このように、本作では夫ロイドや衣装などをめぐって争う姉妹の心理が前景化されており、結婚の物語というのは単なる設定にすぎないと思われるほど、夫の影が薄い。そして、姉妹の心理をより深く読み解いていくと、ロザリンドのパーディタに対する愛には（近親姦的）同性愛が淡く混ざり合っていることがわかってくる。このため、ジェイムズ作品における同性愛を考える上では重要な作品と言えるだろう。そこで以下の各節においてロザリンドのパーディタに対する同性愛的、近親姦的愛がどのように打ち砕かれるか、またその主題が後年発表の「友だちの友だち」（"The Friends of the Friends"）にいかに変奏されて現れているかを考察していきたい。

一、きょうだい愛と同性愛

姉妹愛と性愛は異なるものである、と線を引くことは見かけ以上に難しい。作者自身、兄のウィリアムに対して複雑な愛情を抱いていたと思われる。ウィリアムは常にヘンリーの憧れであったが、それはおそらく女性的と言われていたヘンリーにはない「男らしさ」を備えた人物であったからだろう。また、知性においてもヘンリーはウィリアムを自分より優れていると信じていた。「古衣装のロマンス」が最初に出版された一八六八年に、ヘンリーは経済的理由からケンブリッジに留まらざるを得なかったが、その頃ウィリアムはヨーロッパに滞在している。兄は芸術の都にいて、さらに多くのものを吸収できる――そのように考えたヘンリーは、ケンブリッジでの退屈な生活について嘆かずにはいられない――「ここの生活は――少なくともこの家の生活は、墓場みたいに生き生きしてるよ」(*HJL* I: 80)。さらに「そっちの生活もひどいものだなんて言うなよ」(*HJL* I: 80)と釘を刺していることから、ヘンリーがウィリアムをうらやんでいることは明らかだ。彼の不満は単にヨーロッパ文化への憧れが強いからというだけでなく、兄を模倣したい気持ちからもくるように思われる。幼少期のヨーロッパ生活で二人はともに美術館をめぐり、美術品の批評に夢中になっていた。しかし、今ヘンリーは兄から切り離され、兄だけがヨーロッパ文化を味わっているのだ。レオン・エデルは「古衣装のロマンス」がヘンリーとウィリアムの関係をモデルにしていると指摘したほか、ヘンリーがこの作品を書いているときにウィリアムと同じ服を注文したという興味深いエピソードも紹介している(Edel, *Untried Years* 249-50)。本当に望んでいるのはウィリアムとの同一化であるのに、海外生活をうらやむヘンリーのそぶりは、本当はパーディタとの同一化を望みながら、結婚をうらやむロザリンドの様子に重なる。また、愛する対象とまったく同じ服を着たがるところや、ロザリンドが服を仕立てることが芸術を生み出すことと同じであると作品内に示されているところも、ヘンリーとロザリンドの共通点と言えるだろう。離れて住むことを余儀なくされた間もヘンリーは同一化したい人としてウィリアムのことを考えており、それはロザリンドの心理に近い。

そのようなヘンリーの、ウィリアムに対する愛は、兄弟愛といって済ませるにはあまりにも濃いものであった。ヘンリーは友人のトマス・サージェント・ペリーに宛てた手紙で、兄の死を自分の死のようにとらえている――「すっかり打ちのめされて、暗闇の中にいるような気分だよ――まだ物心もつかない頃からずっとウィリアムは理想の兄だったし、大人になってからも僕は小さな少年の目で兄を見ていた気がする。ウィリアムは僕を守ってくれて、僕の代わりに何でも決めてくれる自慢の兄だった」(*HJL* IV: 561)。ヘンリーの気持ちは、常に兄の背中を追いかけていた幼少期の頃から、生涯変わらなかったようだ。自分を守り、自分の代わりにものごとを判断してくれる、いわば自分のすべてを預けられる、心理的にとても近しい存在であったことがわかる。ウィリアムの死後、ヘンリーはウィリアムの妻に伝記を書くよう依頼される。彼は快諾し、この仕事に取りかかるが、どういうわけか書き終わるとそれはヘンリー自身の伝記になってしまっていた (*Autobiography* vii)。ヘンリーは自分とウィリアムが切り離せないほど密接に関係していると考えていたに違いない。そしてこの伝記『ある少年の思い出』は夫人が頼んだものよりも長くなってしまったが、このこともヘンリーが短い本では表現しきれない思いをウィリアムに対して抱いていたことを物語っている。

また、ヘンリーのウィリアムに対する愛が、穏やかな愛にはとどまらなかったことを示すエピソードもある。ウィリアムをあまりに崇拝しすぎる気持ちが恐れにつながったのだ。「古衣装のロマンス」を発表する前の一八六六年に、ウィリアムはブラジルから帰国したが、そのときヘンリーは消火活動で負ったという原因不明の背中の痛みが再発し、苦しめられることになる（Edel, *Untried Years* 241）。しかし、その後ウィリアムがドイツへ旅立つと、驚くことにヘンリーの背中の痛みはよくなったのだ（Edel, *Untried Years* 242）。一八六八年にウィリアムがケンブリッジに戻ってくると、再びヘンリーの背中は痛み始め、一時はあまりの痛さにものを書くことも読むこともできなかったという（Edel, *Untried Years* 243）。このようにヘンリーはウィリアムが近づくと同時に身体的不調に悩まされることになるが、それは精神的な問題によるものと見て間違いないだろう。ヘンリーの背中の傷は、彼の生殖能力の欠如や男性性の喪失などの点から批評で取り上げられてきた。(2) さらに、ヘンリーはこの傷のために参戦できず、自分は「男らしくない」という劣等感を抱いていたほか、ウィリアムが近づくのと同時に再発した痛みによって、ヘンリーが唯一優位性を示すことのできる創作能力まで失ったことなども考え合わせると、ウィリアムへの愛と背中の痛みの関連性は興味深い問題であると言える。ウィリアムの存在は、ヘンリーを女性化し、“author” としての支配力を失わせるものであったことがわかるからだ。あまりにも博識で「男らしい」兄は憧れの対象である一方、そのように憧れている兄が自分をどう見ているかを意識しすぎて恐れる気持ちが芽生えた。ジェイムズにとってそれほどウィリアムへの愛情は濃く、自分を縛り、自らをさらに女性化させるものだったのである。

ヘンリーのウィリアムに対する愛が兄弟愛というより同性愛であることはすでに指摘されている。中でもこの点を詳しく研究したリチャード・ホールは、ジェイムズの兄への近親姦的愛について、ジェイムズの伝記で有名なエデルと議論したところ、エデルが彼の見解に非公式ながら同意したと主張しているのである（Hall 84-85）。ホールによるとマックスウェル・ガイスマーも、兄に対する思慕がジェイムズの創作の原動力になっていることに気づいていたという（Hall 86）。ホールはこうしてそれまで批評家たちが掘り下げることのなかったタブーに正面から取り組んだのだ。ホールが注目したのは、エドマンド・ゴスがヘンリーから聞いた奇妙なエピソードだった。ゴスはジェイムズと親しい人物で、同性愛者として知られている。次の引用は少し長いが、ゴスの回想から抜粋したもので、ヘンリーにそのエピソードを聞いたときの状況と内容に触れているものなので、参照したい。

私はある夏をライでヘンリー・ジェイムズと二人きりで過ごしたことがある。夕暮れ時に陽が落ちていく中、私たちは庭を散歩していた。そのときどんな流れでその話になったのかもう忘れてしまったが、とにかくふと気づくとジェイムズは謎めいた、おびただしい数の言葉で、ある経験について語っていたのだ。それは彼の身に昔起きたことだったが、誰かに繰り返し話したり、何度も想像したりするような話ではなかったと思う。その話によると、ジェイムズはある街で夕闇が立ち込める中、霧のかかった通りに立ち、向いにある建物の三階の窓に明かりがともる瞬間を今か今かと待ち構えていた。そして明かりがつくと、ジェイムズは涙であふれる目で、なんとか窓の向こう側にある、決して近づくことのできない顔を見ようとした。雨に濡れ、通りを急ぐ人々にぶつかられながら何時間もそこに立ち尽くしたが、その顔が一瞬でも見えることはなかった。ジェイムズは、何か抑えられない感情に駆られて、この謎めいた、胸を引き裂くような告白をしたようだ。それから長いこと彼は辺りが暗くなったにもかかわらず、月桂樹のしずくを落としたりしながら、私の隣をゆっくりと歩いていた。敷石を踏みしだく音のほかは何も聞こえなかったし、ふいに二人とも家の中に入り、ジェイムズはその後何時間も自室に閉じこもったが、部屋に入るときでさえ、その沈黙が破られることはなかった。(Gosse 34; Hall 88-89)

このエピソードをジェイムズは十二年後に再びヒュー・ウォルポールに語っている。ウォルポールはやはり同性愛者で、ジェイムズと親しくしていた人物だ。このエピソードを聞いたウォルポールは、次のような言葉を残している――「ジェイムズは性的な欲求不満に苛まれていた。具体的にどのような不満を抱えているのかは知りようもなかったが、一度ジェイムズが私にあるエピソードを語ってくれたことがある。彼は外国で一晩中降りしきる雨の中、窓辺にある人が現れるのをじっと待っていたというのだ。「それが終わりだった。そのとき関係は終わったんだ」と言っていた」(Walpole 76; Hall 89)。ホールはジェイムズがこのエピソードをウォルポールに語った七十代の時点で「若い頃」に起きたできごとだと述べていたことや、死期が迫る頃、すでに他界しているはずのウィリアムと「これからローマで会う、ローマで会いたいのはウィリアムただ一人だ」という主旨のうわごとを口にしたことから、このエピソードがジェイムズの異国滞在のうち、一八七三年十二月にローマでウィリアムとの間に起きたことだと特定している(Hall 90-91)。[3] ホールによれば、このエピソードが示しているのは性的疎外感であり、恋焦がれるものから締め出される人物がジェイムズ作品に繰り返し登場するきっかけとなるものだ(Hall 94-96)。

このようにヘンリーのウィリアムに対する愛は、きわめて強烈なものであるにもかかわらず、つかみどころがない。これまでに紹介したエピソードはいずれも兄への同性愛をほのめかすものでありながら、憶測の域を出ず、論争を呼んでいる。しかし、フィクションの世界に目を向けると、きょうだい愛の形を取った同性愛はジェイムズ作品に繰り返し登場していることがわかる。

その端的な例は「いとよきところ」だ。この作品で、人生に疲れた中年男性のジョージ・デインはふと気づくと別の場所へ移動していた。この不思議な移動は、物語の最後に明かされるように、デインがうたた寝をして夢の世界にいたことを表す。ここで重要なのは別世界の住人たちがみなデインの兄弟のようだと書かれていることだ。実際に住人は“the Brother”と表記されている。場所が僧院のようなところらしいとされているので、もちろんこれには俗世を離れた修道僧の意味も込められているだろう。しかし同時に、デインは住人が話を理解してくれることや感じ方が同じであることなどを実感したとき、「同じお皿からご飯を食べる子供のよう」(16: 242)だと感じているため、「兄弟」の意味合いも強調されている。デインと「兄弟」は趣味や考えが似ており、まるで長い間互いを知っていたかのように、ともに過ごすと心地よいのである。こうした「兄弟」に支えられ、デインは実人生で背負った疲れを癒していく。そして夢からさめる直前に「もう大丈夫」と声をかけ安心させてくれた「兄弟」の顔が、若い青年の顔だったと目覚めたあとに気づくのである。その青年はデインが眠っている間、彼を少しでも楽にしてあげようと、代わりに仕事を片づけてくれたほか、夢の中の「兄弟」と同じように「大丈夫」と声をかけてくれたのだ。「兄弟」と青年が同一人物であるとわかったこのとき、デインは彼らのセリフのとおり自分が回復したことを実感するようになる。夢で見た兄弟愛と現実の青年に対する同性愛的な感情が重なるように描かれているのである。デインは「兄弟」から受け取る助けと癒しこそ、長い間欲しくてしかたがなかったものだと気づく。初老の男性が青年に同性愛を感じ、青年の愛に救われるという主題は「中年」にも出てくるが、「いとよきところ」はそこに兄弟の要素を明確に取りこんだ作品だと言える。

「古衣装のロマンス」においてロザリンドがパーディタへ抱く愛も、姉妹愛と同性愛が混ざり合ったものであると考えられるが、姉妹という関係による先入観のせいで、同性愛的感情は見落とされがちである。しかし、兄に対する欲望と疎外感を実感として知っていた作者が、「いとよきところ」など他作品においてもきょうだい愛と同性愛とをゆるやかにつなげて描いていたことから、「古衣装のロマンス」における姉妹の愛も同性愛の主題として読むことができるように思われる。この考えをさらに支える論拠として、雨の中誰かを待っていたというエピソードに似た、兄との精神的距離について自伝で寂しそうに振り返るジェイムズの姿を挙げておきたい。ジェイムズは常にウィリアムのあとを追いかけていたが、もう少しで追いつくというときに、いつも兄は角を曲がってしまい見えなくなっていたという（*Autobiography* 7-8）。ここで使われる"round the corner"というフレーズはウィリアムがいつもヘンリーの先を行き、もう少しなのに追いつけない様子を表しているが、「角を曲がる」という物理的なイメージをそのまま「見えなくなる」と推し進めることによって、ジェイムズは兄との間にある精神的な距離や、それに対するもどかしさを表現しているのだ。この、いつまでも近づけない空しさは、「古衣装のロマンス」においてロザリンドがパーディタを追いかける姿に重なる。ロザリンドはパーディタが結婚し、実家を離れ、子を授かり、経済的に豊かな環境で暮らすのをじっと見つめながら、自らは妹と切り離され、妹が手に入れた規範的な「社会的成功」を手にできず、実家にとどまらざるを得ない。ロザリンドにとってパーディタはあらゆる点で優れているように映り、パーディタとの物理的、精神的距離を縮めることはできないと焦る気持ちを募らせているのである。

二、ロザリンドのパーディタに対する愛

ロイドが現れるまで、ロザリンドとパーディタは非常に仲のよい姉妹だった。二人は一つのベッドで休み、家事を協力して行い、互いの身支度を代わるがわる手伝っていた。しかし、ロイドが登場するやいなや、姉妹の愛情の質が異なっていたことが明らかになる。パーディタは姉を家族として大切に思っていただけであるため、ロイドに惹かれて独立していく。これとは反対に、ロザリンドはロイドが現れたあともパーディタに執着し、ときにはパーディタをロイドの視点から眺めることさえある。ファッションに強い関心を持つロザリンドは、裁縫や服のデザインだけでなく衣装選びも得意だ。そのようなロザリンドがパーディタを飾り立て、魅力的に見せることによって、ロイドはパーディタを妻に選ぶという設定になっている。これはロザリンドが男性の視点からパーディタの魅力を考えていることを示唆するものと考えられる。ロザリンドがパーディタの魅力を夢中になって考えれば考えるほど、ロイドはパーディタの美しさに気づいていく。一人の女性をめぐって、ロザリンドとロイドが同じ感情を募らせていることがわかる。

また、語り手もロザリンドのパーディタに対する執着を繰り返し指摘していることも見落としてはならない。異性愛に焦点が当たっているならば、パーディタが求婚される場面では、姉妹が争う対象であったロイドも登場させて、妹の愛の成就と姉の失恋とを描く必要があるように思われる。しかし、語り手が読者に見せたのは喜ぶパーディタの姿と、彼女をじっと見つめるロザリンドの様子だけだった。パーディタは庭の門をくぐり抜けたところでうれしそうに頬を上気させ、目を喜びで輝かせながら、つい今しがた贈られた婚約指輪を天に掲げたあと、その指にキスをする。この動きをつぶさに追っているロザリンドの目

には、ロイドは映っていないどころか、探す気配もない。その後語り手は、ロザリンドが嫉妬のあまり顔を醜く歪めるさまへと視点を移す。このようにパーディタの婚約成立の場面では結婚ではなく、姉妹の関係に焦点が当てられており、さらには一方的にパーディタを見つめるロザリンドの姿が描かれていることがわかる。そして、のちの場面と比較することで、このときロザリンドがロイドを射止めたパーディタに対して嫉妬しているのではなく、パーディタに求愛したロイドに嫉妬していることが明らかになっていく。嫉妬に歪んだ顔やパーディタの結婚に苦しむ一方的な視点は、パーディタへの愛から来るロザリンドの疎外感を表しているように思われる。

この婚約の場面に見られるとおり、ロザリンドのパーディタへの愛が常に謎めいたものとして描かれることについてさらに掘り下げていきたい。ジェイムズの幽霊物語で「語れないもの」が性的逸脱を表すように、この作品でもロザリンドの愛は、明確に語られないからこそ恐怖を掻き立てるものとして機能しているのだ。たとえば結婚式を終えたパーディタがハネムーンに出かける前に脱ぎ捨てた花嫁衣裳を、ロザリンドがそっと身につける場面がある。このときロザリンドはドレスをすっかり着込んでしまっただけでなく、真珠のネックレスやヴェールまで身につけ、完璧にパーディタの姿を再現している。脱ぎ捨てたばかりの衣装にはパーディタの温もりが残っていたはずであり、この行為自体がロザリンドのパーディタに対する同一化願望(4)を示すものである。このときパーディタは忘れものを取りに戻ってきたため、ロザリンドがすばやく自分の衣装を着ていたことに気づいたが、ロザリンドのほうではパーディタがいることに気づかない。ロザリンドは鏡に映る、パーディタの服を着た自分の姿を眺めることにあまりにも夢中で、パーディタが視界に入っているのにわかっていない様子なのだ。語り手はロザリンドが「どれほど大胆で驚くべき光景をその鏡の中に読み込んでいたことか」(*Supernatural* 14　以降、本章での本作品からの引用は、ページ数のみ記す）と語っている。ようやくパーディタが気を取り直し、ロザリンドの行いを責めると、語り手は「階段を駆け降りる」(15) パーディタを追いかけて行ってしまい、ロザリンドが何を考えていたのかを教えてはくれない。読者に与えられた手がかりは、ロザリンドの貪欲な表情がパーディタをひるませて、「ヴェールや花をロザリンドから剝ぎ取ることを」(14) 妨げたことだけである。語り手が「語れない」ほど恐ろしく、奇妙にねじれた欲望がロザリンドの中にあることが暗示されているのだ。

ロザリンドは一見すると規範的な女性であるように思われる。姉妹のジェンダーは正反対で、ロザリンドは身体もふるまいも女性性を強く感じさせる人物である一方、パーディタは少年のようにほっそりとして活発に動く男性的な人物である。しかし、このロザリンドの「女性らしさ」は演じたものにすぎない。ロイドはパーディタの死後赤ん坊の世話をうまくできず途方に暮れていたが、そんな彼に対しロザリンドは赤ん坊をあやしてみせ、炉端で刺繍をしながら優しいまなざしを赤ん坊に投げかけるなどし、母性を強調している。それと同時に、ロザリンドは胸元が大きく開いた衣装を身につけ、抱いた赤ん坊をロイドが見るとき胸が強調されるように計算しており、性的魅力を強調しているさまも描かれている。このようにロザリンドは伝統的な女性性を演じてみせるが、それはいかにロザリンドが異性愛に根ざすジェンダー・パフォーマンスを客観的に見ることができるかをうかがわせるものである。ロザリンドは規範の外にいるからこそ、一つ一つの規範的なふるまいに目を留めることができるのだ。実はロザリンドがパーディタの衣装を奪いたいと思うこと自体も、規範からの逸脱になっている。パーディタはおよそ二十年ごとに流行が繰り返されることを念頭に置いて、娘が成人したときのために、なかなか手に入らない自分の高価な衣装を櫃にしまっておく。パーディタの服を着る頃には、娘は結婚適齢期になっており、美しく見せる衣装はパーディタ自身のときと同じように結婚を助けるものとなるだろう。したがってパーディタが衣装を残すことは、結婚という規範的な制度を娘の代に受け継がせる行為として読むことができる。その衣装を何としてでも奪おうと試みるロザリンドは、異性愛文化の継承に抵抗する存在であると言える。

さらに言えば、この衣装を奪う行為は、単に異性愛文化を壊すものとして表象されているだけでなく、同性愛を示すものとしても機能している。ロザリンドはパーディタの死後、彼女の家で彼女の夫や娘とともに暮らし、ついには実の家族になっていく。その上、パーディタが隠した衣装をどうしても身につけたいと主張し始めるのだが、これらの行動にはパーディタと同一化したいという欲望が強く感じられる。語り手は結婚に際し、ロイドがロザリンドを妻とすることを激しく求めたのに対し「ロザリンドの欲望は、のちにどんなものだったかおわかりいただけると思うが、このときにはまったく謎めいていたのだ」(22)と述べている。さらに語り手は「ロザリンドは愛しそうにパーディタの形見のことをじっと考えていた(“Rosalind’s thoughts hovered lovingly about her sister’s relics”)」(22)と続け、結婚の理由がロイドへの愛ではなく、パーディタに対する欲望であることをほのめかしているのだ。この“relic”という語は衣服を指して「形見」の意味で使われているが、同時に「遺骸」を表す言葉でもある。その上、櫃からはパーディタの幽霊が飛び出してくるため、櫃の中に横たわるパーディタの身体が強調されることになる。また“hover”が用いられることによって、ロザリンドが「パーディタの身体」に惹きつけられ、離れられないさまが浮かび上がってくる。このようにパーディタの衣服を奪うことは異性愛文化の継承を阻むだけでなく、パーディタへの愛を満たすものでもあるのだ。

ロザリンドのパーディタへの執着はある痛ましい事実に気づくことでいっそう強くなっている。彼女はパーディタが自分のためには衣装をほとんど残してくれなかったことに衝撃を受け、次のように嘆く——「パーディタが残してくれたものだったら何だって喜んで受け取ったのに！　一体あの子が何を残してくれたって言うの？　これまで私に残してくれたものがこんなに少ないだなんて、知らなかった！　私には何も、何一つ、ほんの切れ端だって残してくれなかったんだわ！」(23)。ロザリンドはこのとき衣装がないことで絶望しているのではなく、自分がパーディタを想うほどにはパーディタが自分を想ってくれてはいなかったという事実に絶望している。パーディタはロザリンドがどれほど衣服に目がないかを知っていて、あえて櫃の中にそれらを隠し、鍵をかけてロザリンドから遠ざけたのである。さらにロザリンドはパーディタの幽霊が現れたとき、いかにパーディタが自分を排除しようとしているかを思い知らされてしまう。彼女は幽霊の復讐心に燃える様子に戸惑い、「死よりも恐ろしい」(25) 恐怖を味わったとされている。ロザリンドはこのとき、パーディタがただ衣装を隠しただけでなく、ロザリンドが彼女を追いかけることに怒りさえ感じていたことを知るのだ。それはロザリンドにとって「死よりも恐ろしい」瞬間であったに違いない。この認識が身体のみならず精神的にも致命傷であったことがわかる。

　メアリー・Y・ヘラブはチャールズ・A・サマセットが書いた『ヤドリギの枝——あるいは死を呼ぶ櫃』という劇が「古衣装のロマンス」のモデルであったと論じている (Hallab 316)。ヘラブによると、この劇は二人の男性と一人の女性の三角関係を扱った作品だ。ヒロインのアグネス・ド・クリフォードは結婚式の日に、彼女を一方的に愛していたレジナルド・ド・コーシーに刺し殺され、櫃のなかに遺体を押し込められる。十年後レジナルドが櫃を開けると、アグネスの幽霊が出てきて、レジナルドを自殺に追いやるという筋書きだ（Hallab 316）。この劇は一八五二年にはニューイングランドの人々の間で大流行し、ジェイムズが頻繁に訪れた劇場で上演されていたので、ジェイムズがこの劇を見た可能性は高いという（Hallab 316）。この劇では幽霊となる女性を一方的に愛し、攻撃するのは男性であり、その男性はその女性に対し恋愛感情を持っている。ジェイムズの短編では、描かれるのが異性愛から同性の姉妹に見られる秘められた愛へと変化しているため、櫃を開ける人物が幽霊を愛していることが劇よりもわかりにくい。しかし恋愛を主題とするこの劇との比較によって、ロザリンドのパーディタへの愛が家族愛ではなく恋愛感情に近いものとして作者の中で想定されていた可能性が見えてくるのだ。

「古衣装のロマンス」に見られる同性間の曖昧な欲望は、ジェイムズ自身の他作品「友だちの友だち」との比較によっても明らかになるだろう。ジェイムズは「古衣装のロマンス」で結婚の物語に隠された同性愛を描いたあと、その主題をより複雑な心理ドラマとして発展させたのである。「友だちの友だち」は一八九六年に出版されたが、この時期はワイルド裁判の余波がまだ強く残っている時期であった。そのような時期にジェイムズが再び「古衣装」の主題を引き継ぐ幽霊物語を書こうと思い立ったことは、この作品が同性愛の主題を備えていることを裏づけるように思われる。

議論に移る前に、「友だちの友だち」の簡単な流れを見ておきたい。手記を書いた女性の語り手は、ある男性との婚約解消を決意するが、それは女友だちと婚約者が親しく交わっていると考えたためである。(5) 語り手は初め女友だちと婚約者を会わせることに夢中になっていたが、それは二人とも語り手にとって特別である上、二人が互いによく似ているから気が合うだろうと思ってのことだった。しかし、いくらお膳立てしてもなぜか女友だちと婚約者は会う機会を逃してしまう。次第に語り手は、二人がようやく会えたときには何か特別な絆が芽生えてしまうのではないかと恐れ始める。そのせいで、ようやく女友だちと婚約者が会えるというときに、語り手は邪魔をしてしまうのだ。運悪く、ちょうどその日の夜に女友だちが亡くなり、取り返しのつかないことをしたという思いに語り手は苦しむ。それと同時に、女友だちと婚約者はどちらも心霊体験をしたことがあったため、手記の語り手は婚約者が女友だちの幽霊と密会したと信じるようになる。(6) 二人がその後も関係を続けていると想像し、嫉妬した手記の語り手は、ついに婚約解消を言い渡す。以上があらすじであるが、本作で重要なのは、語り手の嫉妬が婚約者への愛から来るものか、女友だちへの愛から来るものかが、曖昧に書かれていることである。

手記の語り手は婚約者との馴れ初めについて、ほかの誰も真剣には受け止めなかった彼の心霊体験を彼女が信じたことがきっかけだったと語っている。このように心霊体験への共感こそ婚約者の心を動かすものであると理解している語り手が、自分より深く共感できそうな女友だちを彼に引き合わせる行為には、潜在的に恋人を共有しようとする意識があるように思われるのだ。「古衣装のロマンス」でロザリンドが「ロイドの妻」や「パーディタの娘の母」という役割につくことで、パーディタとの同一化を試みる様子が描かれていたように、「友だちの友だち」では「「婚約者」の恋人」の役割を共有することで、手記の語り手が無意識のうちに女友だちと同一化しようとしている。手記の語り手は自分の一部である女友だちを婚約者に知ってもらいたいと願い、女友だちにも自分と同じ視点で彼を見てほしいと考えているのだ。

ここで手記の語り手の女友だちに対する愛が、しばしば婚約者に対する愛を上回っていることを確認しておきたい。そもそも手記の語り手が手記を残した理由は、婚約者ではなく女友だちを愛しているからなのである。語り手は、婚約者にではなく女友だちに嘘をついたことを後悔する言葉で、この物語を始めている。さらに、手記の語り手は女友だちへの憧れを随所に書き込んでもいるのだ。

彼女は風変わりで、普通にしていても人を惹きつける人だった。だから私たちはみな彼女と二人きりで会おうとした。もちろん表に出すことはなかったけれど、彼女をめぐって互いに嫉妬心を燃やしていたくらいだ。彼女は大勢の人がいる場所で会う類の人ではなかったし、誰でも近づけるような人ではなかった。粗野な人なんて絶対彼女には近づけないのだ。だからこそ彼女と交際するのはとりわけ難しく、とりわけ貴重なものだった。(*NTHJ* 17: 331 以降、本章での本作品からの引用は、巻号とページ数のみ記す)

このように語る手記の語り手の声には、女友だちを崇拝する気持ちがあふれている。ロンドンから離れてひっそりと暮らす女友だちを、語り手は貴重な花のようにとらえ大切に想っているのだ[7]。また、明らかにこの引用が示すのは、女友だちが実際に粗野な人に会いたくないと考えているということではない。むしろ、誰にも気安く近づいてほしくないという手記の語り手の気持ちが色濃く滲み出ている。

また、手記の語り手は婚約者のことを愛しく想い返しはしないのに、女友だちのことはそうしていることも見逃せない――「彼女には笑うと首を横に振る癖があり、その動きはまるで遠いところから微かに吹いてくるそよ風が花を揺らすようだった」(17: 335)。ふとした瞬間に見せる、些細だが美しく、その人自身をよく表すしぐさを手記の語り手はこのように思い出しており、そこには深い愛が感じられる。また、手記の語り手は女友だちの死後、婚約者を通して女友だちを見始めてもいる。たとえば婚約者からキスされたときには、語り手は最後に女友だちが自分にキスしたときの唇の感触を思い出し、彼女への恋しさで胸が苦しくなっている。そもそも語り手にとって、婚約者と女友だちはよく似ており、どちらも愛する対象であった。したがって、このキスの場面は潜在的に女友だちに感じていた愛が、婚約者を通して目覚めている瞬間であると読むことができる。[8]そのほか手記の語り手が、婚約者の女友だちへの愛を共有し始める箇所もある——「彼は身をかがめ、頬を寄せてきたけれど、その頬をつたう涙が私のものか彼のものかわからなかった」(17: 356)。これは語り手と婚約者が亡くなった女友だちの思い出話をしながら涙する場面なのだが、手記の語り手は、女友だちのために泣いているのが婚約者なのか自分なのかわからなくなっている。これらの場面から、手記の語り手の同性愛が、異性愛的な抱擁や涙に垣間見える構造となっていることが確認されるだろう。

手記の語り手は婚約者と女友だちが、婚約者の部屋で言葉も交わさずに見つめ合って過ごしたと信じている。この沈黙や近さ、夜ふけに男女が一つの部屋にいるという状況などは、恋愛感情が二人の間にあったことを暗示するものだ。しかし、ここで指摘したいのは手記の語り手が婚約者の浮気心を不安に思ったのではなく、女友だちがその部屋へ行きたがったことに動揺している点である。手記の語り手は、初めは女友だちが彼を好きになる心配はないと思っており、反対に彼の浮気を心配していた。しかし、二人が密会したと信じるようになったあとでは、「彼女は一度会ってみて、それが気に入ったのよ！」(17: 362) と彼女の「浮気心」を責めるかのような発言へと変わっている。この密会をめぐって婚約者と口論したときにも、いつの間にか語り手は彼女が自分を裏切ったことを次のように嘆いていた——「大きな愛が消えてしまったのだという思いや、どれほど彼女を愛し信じていたかという思いがこみ上げてきた」(17: 356)。ここで手記の語り手が感じている裏切りとは、婚約者との仲を引き裂かれたことを指すのか、女友だちが自分ではなく婚約者を愛するようになったことを指すのか、はっきりしない。「どれほど自分が彼女を愛していたか」という文が「どれほど彼女を信じていたか」という文に二つの意味を与えているためである。したがって「古衣装のロマンス」でロザリンドの感じた一方通行の想いと同じように、「友だちの友だち」でも語り手による女友だちへの愛が、女友だちによる婚約者への愛に阻まれ、語り手が失恋の痛みを感じているとも読めるようになっている。

すでに述べたとおり手記の語り手は、初めは婚約者を共有しようとするが、実際に女友だちが婚約者を愛し始める気配を見せると、共有できないことに気づく。異性愛中心主義の立場からこの動機を考えるならば、語り手の婚約者への愛が独占欲につながったせいだということになるかもしれない。しかし、手記を書いている、小説の「現在」もあふれ出る女友だちへの愛や、彼女を愛していたのに裏切られたという苦々しい気持ち、彼女が死んで愛が消えてしまったという喪失感などからは、手記の語り手が女友だちを恋愛対象として見ていたために婚約者の共有を拒んだと読める余地が残されていることがわかる。その感情は出版当時、曖昧に描かれるからこそ書くことを許されていたものであった。つまり、手記の語り手の女友だちに対する愛は、語り手の婚約者への愛や、婚約者と女友だちの間にある（想像上の）愛を語る異性愛の物語に紛れ込んでおり、表に明確な主題として提示されているものではない。その上、この物語は手記の語り手が感覚的に、とりとめもなく書いたものを別の人が清書し、さらにほかの人が抜粋して、まとまった意味を持つ物語として取り出したものだと設定されている。したがって、ここに書かれていることが本当に起きたことなのか、また、できごとの当時手記の語り手が考えたことがきちんと反映されているのかなどはわからない構造になっている。しかし、このように曖昧であるからこそ、法的にも社会的にも許されておらず、女性に関しては想像するのも恐ろしいとされた同性愛を書くことができたのではないだろうか。このように解釈を広げる曖昧さの中に、ときおり情熱的に現れる同性愛は「古衣装のロマンス」から発展したものであることを最後にもう一度主張しておきたい。

注

(1) 数少ない「古衣装のロマンス」論のうち、姉妹の関係を読み解いたダイアン・M・チェンバーズの研究は、同性愛の主題と関連するものである。チェンバーズはルネ・ジラールの「欲望の三角形」を援用し「古衣装のロマンス」を読んでいるが、その考察は、ジラールの理論が男性の欲望のみを対象としており、女性の欲望を考慮していない旨の指摘から始まっている (Chambers 21-23)。この研究を通してチェンバーズが女性の同性愛的欲望について明らかにしたわけではないが、「古衣装のロマンス」が一人の女性とそのロール・モデルの関係を描いたものであるという興味深い見解を示していることは紹介しておきたい。

(2) 名本達也はジェイムズの原因不明の傷をめぐる研究を整理し、ジェイムズ以外の人々の手紙や、火事に関する公の記録、自伝の文言などを検討した上で、実はジェイムズが重大な怪我を負ったという事実はなく、のちに南北戦争に従軍しなかったことに気が咎めて怪我の話を創り出したのだという興味深い見解を発表している (名本)。伝記研究もかなり進んだ現在では、この傷は精神的なものという見方が一般的となっているようだ。

(3) シェルドン・M・ノヴィックはジェイムズが待っていた男性がポール・ジューコフスキーである可能性に触れている (Novick, *The Young Master* 347)。しかし、ジェイムズはウォルポールとある種の恋愛関係にあったので、パートナーの前で昔想っていた人を恋しがるとは考えにくい。その上、ジェイムズのウィリアムへの愛は近親姦的とも言える。このために告白しているような、していないような謎めいた言葉になったのだと考えられる。

(4) 同一化願望は、同じ性別のロール・モデルを模倣することで、社会での立場を築いていきたいというホモソーシャルな願望に見えるかもしれない。しかし、まず第一にセジウィックはそのホモソーシャルな願望とホモセクシュアルな欲望が当事者の中でも明確に分けられないからこそ、ホモフォビックな文化が形成されたことを明らかにしている。また、本書で指摘する同一化願望は、明らかに似たような「役割」に収まることに対する欲望ではなく、モデルそのものを欲望する、濃密で性愛を感じさせる願望である。このため本書では同一化願望には対象への愛や欲望が込められているという観点から論じている。

(5)手記に登場する主な人物は三人で、主人公である手記の語り手(女性)とその婚約者、そして語り手の女友だちである。三人に影響を及ぼす超自然のできごとは手記の語り手を通して語られる。のちに彼女はその原稿をある人物に渡し、その人物が枠物語の語り手となっている。このように「友だちの友だち」には二人の語り手が登場し、全員名前がないので、本稿では主人公を「女性の語り手」「手記の語り手」と呼ぶことにする。

(6)のちにイーディス・ウォートンはより明確に幽霊が登場する物語として「柘榴の種」を書き、他界した女性と交信する夫に対して嫉妬する女性の物語を書いている。この作品と比較すると「友だちの友だち」は幽霊の存在が曖昧で、より手記の語り手による想像が中心となっている。また、のちに論じるように嫉妬の対象が女友だちなのか婚約者なのかが曖昧にされていることもわかる。

(7)都会や流行から距離を置いて、古い時代の静けさと気品を保って暮らす女性は、ジェイムズ作品にしばしば登場し、男性主人公の愛の対象となる。たとえば「にぎやかな街角」のアリスは、その好例である。「友だちの友だち」では男性の代わりに女性の語り手が同じ好意を寄せていると考えられる。

(8)ジェイムズの描く三角関係について、本書では自分以外の人物間に芽生える異性愛や、自らの愛の対象になり得る異性を媒介として、ある登場人物が同性に対し愛や欲望を感じる場面を随所で取り上げているが、町田の「巨匠の教え」論にも同様の分析がある。町田は、オーヴァートという青年が、好意の対象であるマリアンのことを、巨匠セント・ジョージを奪い合うライバルとみなし、嫉妬してもいることを指摘している。さらに、マリアンがセント・ジョージに抱く恋愛感情を疑似体験することで、青年は彼の存在を感じ取り、彼に対する欲望を学び取っているという興味深い分析も記されている(町田「男性性とセクシュアリティの教育」二二三二)。

第二章

『ワシントン・スクエア』における父と娘の婚約者の執心

ジェイムズ初期の長編小説『ワシントン・スクエア』(*Wasington Square*) は、父と婚約者とを崇拝していた主人公キャサリン・スローパーが彼らに裏切られ、喪失感に耐えながら自立を果たす物語である。批評の関心は、このキャサリンの成長や悲劇に集まりがちだ。F・W・デュピーやグロウコ・カンボンはキャサリンが最後に気高さを見せて、彼女を苦しめた男性たちに勝利したと解釈している (Dupee 65; Cambon 339)。それとは反対に、キャサリンは犠牲者として悲惨な人生を送ったと解釈するものもある (Maini 95; Springer 86-87)。この二つの解釈の折衷案として、グレッグ・ザカリアスとジェイムズ・W・ガルガノは、希望を捨てることによってキャサリンが世俗を超越したのだという解釈を打ち立てた (Zacharias 213-14; Gargano 362)。いずれの研究もキャサリンのキャラクターを丹念に分析しているが、そのほかの重要な登場人物である父親スローパーと婚約者モリス・タウンゼンドについては、さらに考察の余地があるだろう。彼らはこれまでフラットなキャラクターであると片づけられてきたのである（I. Bell 5; Matthiessen 122; Maine 227）(1)。

モリスやスローパーの人物造形はジェイムズ初期作品群の頂点を成す『ある婦人の肖像』で、ギルバート・オズモンドへとつながっていくという点で重要である。ジェイムズは私信の中で、モリスを十分に描ききれなかったことを残念そうに振り返り、そのとき執筆していた『ある婦人の肖像』ではその弱点を克服できたと語っている（*HJL* II: 316）。オズモンドは自分の一家が貧しく、家長も不在であったことから共同体を追い出されてしまい、自分から世間に背を向けたふりをして生きてきた人物だ。父権的な力を持つことができず、ディレッタントでいるしかなかったことが、反動としてオズモンドの中に妻や娘への支配欲を生み出したと考えられる。モリスも久しぶりに戻ってきたアメリカで、男性性を著しく欠く人物とみなされ、共同体から締め出されるが、そのせいで次第にキャサリンを搾取する詐欺師へと変貌していくのである。また、オズモンドの父権的な支配欲は、スローパーが常に強力な父として娘の人生を支配しようとすることに重なる。そして、強い父としての姿勢を保ち続けるスローパーも、やはりオズモンドと同じく「男らしさ」の概念に悩まされているのだ。このように、オズモンドの人物造形はモリスとスローパーから生まれたと考えられる。したがって、モリスやスローパーについて考えることは結末におけるキャサリンの心理や状況を解釈する上でも、ジェイムズの初期作品の問題意識を明らかにする上でも重要なのだ。

以下の分析では、まずキャサリンが結末でつらい過去を「浄化」したことを考察し、次にキャサリンと比較してモリスやスローパーが互いへの執着心から逃れられていないことを明らかにする。最後に、モリスはスローパーとの同一化願望に動かされ、スローパーはモリスを快楽の対象とみなしていることを主張したい。本作には明確な同性愛こそ描かれないものの、スローパーとモリスの執着には同性愛的な願望が秘められているのである。

一、キャサリンによる過去の浄化

前述のとおり、キャサリンは作品の後半で成熟するが、それまでにつらい経験をした理由の一つは、当時のジェンダー観にとらわれていたためである。そしてそれは彼女の父親をも苦しめることになる。キャサリンにとって父への崇拝は信仰心にも似た神聖なものであった。キャサリンは父に背くことを神殿における不敬と同じだと考え、その冒瀆を清めるために祈りを捧げようとさえしている。こうした信条が邪魔をしたため、キャサリンは小説の途中まで父の苦しみを理解できず、彼を孤独に追いやってしまう。たとえばアルプスで父と二人きりになった場面には、自らを欠点のある一人の人間として理解してほしい父親と戸惑う娘との対比がよく描かれている。

「試してみるがいい」とスローパーは言い放った。「そうすれば私がどんな人間かわかるだろう。いい人間などではないぞ。表面的には優しく見せているが、腹の底では激情が煮えたぎっているんだ。それに、そうしようと思えばいくらでも厳しい人間になれるんだからな。」

キャサリンはなぜ父がこんな告白をするのか見当もつかなかった。父からは静かな怒りが感じられ、彼女は身の危険さえ感じた。それでも父がその美しく、やわらかで、清潔な名医の手を伸ばし、自分の喉をぎゅっと締め上げるつもりでいるなどとは思えなかった。にもかかわらず、キャサリンは一歩あとずさりして、こう言った。「お父さまなら、お望みのどんなものにもなれると信じております。」これはキャサリンが心の底から信じている疑いようのない事実だったのである。

スローパーは「私はものすごく腹が立っているんだぞ」と、今度はもっと鋭い声で言った。(*Washington Square* 115　以降、本章での本作品からの引用はページ数のみ記す)

スローパーは表に見せる顔とは異なり、よい人間ではないということや、激しく怒っていることなどを素朴な言葉で、感情を込めて繰り返している。それまでの知的で冷たい話し方とはかけ離れているため、キャサリンはなぜ突然父がこのようなふるまいをするのか理解できない。実はこの場面には、ローレン・バーラントも主張するように、キャサリンとスローパーの間で「家族殺し」の一件が共有されている(Berlant 44)。スローパーは、妻と息子の病を治すことができず、二人を殺したという自責の念に駆られており、作中ではこのできごとが「家族殺し」として繰り返し出てくるのだ。右の場面では二人の沈黙に横たわるものとして、医師の手がキャサリンの首を絞める様子がほのめかされており、キャサリンも無意識にあとずさりしている。このような絞殺の気配が描かれていることを考慮すると、行間に込められたスローパーの思いとは、自分が息子や妻を殺したと思っていること、キャサリンを「亡くした家族の劣化版」だと考えてしまうこと、その考えが間違っているということは認識しているといったことであろう。

医師であるスローパーが一番身近な家族を救えなかったことで痛感しているのは、単に職業人としての無力さだけではない。作品の冒頭で強調されているとおり、当時のアメリカにおける理想の男性像とは、勤勉に働き、富を蓄える人物であった。このように仕事の能力と「男らしさ」が結びついていたため、スローパーは「家族殺し」によって、男性としての自信も失っていると考えられる。彼は男性性を失ったからこそ、父権社会の中で力を取り戻そうと必死になるのだ。このように「男らしさ」にこだわるからには、娘に対して自らの敗北や悲しみ、そこから抜け出せないもどかしさなどを口にすることはできないだろう。また、世間では強い存在だと思われている父親として、自分よりも劣るということになっている娘に助けを求めることも難しい。キャサリンはキャサリンで、このような父の葛藤を見抜くには、あまりにも当時の価値観に染まりすぎている。結局父が「いい人間ではない」と言うのならば、それは父の賢さを表すものなのだろうと思い、彼の冷酷さすら美徳だと考えてしまう。父こそ絶対であるという価値観のもとにいるために、キャサリンは自分がつらい境遇に追いやられてもなお、父を尊敬し、崇め続けるのである。

そのほかに、キャサリンが共有している時代の価値観が、キャサリンだけでなくモリスやスローパーらが「悪漢」とされた人物たちも苦しめている場面を見ておきたい。それが最もよくわかるのは、キャサリンが父の反対を重く受け止め、娘の義務とは何か考え抜いた末に、独り立ちを決意するときだろう。モリスから父に捨てられるかもしれないと言われて不安になったキャサリンは、それまでモリスの気持ちにはお構いなしに求婚の返事を延ばしていたが、急に結婚をせかすようになるのだ。キャサリンの考えでは、娘が父に守ってもらえるのは父を崇め、従うからであり、従えなくなった今はすぐに家を出なければならない。そして、それならばモリスにはできるだけ早く自分の収まるべき家を提供してほしいと願っている。

このことからわかるのは、キャサリンが男性の役割を「女である自分を守る」ことだとみなし、具体的に自分を守る人は変わってもよいと考えていることだ。そしてこの考え方や決断が、スローパーの代わりにすぎないとみなされたモリスだけでなく、スローパー自身にも不快なものとして突きつけられることになる。

そもそも、このように個人を重視せず、さまざまに異なるはずの人を役割や型に振り分けていく考え方は、スローパーに強く見られるものだ。彼は、女は男より愚かであるが、どれほど愚かな女であっても男性に守られるべきだと考えている。また、世の中には快楽だけを求める詐欺師的な男たちと、その犠牲者に進んでなろうとする愚かな女たち、そうした男女に不利益をこうむる勤勉な男たちが存在するとも考えているのだ。スローパーによると、女で例外があるとすれば自分の妻だけだが、それは詐欺師タイプにだまされず、自分のように勤勉な男をきちんと選んだからだという。本作の冒頭でも強調されているように、当時の「優れた」男性とは、頭のよさと真面目な性格を活かして、こつこつと働き、富を蓄える人を指していた。そのためスローパーを選ぶということは、これらのアメリカ的理想に支えられた男性の優位性や、男女の役割を彼と同じように理解していると示すことになるのだろう。こうして、スローパーはキャサリンと同じように、男女を役割や決まった型に分けて考えているにもかかわらず、実際に自分がそれに当てはめられるとなると、ひどく動揺している。キャサリンが父による保護や娘の義務について自分の考えを話したとき、スローパーは初めてキャサリンのことを賢いと思うが、同時に不快感も露わにするのだ。なぜ怒ったのかは明快に語られないものの、このときスローパーが感じたのは次のようなことだと推測できる。すなわち、これまでキャサリンが崇拝してくれていたのは、自分という個人のすばらしさを認めたからではなく、「父を敬う娘」という一つの役割を演じていたからであるということや、自分が誰かと交換可能な存在にすぎないということである。しかし、スローパーの内面を察しようのないほど「父」の全能性を信じているキャサリンは、彼の冷たい反応を見て、父を心から尊敬しているのに、その気持ちが馬鹿にされたと誤解する。

このように作品の途中までキャサリンは父親を理解することができないが、彼が家族を「殺した」ことで精神的な傷を負っていると感じ取り、その負の遺産を相続するときに、ようやくこの限界が打ち破られている。キャサリンは明確な理由を父親から聞いていないにもかかわらず、あるとき彼に愛されていないことを悟るのだ。さらに、父が結婚に反対するのは、彼が最愛の妻と息子を失い、自分が二人の代わりにはなっていないからだということにも気づく。キャサリンがここで気づいた真実は、スローパーが負った傷と同じくらいに身を切られるようなつらい真実であるが、彼女の反応は父親とは大きく異なっている。愛情は誰にもコントロールできないものだからと、父を責めないことにし、父の期待に応えられなかった自分も許すことにするのだ。こうして父親の精神的な傷を知ったことで、キャサリンはあらゆる役割意識から脱却していく。このあとキャサリンはモリスに優しくしてほしいと求めるが、それは以前のように父親の代わりとなる保護者が必要だからではなく、自分のすべてを捧げたほど彼を愛しているからだと説明している。また、結末ですべての女性が当然のことのように結婚する必要はないと考えてもいるが、これらはキャサリンの変化を端的に示すものだろう。

このようにキャサリンが役割意識から脱却できたのは、「父に認められた子」という認識を失ったのと同時であるため、「父」を失った状態についてもう少し考察したい。キャサリンは結末で共同体のよき相談役となり、居間で刺繍をして過ごしているので、保守的な価値観を守り続ける人物になったかのように見える。しかし、これは「父」とつながっていることを表すものではない。このキャサリンの姿は先行研究でも指摘されているとおり『緋文字』の主人公ヘスター・プリンの姿に似ている（Babiiha 271; Cambon 340）。あるいは、身分が高く、慈善活動を行う独身女性という点で『ボストンの人々』のオリーヴも思い起こされるだろう。こうした登場人物たちと同じく、キャサリンは共同体の中にあって保守的なふるまいをしながらも精神的には「父」を失い、一歩引いた立場から共同体に関わっているのだ。

こうした精神面での「父」の喪失に重なるように、物理的な廃嫡も描かれている。スローパーはキャサリンに譲るはずだった遺産をアメリカ国家に捧げているが、これは父の遺産の継承と男性優位の価値観が結びついている国家から、キャサリンが締め出されてしまったことを表すのに効果的な手法である。キャサリンが父権的な価値観を昔と同じように信じることは、もはやないだろう。そのことが「父」と「アメリカ」の強い結びつきと、そこから切り離されたキャサリンという形で表現されているように思われる。このようにスローパーの遺産を相続できなかったこと、その遺産がアメリカに渡ったことには、父親からだけでなく、アメリカ的価値観からも切り離されてしまったことが暗示されているのだ。

「父」の喪失が、キャサリンの意識の発展を中心とする本作において最も意味を持つのは、過去への向き合い方の違いが描かれるときである。スローパーとは異なり、キャサリンは「過去の亡霊」（165）が現れたとき、ひたすらそれが去るのを待つことにしている――「この動揺はほんの少しの間続くだけよ、とキャサリンは自分に言い聞かせた。きっとすぐに治まるわ。キャサリンは震え、動悸が激しくなっていたので、自分でも動揺しているのがはっきりと感じられた。でも、こうしたこともまたしばらくすれば治まるものだとわかっていたのだ」(165)。このキャサリンの考え方は、喪失とその痛みを受け止めるものであり、何らかの埋め合わせを求めるスローパーの姿勢とは対極にある。キャサリンは落ち着きを取り戻すのを待つ間、近くにいたラヴィニアも気づかないほど静かに涙を流す。そうすることで周囲の人々に自分の悲しみを負わせることなく、過去の痛みを受け止めようとする。

もう一つキャサリンに特徴的なのは、過去のつらい現実を忘れないことで、逆説的に過去から逃れようとするところだ。このキャサリンの姿勢は、スローパーやモリス、夫と息子を亡くしたためにキャサリンとモリスを彼らの代理にしようとするラヴィニアが、未来に目を向けているかのようにふるまいながら、実は過去をひたすら再現してしまっているのとは対照的である。キャサリンは、モリスとのできごとが人生を大きく変えたことは忘れないと宣言している。ひどい扱いを受けたことに対し、今では怒りも恨みも感じていないが、すでに起きたことは起きてしまったのだから、過去のつらいできごとをなかったことにして未来へ進むことはできないとモリスに言い渡す。この宣言の中でキャサリンは「大事なものが死に、埋葬された(“Everything is dead and buried”)」(170) と言うが、これは直接的には父やモリスへの純粋で盲目的な愛がなくなったことを述べている文だ。しかし、それと同時に、比喩的にスローパー家の亡くなった家族を表してもいるように見えてくる。キャサリンはこの「死者」を掘り起こさないまま、思い続けることを選んでいることがわかる。ほかの登場人物のように過去を美化したり清算したりせず、彼らが向き合えなかった悲しみを正面から受け止めて、涙に換えて浄化するのである。これは一見すると受動的な姿勢のように思われるかもしれないが、作品前半のような無力なキャサリンに戻ってしまったわけではない。前半部でのキャサリンは、父に対する恐れや盲目的崇拝から自分の思いを口にすることができず、行動力も持たなかった。こうした静止とは異なり、結末の静止はすべての争いを止めるために自分が痛みを負う、能動的な姿勢と言えるだろう。

このようにスローパーの負の遺産を浄化したキャサリンが、それまでの人生においてすべてであった父親と彼の体現する価値観とを失ったことが「つぶしてしまった足を切り落とした人の人生」(156)であるというように、喪失感に焦点を当てて語られる点は注目に値する。キャサリンの日々は、ただ過去の悲しみがこみ上げてきては、それが過ぎ去るのをじっと待つだけの日々である。生きる目的もなく、ただ死ぬまでの時間をつぶしているだけのキャサリンを崇高な存在と美化するのは難しい。とはいえ、自分を傷つける記憶に浸り、妄想に取りつかれるほかの登場人物たちと比較したとき、キャサリンの境地が彼らのものと異なることは明らかだ。キャサリンは少なくとも自分の生き方を自分で決め、ときおり過去の悲しみがこみ上げるほかは、比較的ほかの人に振り回されずに生きている。これに対し、モリスやスローパーは物語の最後まで、あるいは人生の終わりまで、他者の支配——とりわけ互いへの支配から逃れられないのである。

二、互いに逃れられないモリスとスローパー

モリスとスローパーは、彼らをつなぐキャサリンが結婚への関心を失ってからも、互いの支配から逃れられていない。二人の関係を論じるにあたっては、キャサリンの分析と同じように当時のジェンダー観と照らし合わせて考えることが鍵となるだろう。また、アメリカとヨーロッパの対比も当時のジェンダー観

と結びついて二人の関係に影響を与えている。このため、まずはアメリカで考えられていた「男らしさ」がヨーロッパ文化との対比から浮かび上がるさまを確認したい。

まず注目すべきは、モリスがヨーロッパ化された人物として設定されていることだ。彼のふるまいは、ニューヨークの人々の目には奇妙に映り、コミュニティから締め出されていく。[2] こうした「土地の精神」を描く手法は、ジェイムズがナサニエル・ホーソーンやオノレ・ド・バルザックら先輩作家たちから学び取ったものである。ジェイムズは本作でついに感覚をつかみ、十九世紀前半のアメリカの精神風土を描き出すことができた。その精神風土とは次の作品分析において指摘するように、労働や独立心を重視する価値観、ヨーロッパに比べてアメリカは劣っているのではないかという意識、その劣等感を自らの力で築いた富によって払拭しようとする対抗心である。キャサリンは出会って間もない頃、モリスのことを「外国人」のようだと考え、噂でしか聞いたことのない「外国人の賢さ」に対し素朴に憧れている。キャサリンの目にはモリスの持つヨーロッパ性が異国文化として新鮮に見え、自分たちの文化よりも優れたものとして映ったのだ。これに対し、モリスのいとこで、キャサリンのいとこの夫でもあるアーサー・タウンゼンドは、ニューヨークの人々も十分に賢いため「外国人」など知る必要はない、ここではモリスのような人は賢すぎてよくないとさえ思われていると主張する。アーサーはこの国を先導するビジネスマンであるため、ヨーロッパとは異なる独自の力をつけたアメリカを誇りに思っており、その気持ちがこの発言につながっていることは間違いない。しかし、モリスの知性を余計なものだと感情的に否定することから、アーサーがアメリカのすばらしさを主張するのはヨーロッパに対する劣等感から来ることもわかる。[3] このアーサーの例は一例にすぎず、そのほかのアメリカ人登場人物も同じように反応しているため、本作ではアメリカにおいて異質なモリスが掻き立てる彼らの劣等感や反感も重要な主題になっていると考えられる。

また、ジェイムズがこの時期にヨーロッパとアメリカの文化の違いや衝突を、ある程度図式的にとらえていたことも見ておきたい[4]。一八七五年出版の『ロデリック・ハドソン』においてアメリカ人芸術家がヨーロッパ文化に翻弄され破滅する過程を描いたあと、一八七七年に『アメリカ人』、一八七八年に『ヨーロッパの人々』並びに『デイジー・ミラー』、一八七九年に『信頼』と、欧米文化の相克を主題に次々と小説を発表した。その後一八八〇年の『ワシントン・スクエア』を経て、次作に『ある婦人の肖像』が出版されてもいる。これらを考慮すれば、『ワシントン・スクエア』におけるモリスとスローパーの対立が、アメリカ的価値観とヨーロッパ的価値観の対立であると読んでもそれほど不自然ではないはずだ。

特にモリスとスローパーの間で価値観の違いが明確に現れるのは、労働をめぐってである。モリスは労働に関心がなく、豊かで安楽な人生を送りたいと公言しており、結婚についても最初から妻の財産をあてにしている節がある。この考え方がヨーロッパでは大きな問題とならない一方、アメリカでは罪であるかのように非難されることになる[5]。作品の冒頭ではアメリカについて、働いて稼ぐか、そう見せかけておくことが重要な国だと紹介されている。そのほかに、労働、勤勉、知性、富の獲得がこの国の理想とされており、それらをすべて含むのが医師という職業であるということも書かれている。こうしたアメリカ国民の常識を代弁するかのように、キャサリンはモリスという、初めて出会う無職の人間に驚きを隠せない。そしてアメリカ的理想の体現者であるスローパーはより手厳しく、モリスを「財産狙い」であると決めつけてしまう。スローパーは貧しいだけならチャンスを与えるべきだという民主主義的な考えを示す一方、モリスが端から労働しないと決めていることに対しては嫌悪感を露わにする。これに対しモリスは、スローパーが軽蔑しているのは自分の貧しさだと誤解し、あるときなどはそのせいで笑われたとさえ思い込む。このモリスの誤解は階級意識の根づいたヨーロッパ社交界の残酷な一幕を思わせるものだ。二人の認識がずれているとモリスがわかるのは、何度も面会したあとのことだった。モリスは「今初めてわかったという口調で」、「ああ、わかりましたよ、僕を怠け者だと思っているんですね！」と驚いている（57）。このときようやく働かないことがスローパーにどのように解釈されているかをモリスは悟ったのである。

また、モリスの姉モンゴメリ夫人とスローパーとの面談にも、働かないで暮らすことについての認識の違いが描かれている。弟の「才能」（69）[6]や生き方を認めているモンゴメリ夫人は、自分の収入でモリスが暮らしていることに、日常的な愚痴はこぼしても、本質的な不満を抱いてはいない。スローパーがそのような人生観を認めないため、夫人は次のように主張するほどだ――「おわかりになりませんか、弟が裕福なお嬢さんと結婚することになれば、私の利益になるということが。（中略）そして、もしあなたがおっしゃるとおり、弟が私の財産を食いつぶしているなら、私は弟をどこかよそへやってしまいたいと思うはずじゃありませんか。もしそうなら、弟の結婚を邪魔すれば私が余計に困ったことになるだけだ、ということになるはずでしょう?」（68）。この発言は、すでにモリスについて日常的な愚痴の範囲で欠点を認めたことを理由に、モリスがスローパーの言うような「人にたかる」（68）ほどの悪人ではないことを示そうとするものである。しかし、スローパーはこの発言を誤解してしまう。モリスに不利なことを認めてしまえば、キャサリンとの結婚はなくなり、行き場のないモリスは姉である自分のところに居座ったまま家計を食いつぶしてしまうというように、モンゴメリ夫人が窮状を訴えたと勘違いするのだ。挙句の果てにスローパーは夫人に資金援助まで申し出、まるでモンゴメリ夫人が「たかった」かのように受け取っている。これに対して発せられた「私は怒ってもいいところだと思います」(68)というセリフは、上記の読みが外れていないことを示しているのではないだろうか。この例からも、働かず、女性の財産で暮らすことに対し、スローパーとモリス的価値観を持つ人たちとの間には意見の違いがあることがわかる。

先に触れたように、スローパーがなぜ自分を軽蔑しているかにモリスが気づいたあとから、二人の対立が深まっていく。そして、それに応じてモリスはスローパーと、彼に代表されるアメリカ的価値観とを体現する金銭に執着し始めるのだ。そもそも姉にすらキャサリンの財産について詳しく話していなかったモリスは、その財産を好条件だとは考えていても、それだけを目的にするほど強い執着心を持っていなかったように思われる。その証拠にモリスはキャサリンの優しさを愛しく思い、ともに過ごすことによってニューヨークで感じている孤独を癒したいと考えていることも指摘しておきたい。モリスが変わってしまうのは、スローパーの自分に対する見方がわかったときだ。彼にはっきりと挑戦的な態度を取るようになるほか、遺言の内容も詮索し始め、とうとうスローパーの書斎にまで入り込む。モリスは書斎でスローパーの椅子に座りながら、彼の地位を自分のものにしたいと考えたり、彼の資金で得たものを浪費して復讐を果たした気分を味わったりもする。さらに、急に仕事を見つけようとする(少なくともそのふりをする)ことも特徴的だ。スローパーに働かないという理由で拒まれてから、モリスはアメリカ的理想に悩まされ始め、次第にスローパーの価値観を体現する財産への執着が募っていくのである。

モリスを苦しめるスローパーも、アメリカ的労働観を持ちながら、やはり労働を中心とする理想の男性像に苦しめられている。スローパーがモリスを排除しようとする最大の原因は、これから論じるように妻と息子の死によって負った精神的な傷にあるのだが、このことはキャサリンとの関係だけでなくモリスとの関係にも影を落とすのだ。国家的理想と結びつく医師という職業にありながら、最愛の家族を救えなかったことで、スローパーは自分の無力さを責め続けている。その様子は次の引用にあるとおり、自分の体を折檻することに喩えられているため、いっそう傷の深さが際立つ。ここではスローパーを折檻する「手」が彼自身のものであることを踏まえて考察したいので、英語のまま参照したい。

Our friend, however, escaped criticism: that is, he escaped all criticism but his own, which was much the most competent and most formidable. He walked under the weight of this very private censure for the rest of his days, and bore for ever the scars of a castigation to which the strongest hand he knew had treated him on the night that followed his wife's death. (5)(7)

この引用から、スローパー自身が最も厳しく自分を責めていたことがよくわかる。バーラントによると、スローパーが妻を愛するのは、妻が自分の理性を映し出す存在だからだ（Berlant 443）。また、息子も男性としての力を社会に広げていくために必要だったので、妻と息子を失ったことによりスローパーは去勢されてしまっているという（Berlant 443）。この読みが妥当であることが、ひとまず右の引用から確認されるだろう。これに加えて、スローパーがあくまで罪には罰を与えるという「清算」(8)の考え方にとらわれていることが見えてくる。また、家族の死を自らの責任だと考えているが、これは家長が全能であるということをあまりにも信じすぎているためであるように思われる。

スローパーの清算志向と父権的価値観は相互に働きかけるものとなっている。つまり、家長なのに無力であったからには、罰を受けなければならない、罰を受けるということは家長にふさわしい男らしさだ、というように。そして、この全能性や罪を引き受ける潔さは、わざわざ周囲に見える形で示されているため、やはり一つのジェンダー・パフォーマンスだと考えられる。たとえば晩年死にいたる病に冒されたとき、スローパーがとても回りくどくキャサリンに看病を頼む場面は、その好例である――「よく看護してもらいたいんだ。それで何か変わるわけではないんだが。もう決してよくなることはないんだからね。でもすべて、何から何まで、きちんと処理してもらいたい、まるで回復することがあるかのようにだ。だからよくなるという前提で看護してくれないか」(160-61、強調は引用者)。ここでスローパーは仮定法と未来形を用いながら、回復する見込みはないことを繰り返している。これによって自分が死ぬという運命が必然であると理解していること、死という恐ろしい運命から逃げてはいないことを示そうとしている。また、自分の運命を知っていると言うことで、人には支配できるはずのない運命すら支配する力を持っているかのように見せている。病にかかる一年前には、自分がどのように死ぬかを詳しく予言した上で、そう予言したことを覚えておくようにとわざわざ言い残すのだ。スローパーはこうしたふるまいを通して、妻と息子の死によって失った男性性を取り戻そうとしているのではないかと思われてくる。

　このようなスローパーの言動から考えると、キャサリンを「失った家族の劣化版」として見ていることをほのめかすのも、つらい現実を受け止めているという姿勢を見せたり、自分の罪から逃れていないことを示したりするものだと解釈できるだろう。つらい現実を直視しようとする姿勢は、彼の会話に特徴的なアイロニーによって示されている[9]。スローパーはキャサリンを妻の代わりとし、同じ名前をつけた上、語り手が指摘するように、娘をまだ愛称で呼ぶべき幼少期にも一人前の女性を相手にするようにキャサリンと呼んでいる。こうして二人を重ねるからこそ、スローパーはその違いを意識させられてしまうのだ。スローパーのキャサリンに対するアイロニーから見えてくるのは、内心キャサリンが妻と似ていなくて失望しているにもかかわらず、「娘によって失った家族を取り戻せはしないことくらいわかっている」というふりをしていることである。

さらに、このように幻滅する状況を招いたのは自分自身であることもきちんと自覚していると、スローパーは繰り返し周囲に示している。スローパーのセリフに子殺しの比喩が多いことが、その一例だ。キャサリンを崖から突き落とすという比喩や、モリスを殺したかったというセリフ、モリスとキャサリンの恋を励ますラヴィニアに対し「子猫を殺してしまえ」という比喩で脅すことなど、いずれも子殺しを連想させるセリフをわざわざ自分から口にしている。周囲の人々はときおりスローパーの罪悪感につけ込んで子殺しをあてこするが、彼らに対しスローパーはあえて自分を子殺しとして提示しているのだ。また、たとえ危害を加えたとしてもキャサリンは怒らないだろうと指摘されると、それに対しても腹を立てている。これらの例から、スローパーが自身を身内に危害を加える人間であるとみなし、だからこそ罰を受けるべきだと信じていることを、周囲に示そうとしていることがわかる。

このようにスローパーの精神的な傷と回復の試みから考えてみると、スローパーがキャサリンを劣っていると思い続けることは、自分の犯した罪に向き合い、それに対する罰を引き受けようとすることに等しい。晩年スローパーはキャサリンにモリスと結婚するつもりなのかと再確認する。およそ二十年間何の連絡もないモリスのことをこのように尋ねるのは非現実的としか言いようがない。スローパーはモリスの本質を見抜けないキャサリンが知的に妻や息子より劣っているという考えから抜け出せない、あるいは抜け出したくないのだと考えられる。また、スローパーは二人の結婚を確信しているにもかかわらず、キャサリンに五分の一だけ財産を遺す。以前、モリスと結婚すれば財産は一文も遺さないと言っていたが、結果的にそのときよりも多くの財産をキャサリンに渡すことになっている。実際にモリスはそれを知ってキャサリンのもとに戻ってくるため、モリスが戻ってきて自分の財産を奪うようスローパーが増額したのではないかと考える余地さえ残されているのだ。世界中の富裕層からスローパーの財産だけを狙って戻ってくるモリスと、モリスが自分だけを狙って戻ってくると考えるスローパーは、どちらも客観性を失っており、自分と相手のことしか見えていない。そして繰り返し確認しておくと、これほどまでに二人が互いに執着するようになったのは、「強い」父親像に縛られているスローパーが妻と子を失ったせいで精神的な傷を負い、その反動として父権的な力を取り戻そうとしたためなのである。

スローパーがモリスに財産を狙わせることには、モリスを復讐する息子として扱うという意味も読み取れる。アーモンド夫人から父親としてキャサリンとモリスの結婚をどう思うかと尋ねられたとき、スローパーは即座にモリスの父親として考えている。容貌の美しさ、健康的な身体、自分をしのぐほどの賢さなど、死んだ息子が持っていたはずの長所をモリスは備えており、初めからスローパーもこれらの長所を認めていた。生きていれば大体同じ年の頃であるモリスを息子として夢想したとしても不思議ではない。モリスを息子とみなすことは、現実や罰から逃れて「息子が戻ってくる」という夢を見ることになるが、そうした逃避を自らに許さない姿勢がモリスを頑なに受け入れようとしないことの根底にあるように思われる。もう一つ興味深いのは、スローパーの想像の中でモリスが、自分が殺したと考えている息子とは反対に、殺せない復讐者として認識されていることだ。アーモンド夫人がモリスを殺したかったかと尋ねると、スローパーはためらいもなく肯定している。さらに、モリスが死んだふりをしながら実は生きていて、きっと自分に復讐を果たしに戻ってくるはずだという。スローパーは死の間際まで、この考えに取りつかれることになる。このように、罪を犯してしまったと考えるスローパーは息子からの罰を恐れつつ、男性性を担保してくれるその考えを手放すこともできないでいるのだ。

三、モリスとスローパーの闘争に潜む同性愛的願望

前節まで述べてきたように、スローパーはその保守的な価値観から、妻と長男を死なせてしまったと考え、男性として無力であるかのように感じてしまう。その無力感を打ち消すべく何とか男性的な力を取り戻そうとし、モリスを拒むことになる。一見すると家父長的な権力争いがスローパーとモリスを動かしているようであるが、そこから生まれた二人の関係は単なる男性同士の衝突を超えた執着として描かれている。キャサリンをさしおいて互いを強く意識するモリスとスローパーの様子には、同性愛の領域へのゆるやかな変調が含まれているように思われるのだ。スローパーはモリスの容貌や知性を高く評価し、モリスの視線を絶えず意識している。その反面、何があってもモリスを信じたくないと断言しており、理由よりも先に信じたくない気持ちがあることが読み取れる。享楽的なヨーロッパ文化を体現するモリスを受け入れない姿勢と、モリスを受け入れ、息子が戻ってくるかのような夢に浸ることを拒む姿勢は、スローパーが自らに禁じる「快楽」として重なっているのである。このように、モリスによる「快楽」に溺れることを自らに許そうとしない頑なな姿勢によって、かえってスローパーがモリスに対して感じている誘惑の強

さが引き立つことになる。

このことがより際立つのは、モリスがキャサリンの誘惑者であるだけでなく、スローパーにとっても誘惑者のような性質を備えているためである。たとえばスローパーはモリスの身体の美しさを褒めている——「彼は並外れていい体をしている。解剖学者として、あのような美しい体を見るのは本当に喜ばしいものだ」(35)。別の個所では「とてもハンサムな顔と体、それにすばらしいマナー」(57)を備えていると、魅力的な外見やふるまいを褒めているほか、モリスの知性も高く評価しているのだ。しかし、これほどまでにモリスの魅力を認めているにもかかわらず、彼を褒めるときには必ず、女性なら魅了されるだろうが自分は違うという一言をはさみ、ことさら女性との違いを強調している。スローパーは出会った瞬間に「モリスが普通の青年とは違うことがわか」り、「彼には才覚があるね。確かに才覚があるよ。それに使おうと思いさえすれば、とてもいい頭も持っている。身なりだってかなり整っているね」(33)と言う。しかし、すぐに「彼こそ女性を喜ばせるタイプだな。でも私は嫌いだ」(33)とつけ足している。この直後から、モリスが語る外国の様子を一言も信じまいと決意するようになるのだ。また、モリスがパーティーの途中で歌声を披露すると、「甘い、軽やかなテナーの声」(34)に対し、女性客から歓声が上がる。そのときもスローパーは「魅力的だね、本当に魅力的だ」(34)と大きな声で周囲に聞こえるように言いながら、「ある冷たさ」(34)をその声に潜ませている。モンゴメリ夫人と面談した際には、「モリスのようなタイプは、体全体に書き込まれていますよ」(66)と、詐欺師のような魅力と怪しさについて指摘する。これに対しモンゴメリ夫人が「彼はとても魅力的でしょう」と褒めると、「あなたがた女性はみんな同じだ!」(66)と声を荒げさえするのだ。女性たちが認める外見のよさや才能をスローパーも認めた上で、決して女性のようにモリスに魅了されまいと頑なになっていることがわかる。まるで魅了されることを恐れているかのようだが、それもスローパーの男性性へのこだわりを考えれば当然のことと言えるだろう。当時の価値観では、モリスを賞賛することは、女性的な優美さを含むヨーロッパ文化を受け入れることでもあり、男に惹かれる男として「男らしい異性愛中心主義者」とは異なる存在になることでもあるからだ。

スローパーはモリスを恐れる一方、忘れることもできない。「死んだふり」をしながら生きていて、自分の死後に遺産を奪いにやって来るという考えも、その執着の顕れとして読むことができる。そして、スローパーの執着は性愛による関心を思わせるところもある。たとえば、キャサリンが騙されることを心配していたはずであったスローパーが、いつの間にか自分がモリスに傷つけられる心配をしている場面を考えてみたい――「一瞬、スローパーは自問した。自分はこの若者の目に愚かに映ってはいまいか。モリスは不適当なものを見抜く鋭さを秘めているような気がした」(42)。その後、こう思い直している――「スローパーは自分に言い聞かせた。もしかしたらあまりにも事態を深刻にとらえすぎていて、傷つけられる前に声を上げていたのではないか」(42)。これらの内省から、傷つけられる対象がキャサリンではなく、スローパーにすり替わっていることがわかる。関心のある相手でなければ、どう思われようと構わないことは、スローパー自身が態度で示していたことだ。モンゴメリ夫人に対する非礼さなどは、その好例であろう。したがって、スローパーのモリスに対する執着は、性愛の対象として意識するような深い関心に基づくと考えられる。

そのほかにもスローパーがモリスを過剰に意識し続ける様子は、綿密に描き込まれている。スローパーは熱心にモリスの研究をし、ノートに逐一記録を残すほか、必要とあれば、わざわざ彼の家に赴き、姉にモリスのことをあれこれと尋ねている。この熱心さから考えると、モリスと出会ってからヨーロッパ旅行を思い立つことも、モリスの性質を確かめるためであるように思われてくる。こうしてスローパーはモリスを強く意識するあまり、いつモリスが訪問したのか、いつ手紙が送られているのかなどを、気配だけで察知するようにもなる。それほどモリスに対する神経が研ぎ澄まされていくのだ。このように、キャサリンを通して、スローパーは安全な立場からモリスへの関心を深めている。

モリスのほうでも、スローパーに対して受け入れてほしいという特別な思いを抱いているらしい。モリスはスローパーに対し、キャサリンとの結婚を認めてほしいと説得するはずが、いつの間にか自分を認めてほしいと訴えている。何を言ってもスローパーが自分を低く評価することがわかると、「モリスの失望は目に見えて深いものだった」(57)という様子を見せる。さらに、「僕を信じてくださるようなことで、何か僕にできることはありませんか」と食い下がるのだ。スローパーに「わからないか? きみを信じたくないんだ」と言われても、なお「野良仕事でも何でもします」「明日にでも空きのある仕事につきます」(57)と畳みかけている。ついに「私のためではなく、自分のためにそうしたまえ」(57)とスローパーに言われるほどである。スローパーも察知しているとおり、モリスはもはやキャサリンとの結婚のためではなく、スローパーに自分を受け入れてもらうために必死になっていることがわかる。

無視され続けると、モリスはスローパーの聖域である家や書斎に入り込もうと画策するようになっていく。モリスがキャサリンのいるところから締め出されたとは考えておらず、スローパーのいるところから締め出されたと考えていることは注目すべき点であろう。手に入れられないスローパーの領域は、確かにモリスの欲望を掻き立てている――「モリスは表に回り、しばらくの間立ち止ってスローパー邸の正面を眺めていた。モリスは上から下までその家を眺め回した。（中略）その家はひどく快適そうだった」（80）。最後の「ひどく」は“devilish”という形容詞で表現されている。これは性的魅力のある人物や誘惑を感じるものに対して使われる言葉である。こうしたモリスの様子から、彼がスローパー自身を体現する家を欲していることがわかる。また、スローパーの書斎は、彼の心とつながっている場所として提示されている。キャサリンは書斎で父の愛を求めて手を伸ばすが、モリスのことで態度を和らげるわけにはいかないスローパーは、その手を押し戻し、キャサリンを書斎から閉め出してしまう。書斎に入れないことは、ただその場所に入れないだけでなく、父の愛情の外に締め出されたことを象徴するものなのだ。モリスは、スローパーが海外旅行で留守にしている間、この書斎に何度も忍び込み「たばこを楽し」（一二三）む上、「一時間ほどスローパーの蒐集品を一つ一つ眺めて過ご」（一二三）して、スローパーになりきるかのような一体感を味わっているのである。モリスはその後も書斎という深奥に入り込んだことが忘れられず、スローパーが帰国してからというもの「キャサリンの領域である居間にしか入れないことを思い知らされて、不当に扱われている気がした」（123）という。モリスはキャサリンの領域では満足できず、スローパーの領域を狙っていることが明確に読み取れる描写だ。このようにスローパーの「心」に入り込もうとするモリスの画策は、性愛にまつわる欲望に根ざしているように思われる。

モリスがスローパーを説得するために考え出した作戦も、やはりきわめてロマンティックなものだ。モリスは「ベネチアで月明かりの下、ゴンドラに揺られながら」（110）、スローパーの「琴線に触れ」（110）、説得するようキャサリンに助言する。スローパーの心が傾くタイミングとツボを正しくとらえて、美しい夜に誘惑するよう仕向けているのである。たとえ実行するのがキャサリンであったとしても、指示しているのはモリスであり、キャサリンという媒体を通して、スローパーを誘惑する光景が読者の前に浮かび上がってくる。また、十九世紀にゴンドラの船頭は同性愛者のための男娼を兼ねていたことも思い出されるだろう（Moon 439）。ジェイムズが深い関心を寄せ、『ベルトラフィオ』の作者」のモデルとして描いたこともあるジョン・アディントン・シモンズは、ゴンドラの船頭を客として買い、次第に恋人として交際するようになったと言われている（Moon 439）。また、ジェイムズの友人ジョン・シンガー・サージェントには召使い兼恋人がいたが、彼を絵のモデルとする際ゴンドラの船頭の格好をさせたことも指摘されている（Moon 440）[10]。モリスが提示したゴンドラでの誘惑は、ただロマンティックであるだけでなく、同性愛も暗示するものなのである。

このようにモリスとスローパーは互いに執着するあまり、欲望を抱き始めている。スローパーはアメリカ的価値観、特に「男らしさ」の考えに支配され、失った男性性を取り戻そうとしてモリスを頑なに拒む。モリスは魅力的であり、スローパーが本当は望んでいるものであるが、「男らしい」男であるためには排除しなければならないのだろう。しかし、禁止すればするほど、惹かれていくさまがとらえられている。モリスのほうでも、スローパーに頑なに拒まれることによって金銭への執着を募らせていく。モリスが実際に強く望んでいるのは金銭そのものではなく、それを重視する価値観に染まっているスローパー自身なのだ。結婚の物語や父娘の理解の難しさを描いたように見える本作には、そうした男女間の関係に生じる同性同士の強い執着も描かれているのである[11]。

注

(1) モリスやスローパーが平面的に理解されるのは、先輩作家たちの作品と重ね合わせて読まれるためである。たとえば、バルザックの『ウージェニー・グランデ』やホーソーンの「痣」、「ラパチーニの娘」などが比較対象となる。ジェイムズはこの作品を書いているときに、欧米の小説に関する批評を次々と発表し、理想の小説像を模索していた。設定の類似や小説論の姿勢を見るかぎり、これらの先行作品を範として本作の主題や人物を生み出したことに間違いはない。このため、多くの批評家が先行作品に登場する冷酷な家長をスローパーやモリスに重ねることになったのだ (M. Bell 22, 24; Maine 218, 227; Poirier 160, 167)。しかし、先行作品では悪漢たちがなぜ冷酷になったのかが描かれていない一方、モリスやスローパーが他者への理解を欠くようになる背景は丹念に描かれている。したがって、二人のキャラクターや関係は見逃すことのできない要素と言えるだろう。

(2) モリスは父を亡くしたあと、世界中を放浪するが、その中心はヨーロッパであることが暗示されている。ヨーロッパの社交界に出入りし、パリやロンドンの劇場であらゆるオペラを鑑賞したことが、モリスの最初の旅の成果として示されているのだ。また、作者がヨーロッパの特徴と考える「洗練された会話」を身につけ、ニューヨークの人々を驚かせてもいる。

(3) ジェイムズによればアメリカ人は他国民から常に過小評価されていると考える傾向にある。政治においてもアメリカは周縁に位置し、実験段階にあるという相対的感覚を持たされるため、ヨーロッパの芸術に触れたとき、心が癒されるというよりは腹立たしくなるのが旧式なアメリカ人の典型であると述べている (*Hawthorne* 155, 164)。

(4) ウォーカーによると、『ワシントン・スクエア』以前の小説において欧米の対比という図式的な枠組みが、他者を個人としてありのままに理解できない人々を描く上で効果的に機能している (Walker 146-47)。

(5) むしろヨーロッパでは労働の卑しさが指摘されることになるという文化の違いをジェイムズは『アメリカ人』で描き出している。

(6) 地元の人とは異なる性質を持つことが漠然とこの言葉で表現されている。『ある婦人の肖像』においてもイザベルがヨーロッパへ渡る理由が、才能を何らかの形で活かすためであるとされていることを指摘しておきたい。

（7）“the strongest hand he knew”は古茂田淳三訳では神の手となっているが、直前の最上級“the most competent and most formidable”は関係詞でスローパー自身の批判であることが明示されており、文脈上次の「手」もスローパーの手であると考えられる。スローパーは牧師のペニマン氏と激しく神学に関する議論をしており、のちに示す清算志向からもプロテスタントの精神を持っていることが暗示されている人物だ。しかし一方で、善良さよりも賢さを重視し、運命を支配しようとしてもいることから、敬虔な信者というより「神に反逆する科学者」というヴィクター・フランケンシュタイン博士（とその末裔であり、『ワシントン・スクエア』のモデルともなったホーソーン作品の科学者）の系譜に属することがわかる。したがって、ここでスローパーを罰するのが神ではなく彼自身であることは、自らが神と同じ全能性を持つことを信じるスローパーの性格とも合致する。

（8）マックス・ウェーバーはベンジャミン・フランクリンの自伝を参照し、アメリカで信奉される労働と富の獲得が、神から授かった仕事を忠実に行い、神の財産を増やそうとする行いであると考察している（Weber 48-51, 157-58）。労働によって獲得した金銭を介して、神に仕え、共同体の一員としての誠実さを示すのがアメリカ的精神の基礎となるということは、経済的観念が重要であることを意味するので、因果応報という言葉ではなく「清算」という言葉を用いた。ジェイムズ作品には金銭と契約が人間関係の基軸となることが多いのもこの用語選択の理由の一つである。

（9）スローパーの特徴は彼が多用するアイロニーにあるが、そのアイロニーはこれまで自暴自棄（Hutchinson 12）や自己正当化（Poirier 174）として解釈されてきた。

（10）サージェントの「二重生活」については、エレイン・ショーウォルターも指摘している（Showalter 69）。

（11）ショーウォルターは『ジキル博士とハイド氏の奇妙な事件』を映画化した『狂へる悪魔』（ジョン・S・ロバートソン監督、一九二〇年）と『ドリアン・グレイの肖像』の類似点に着目し、この映画を父、娘が求婚者を取り合う三角関係を扱ったものと指摘した（Showalter 77）。このように結婚の物語に父と娘の求婚者との同性愛的欲望が描かれることは『ワシントン・スクエア』に限定されるものではなく、ほかの小説・映画にも広く関係する可能性がある。

第三章

『ある婦人の肖像』における「父」と同性愛的欲望

一八八一年に発表された『ある婦人の肖像』（*The Portrait of a Lady*）は、十九世紀後半における女性の人生を描いた小説である。当時、ジェンダーについてのパラダイムは大きな過渡期を迎えていた。その渦中にある女性の居心地の悪さを体現してみせているのが主人公イザベル・アーチャーである。イザベルは叔母とともにアメリカからヨーロッパへ渡り、独立心を活かして生きる道を探しに行く。イザベルが見つけたがっている新たな生き方とは、前時代の女性のように誰かの妻になることでも、新時代に台頭し始めた女性ジャーナリストや女性解放運動家になることでもなく、柔和さと独立心とを兼ね備えた女性として生きることである。イザベルは新たな生き方が、何でないかを指摘することはできるが、何であるかを言い当てることはできずにいる。したがって、最初は妻になることを拒むことで新しさを追求しようとする。イザベルは最初にイギリス貴族のウォーバートン卿から、次にアメリカの発明家兼工場主キャスパー・グッドウッドから求婚される。彼らはそれぞれの国で、誰もが最も夫にふさわしいと考えるような男性たちである。そのような男性の求婚を断ることでイザベルは自分が独立していることを確認するのだ。のちにイザベルは結婚を決意するが、その相手にコスモポリタンのディレッタントであるギルバート・オズモンドを選んで周囲を驚かせる。オズモンドはもちろん財産はあるが、いわばイザベルに養ってもらう身であるので、男女のジェンダーが逆転した結婚に自ら進んで身を投じることになる。それによってイザベルは新しい生を手に入れたと感じるのである。十八世紀以降、結婚が小説の結末を飾るのにふさわしい「褒美」として描かれてきたが、イザベルの結婚は具体的に描かれない。それどころか、誤った選択をしたことが後半で明らかになる。この構成からもイザベルのめざす自由や独立が、ジェンダーの逆転した結婚では十分に果たされなかったことが示唆されている。結婚後イザベルは一度だけオズモンドの命令に背いて、危篤状態にあるいとこのラルフ・タチェットの病床に駆けつけたことがある。ラルフはイザベルの人生を自分の人生であるかのように見守り、彼女が自由に生きられるよう励ましてきた人物だ。イザベルにとっては、男女関係を超えた大事な人と言えるだろう。そのラルフのもとで過ごし、夫に背いているとき、イザベルは束の間だが自由を取り戻した気持ちになっている。しかし、そのときでさえ夫に服従する姿勢や結婚制度に従う気持ちを捨て去ったわけではない。結末では、ローマへ戻る理由も明かされていないため、夫との結婚生活を押し通していくという決意が物語の最後を飾っているようにも見える。イザベルがこれからも新しい生き方を探し、迷い続ける人生を送ることが暗示されているのである。こうしたイザベルの姿を通して、新しい生き方とは何かを見つけ出そうとしながら、そうできなかった当時の女性の姿が切実に描かれている。

このようにイザベルが迷うのは、心の中で保守的な価値観を持ち続けているからではないだろうか。イザベルは体面を気にして、離婚を避けようとしており、オズモンドの重視する因習に惹かれる一面も見せている。自分たちの選択の責任を引き受けて、どこまでも「僕ら」として結婚生活を続けていくべきではないかとオズモンドに諭されたときは、それが誠実さであると思い込み、イザベルは心を動かされてしまう。こうしてイザベル自身が伝統と新たな生き方との間で揺れ続けるからこそ、イザベルの自由について正反対の解釈が生まれることになった。クリスティン・サナーによると「イザベルはギルバート・オズモンドと結婚したことで自由が失われることになる」(Sanner 152) のだが、シギ・ヨットカントは「オズモンドとの結婚という最初の選択に忠実でいることによって、イザベルは最初の結婚を自由意思に基づくものへと変えることができている」(Jöttkandt 84) と見ている。このように異なる二つの解釈を目の当たりにするとき、デブラ・マッコームの意見に同意せざるを得ないように思えてくる――「イザベルがローマへと続くまっすぐな道を選び、見下げ果てた夫、ギルバート・オズモンドのもとに戻ることに対し、現代の読者の多くは戸惑いを隠せない」(MacComb 129)。

しかし、本作に結婚物語としての一貫性を見出すことが難しいとしても、より重要なのは、どのように一貫した意味の成立が阻まれているかを読み解くことであるように思われる。そして同性愛的欲望はこの小説の分断をとらえる上で、新たな光を投げかけてくれるものだ。これまで確認してきたように、イザベルが独立や自由を模索する上で結婚が大きな問題となるため、『ある婦人の肖像』は異性愛に焦点が当てられることが多い。しかし、イザベルの人生が変わる重要な場面で現れるのは、同性愛的欲望であり、この欲望こそ一貫した（異性愛の）プロットを崩す役割を果たしているのである。以下の節では、ラルフ、イザベル、オズモンドの「父」への欲望が同性愛的欲望を生み出し、異性愛プロットとしての小説の一貫性を打ち崩しているさまを考察していく。

一、ラルフの「父」への欲望

異性愛のプロットから大きく外れ、伝統的な結婚物語を念頭においた読み手の予想を裏切るのは、ラルフとイザベルが本心を打ち明け合う場面ではないだろうか。イザベルは以前、彼女のためを思ってなされたラルフの忠告に腹を立てたことがある。そのとき、ラルフは彼女が好きだという利己的な理由から意地悪を言ったのだと彼を非難し、哀れみの言葉をかけることで復讐するのである。結婚後もイザベルはラルフに対し、親切心とも意地ともとれる心境から、自分の不幸を隠し続ける。したがって、イザベルが、夫とマール夫人の企みを知ったあと、何としてでもラルフに会わなければと思い、夫の反対を押し切ってまでラルフの病床に駆けつける場面は、一つの山場を成していると言えるだろう。

この面会は、ラルフが病気であるとはいえ、寝室というきわめて私的な領域でなされており、オズモンドもこの面会のことを、ほかの男の寝室に急いで行く行為とみなしている。こうした描写によって、ラルフとイザベルの面会に何か親密なものを予感させているのだ。さらに、ラルフはこの面会でイザベルに深い愛情を与え、それによって生きる力を与えてもいる。イザベルがオズモンドを選んだのは確かに過ちであったが、それは困っている人を助けたいという善意から犯した間違いであって、そのような過ちがイザベルのよさを損なうことなどあるはずがないと、ラルフは最後の力をふり絞って伝えるのである。イザベルはまたいきいきと人生に向き合えるのだとラルフが締めくくると、イザベルは満たされた気持ちを味わっている。彼女はこれまで、どのように生きれば自由でいられるのかを模索してきたが、ラルフとともにいるこの瞬間は何もしなくても自由を実感できているのである。そして長い間喧嘩していたラルフにとう とう苦しみを打ち明けたために、イザベルは彼と心から通じ合うことができた幸せもかみしめている。こうした思いで感極まったイザベルはラルフの手に唇を押し当てて、今ラルフとともに死ぬことができたらと望みさえする。ここで二人が異性愛を打ち明ければ、真のパートナーにたどり着いた異性愛の物語として華々しいクライマックスを迎えることになるはずだ。

ところがラルフがイザベルへの愛を打ち明ける姿は、情熱的な異性愛とは異なるものだった。ラルフの言葉からは奇妙に主体性が取り除かれているのである。ラルフはイザベルに対し、人に憎まれていた記憶だけでなく、愛されていたことも覚えていてほしいと伝える。その際「きみは愛されていたんだよ。イザベル、深く崇拝されていたんだ」（*NTHJ* 4: 417　以降、本章での本作品からの引用は、巻号とページ数のみ記す）と表現している。この告白は受動態でなされているため、愛情の対象であるイザベルにスポットライトが当たっており、愛する主体であるはずのラルフは大勢の人の中に隠れてしまう。また、「愛する（“love”）」から「崇拝する（“adore”）」という単語にずらされることによって、男女の人間的な愛から偶像を崇拝するような一方的な愛へと意味合いが変わっている。この場面は一見するとラルフがついにイザベルへの愛を認めて、告白した場面であるかのように思えるが、表現の工夫によって、ラルフが情熱的な（異性）愛を訴えたと読むことが阻まれているのである。ジェイムズはわざわざニューヨーク版全集の出版に際し、二つ目の「愛する」を「崇拝する」という語に書き換えている。ラルフの個人的な熱情が伝わらないほうがジェイムズの表現したい愛の形に近いと考えたことによるのであろう。これに対しイザベルも「ああ、お兄様!」(4: 417)と返答しており、なぜか二人の親類関係を強調しているのである。確かに古典では「いとこ」が実際の親等を表す語ではなく、恋人候補を指すことは多いが、この場面でいとこよりもさらに血のつながりの濃い「兄」という呼称でラルフを呼ぶことによって、イザベルがラルフの愛を家族愛として受け取ったことが描かれている。異性愛の成就が家族愛や偶像崇拝へと少しずつずらされているため、クライマックスとも言えるこの場面で異性愛プロットの一貫性が損なわれているのである。

このようにラルフがイザベルと距離を取るのには、タチェット氏に対する愛が関係しているのではないかと思われる節がある。ラルフはイザベルを心配して、重病であるにもかかわらずローマまでやって来る。しかし、命がけで駆けつけたのに、結局イザベルを救う使命の途中で、ラルフはあっさりとガーデンコートへ帰ってしまう。もちろん、イザベルとオズモンドの仲をこじらせないためであるとか、イザベルを助ける手立てはないとわかったためである、などそれなりに妥当な理由は書かれている。しかし、より強くラルフの帰国の動機として書かれているのは、死ぬときに(イザベルのいる場所ではなく)父がいた場所で死にたいという願いであった——「ラルフは家で死にたかった。父が最後に横たわっていた静かな大部屋に体を伸ばし、夏の夜明けにそっと目を閉じる——それだけがラルフに残された願いだった」(4: 299)。ラルフの心象風景では、死、穏やかさ、父との一体化が混ざり合っている。父の残した「身体」[1]である家に包まれ、父の身体に重なるように寝室に身を置き、父と一体化して人生を終えることが、ラルフのガーデンコートに戻る動機として提示されているのだ。

こうしたラルフの父に対する愛は、実は小説の始まりから印象づけられていたものだった。ラルフ、ウオーバートン、タチェット氏がガーデンコートの庭で午後の遅い時間にお茶会をする有名な冒頭シーンで、ラルフは絶えず父へ視線を向けている。ラルフの目は愛と優しさにあふれており、イザベルが登場してもラルフの視線を父から逸らしておくことはできない。また、ウォーバートンがタチェット氏のひざ掛けについてからかうと、ラルフはすぐに父の体調を心配し、きっとなって言い返している。このようにラルフがユーモアや皮肉を捨てて本心を見せるのは、たいてい父が関係しているときである。イザベルがタチェット氏を慕っていることを知ると、ラルフは「はにかんだように喜びながら」イザベルに「父がお好きなのですね」と声をかけ、「あなたのように、みんなが父のよさを認めてくれるわけではありません。それほど父の性質は洗練されているのです」(3: 238)とつぶやく。イザベルの感受性をほめる言葉には、父親への強い愛がうかがえる。ラルフはイザベルの人生を動かすときですら、斜に構えた姿勢を貫いていたことを思い出していただきたい。イザベルを金の卵を産む鳥に喩え、自らをその卵を搾取して楽しむ存在と位置づけている箇所などは、ラルフの性質をよく表している。その斜に構えた様子がタチェット氏に関しては、まったくと言ってよいほど見られないのだ。ラルフは自らの死とタチェット氏の死について次のように感じている――「もし二人同時に死ねるなら、それが最も望ましいことだ。でも、もし父が傍で励ましてくれないということになれば、自分の死を待つことすらできないだろう」(3: 85)。ラルフは父が先に死ぬことを耐えがたく感じており、父と同じときに死んで孤独を味わわずに済むよう願っている。また、ラルフが生きていくためには、父の励ましが不可欠であるというほど父の存在が大きいこともわかる。ここで、ラルフはイザベルに対し、このような思いを感じてはいないということをもう一度強調しておきたい。イザベルには大空で羽ばたくように生きてほしいと願っている一方、父とは傍でともに生きたい、一体化したいと願っているため、父のほうをより身近に想っていることがわかる。

ラルフが父の遺産の相続分を一部イザベルに譲ったことは、イザベルに自分の人生を生きるよう促しただけでなく、結婚しないで生活資金だけを渡す行為としても理解できるだろう。この新しい絆の形には、イザベルへの性愛というより友愛が感じられる。その上、ラルフにとってイザベルに遺産を譲ることは、父との共同作業であるからこそ重要であることも描かれている。タチェット氏は死の床でラルフに対し、イザベルと結婚するように説く。ラルフはその助言を受け止める代わりに、ただ自分がもらうはずの遺産を少しだけイザベルに分けてやってほしいと頼む。ラルフはイザベルを妻とするより、同じ父の子供であるかのように遺産を分配することを望むのである。その計画すら父と企てるからこそ楽しいのだと主張するかのように、自らの説得を誘惑の場面として読み替えている。ラルフは「まるで愛撫するように」(3: 264) 父に自分が望んでいるものを理解してほしいと伝え、その間「父のほうへ体を傾け、やさしく枕を撫で」(3: 265) ている。自分の行為については「父さんをこんな風に言葉巧みに操るなんて、スキャンダラスだね!」(3: 265) と、誘惑に喩え、ユーモラスに表現している。もちろんこれはラルフ流の冗談であり、本書としてもラルフが (近親姦的) 同性愛を真剣に父親に対して感じていると主張しているのではない。しかし、イザベルとは結婚するより同じ父の子供となることを選び、反異性愛の行為を誘惑のイメージで語る点には、異性愛プロットからの逸脱が見られることは確かだ。

タチェット氏にとって結婚とは「自然な生活」であり、彼はウォーバートンにもラルフにもそれを勧めている。ウォーバートンは急進思想家で、自身は貴族でありながら階級のない社会を望むほど急進的な人物だ。そんなウォーバートンが「分裂した自己」や「病んだ心」を持つことを、登場人物たちはひどく心配している。「分裂した自己」とは、貴族でありながら自分の立場を許すことができず、どこにも落ち着けないでいることを直接的には指している。しかし、ここには同性愛者であるという言外の意味も含まれているように思われるのだ。タチェット氏は結婚すればその分裂が治まるはずだと説いている。これは結婚という規範をなぞることで考えが変わり、保守的に生きるようになることを期待しての助言かもしれない。しかし、同性愛者のセクシュアリティを無理に異性愛へと転換しようとしているようにも見えてくる。

女性の権利や多様な性の解放、人種差別の撤廃を訴える運動など、マイノリティの権利を訴える運動は歴史上互いに関連して起こってきた。アニェスカ・M・ソルティシックはこの関連性に着目し、「独身の急進思想家と言えば、ヴィクトリア朝読者に同性愛者を思い起こさせた」(Soltysik 250) と述べている。これらを考慮すると、「分裂した心」や「病んだ心」は、やはりウォーバートンが同性愛者であることを暗示しているように思われるのだ。ウォーバートンは熱心にイザベルへの愛を語り、ほとばしる情熱も見せるが、求愛するのはイザベルが断るとわかっているときだけである。また、作中常に誰かと婚約中であるにもかかわらず、結局誰とも結婚には発展していない。タチェット氏が見抜いているように、ウォーバートンは「真剣であると感じたい」(3: 101) のであり、そう願うほどに真剣になれない自分がいるのである。

このようにウォーバートンの分裂した自己を考察すると、ラルフが同様の結婚「治療」を勧められていることは注目に値する。ロバート・K・マーティンや海老根静江はすでにラルフが潜在的に同性愛者である可能性を指摘している (Martin 88; 海老根 一二九)。これを明らかにする決定的な論拠を見つけることは難しいかもしれないが、ラルフがイザベルとの結婚より父との共同作業によって、この世にきらめく生を遺そうとしたことは確かだ。これは伝統的な異性愛からの逸脱であると言える。

二、イザベルの「父」への欲望

イザベルの場合、あまり父親に言及されることはないが、実はヨーロッパに渡る前に父を亡くしている。イザベルの父は理想的な父親とは程遠い人物だった。ギャンブルにおぼれ、借金をあちこちに作り財産を使い果たしたほか、娘たちの教育にもあまり関心がない様子であった。(2) しかし、唯一娘たちを悪や危険から守ることには心を砕いていた。イザベルはそんな父を慕っており、父の死後も代わりとなる存在を探し求めているように思われる。イザベルは何かに迷ったり、秘密を抱えたりするとき、自分をヨーロッパに連れてきてくれたタチェット夫人ではなく、タチェット氏に打ち明ける傾向がある。オズモンドを夫に選んだのも、貧しさに耐えながら芸術に生きる姿が立派に見えたからというだけでなく、オズモンドの父性に魅力を感じたためでもあるのだ。イザベルはパンジーとオズモンドの親子愛が絵のように美しいと感じる。そして、金色や紫に染まるイタリアの夕暮れ時の風景と結びつけながら、何度もその父性に思いを巡らせている。さらに、イザベルは、父親としてのオズモンドについて彼の娘であるパンジーと語り合うことを望み、オズモンドへの愛を深めていく。イザベルのオズモンドへの愛は、「父」への愛と分かちがたく結びついているのである。

この父性は、オズモンドへの愛だけでなく、同性愛を掻き立てるものとしても機能しているように思われる。本作の有名な場面に、パンジーがオズモンドの膝の間に立ってイザベルを見つめるというものがある。オズモンドは「パンジーを引き寄せ、膝の間に立たせて、体を自分のほうへ預けさせると、そのほっそりした腰に腕を回した。パンジーは落ち着いた無関心なまなざしでイザベルをじっと見つめたが、その目は意図を欠くものでありながら、自分の姿が魅力的であることを意識しているようでもあった」(3: 370)。パンジーの「無関心」さや「意図を欠く」目は無垢や無知を表しているというより、どこか妖しく描かれている。それは、オズモンドの行為に見え隠れする、広義な意味での性的な支配が感じられるからであり、性に対し完全に無知であるとは思えない十六歳の少女が、「魅力的であることを意識し」進んで体を預けているからである。パンジーとオズモンドの関係は、近親姦的欲望をほのめかしているのだ。パンジーを引き寄せたオズモンドは、娘の身体を自らの創造物であるかのように鑑賞している。オズモンドはパンジーに対し、通常の年齢を過ぎても修道院で教育を受けさせているが、それは、父や夫など家長を喜ばせる「女」としての成熟と、年齢に見合わない無垢さとを身につけさせるためである。パンジーは、性的に矯正された女性であり、オズモンドにとっては芸術品の一つなのだ。こうして少女と女性の間に留め置かれたパンジーは、オズモンドが望むどのような男性をも惹きつけられるように計算されている。この点を考慮すると、前述の場面でパンジーの身体を鑑賞するオズモンドの視線には性的な関心が含まれていると言えるだろう。

さらに、この場面が問題となるのは、パンジーの目がオズモンドではなくイザベルを見ていることである。まるでイザベルにも同様のふるまいをするように誘いかけているかのようだ。パンジーの目を見つめたイザベルはオズモンドへの愛を呼び覚まされる一方、パンジーに対する欲望も掻き立てられているように思われる。イザベルが「父親に引き寄せられるパンジー」という全体像に釘づけになっていることは確かだが、この瞬間イザベルはパンジーになってオズモンドに引き寄せられたいのか、オズモンドになってパンジーを引き寄せたいのかが曖昧である。

実はこの曖昧さが意図的に創り出されていると考えられる根拠がある。ウィリアム・ヴィーダーがこの点についてはすでに言及しているが、ジェイムズはシャーロット・ブロンテの『ヴィレット』に出てくる同様の場面を活用しているように思われるのだ（Veeder 262）。しかし『ヴィレット』の同じ場面では父と娘、娘と観察者の間に性的な関心は存在していない。語り手である観察者ルーシー・スノウは、「ポリーナ・メアリーが、そのほっそりとして、きちんと身繕いをした姿で父の膝のあたりに立っているのを見るのは、ある意味で絵を見るようなものだった」（Brontë 12）と語っている。このあとポリーナは父の膝にすっかり座り込む。父のほうはブレットン夫人と話し、ポリーナとは話さないばかりか目も合わせない。ポリーナもあらぬ方向を見ながら座っている。しかし、親子の様子を見ていたルーシーは二人が心の底から満ち足りた気持ちでいることを見抜くのだ。ルーシーは優しい目で父と娘の団欒を見ており、少女のかわいらしさに魅了されてはいるものの、そこに性的関心はない。普段ポリーナは幼さに似あわず、つんと澄ました少女なのだが、父の前では年相応の子供に戻る。それがルーシーには、見ていてほほえましい光景だったのだ。この様子を表現する文も簡素であり、刺激的な感情は暗示されていない。ポリーナは父を見ないだけでなく、ルーシーのほうを見ることもしていないのだ。また、ルーシーがポリーナの父に性愛を感じる様子もない。この描写と比較すると『ある婦人の肖像』ではジェイムズがあえて、パンジーとイザベルの関係に同性愛的欲望を描き込んだことがわかる。

ストーリー上でも、パンジーによるイザベルの誘惑は偶然生まれたものではない。この光景はオズモンドがイザベルに見せるためにあえて作ったものである。オズモンドはイザベルを支配するのに、効果的に父娘の関係を利用している。結婚前、イザベルに対し、直接自分を愛するよう訴えるのではなく、娘に会いに行ってほしいと頼むのはその好例だ。オズモンドはイザベルに次のように告げている——「パンジーにこう伝えていただけませんか、かわいそうなお父さんを愛してくれ、と」(4: 21)。この愛のメッセージはイザベルを通してパンジーに伝えられるが、「愛さなくてはいけない(“she must love her poor father very much”)」という意味内容は、パンジーを通してイザベルに働きかけるものとなっている。イザベルはこうして、パンジーとの交流によってオズモンドに惹かれていく。結婚後も、この状況は変わらない。オズモンドは、パンジーとウォーバートンを結婚させる計画にイザベルを協力させるため、パンジーを「いつも以上に愛情を込めて抱きしめる」(4: 273)。この光景を見たイザベルは、正しくオズモンドの命令を読み解く——「これこそオズモンドが彼の妻に期待していることを伝える表現なのだ」(4: 273)。この抱擁には、進まない結婚話をめぐるオズモンドの解釈が込められている。パンジーはウォーバートンと結婚すれば幸せになれるのに、イザベルの邪魔によってそれが達成されないでいる、そんなパンジーが不憫でしかたない、という解釈だ。パンジーを幸せにするようすぐに行動を起こせという命令も、この抱擁には込められている。このようにイザベルとオズモンドは、パンジーを通して関係を構築しており、その過程でイザベルの「父」オズモンドへの欲望が、娘パンジーへの欲望と混ざり合っていくのだ。

オズモンドの父性に魅了されるにつれて、イザベルは彼が娘にするふるまいを模倣し、同性愛を感じさせる行動を取るようになる。イザベルはオズモンドのようにパンジーを「抱きしめ、その子のかわいらしくほっそりとした体を自分の方へ引き寄せた。そして嫉妬するかのようにパンジーを見下ろした」(3:

30)。この瞬間、イザベルは「オズモンドの近くにいる、この無垢で小さな少女と、オズモンドについて語り合いたい」(3: 30) と渇望する。この場面に見られるように、イザベルは常にオズモンドの近くにいられるパンジーをうらやましく思うほど彼に惹かれている。そして同時に、オズモンドが娘にした、支配欲や性的欲望を示す動作を繰り返すのだ。オズモンドへの愛に燃える目や手は、実際には目の前にいるパンジーを捕らえている。

この奇妙な愛の交錯は、イザベルとパンジーがオズモンドのもとで"sister"としての絆を結ぶとき最も際立つ。ラルフとイザベルが同じ父の子であることを選んだように、パンジーとイザベルも父への欲望に支えられた姉妹としての絆を結ぶのだ。パンジーは継母であるイザベルのことを、年が近いこともあって、お姉さんと呼ぶことにしており、語り手も二人を姉妹と表現している。しかし、この"sister"には「修道女」という別の意味も重ねられているように思われる。パンジーは修道院に送り返され、事実上の軟禁生活をオズモンドに強いられてしまう。そんなパンジーをかわいそうに思ったイザベルは、修道院に会いに行く。面会の際、イザベルとパンジーは「まるで二人の修道女のように、黙ったまま抱擁を交わした」(4: 386)。オズモンドによって「窒息の家」(4: 196) に閉じ込められたイザベルの生と、修道院に閉じ込められたパンジーの生とが重なり合うように描かれているのだ。彼女たちは自分の意思の通らない「牢獄」で生きており、困難をともに耐えていく"sister"なのである。伝統的に、文学において修道院は女性たちが父権的な男性によって追いやられる牢獄として機能してきた。このイメージに加えて、本作における修道女のイメージに重ねられているのは、同性愛の絆であろう。デイヴィッド・F・グリーンバーグによると中世以前から、男女ともに修道院での同性愛を禁じる訓戒が繰り返されてきたという (Greenberg

283-85)。中世には数多くの同性愛行為が報告されるようになり、これ以降修道院では常に構成員同士の同性愛行為が脅威とみなされることになる (Greenberg 286-90)。こうした歴史の積み重ねにより、キリスト教文化圏の人々の間に同性愛と修道院との連想が働くようになった (Greenberg 283)。本作においてもパンジーとイザベルの修道院での抱擁は、人生で唯一の慰めであると書かれるほど強く濃いものだ。二人とも夫や父から得られないものが、互いからは得られるのである。そして、この抱擁の際、パンジーがイザベルにローマに戻ってくるよう頼み、イザベルもそれに応えることによって、結末の解釈が二重の意味を帯びるという構成になっていることも見過ごせない。イザベルがローマに戻るのは夫のためであるという解釈のほかに、夫との関係がどうであれ、パンジーのためにローマに戻るという解釈も生じることになる。修道院での抱擁と絆は、異性愛プロットだけが存在する状況を打ち消す効果をもたらしているのである。

三、オズモンドの「父」への欲望

イザベルとパンジーを「父」として支配し、彼女たちに「父」を欲望させたオズモンドも、「父」に対する欲望を抱いている。オズモンドはイタリアで父親が不在の中育っていくが、オズモンド家の名誉やオズモンドの野心は女性の家族によって損なわれていく。オズモンドの妹エイミーは母親の命令でイタリアの伯爵と政略結婚をさせられるのだが、この計略によってオズモンド家はアメリカ人共同体から締め出されてしまう。エイミーの夫は素行の悪い男であることがわかるが、つらい結婚生活を余儀なくされたエイミーは、複数の男性と関係を持つことで夫への復讐を果たす。しかし、この醜聞によってエイミー自身の評判も、オズモンド家の家名も地に落ちてしまうのだ。オズモンドは、初めてイザベルを家へ呼んだとき、妹や自分の家族のことをどう思うか尋ねている。この段階ではイザベルにとっても、読者にとっても、オズモンド家の情報は断片的にしか出てこないため、何らかの意見を持つことは難しい。それほど早い段階で家族の印象を尋ねるあたりに、家族の醜聞がオズモンドにとって心の傷となっていることがうかがえる。オズモンドが家長としての支配欲――特に女性の家族への支配欲――を持つようになったのは、このような過去の反動であると考えられるのだ。物語が進むにつれ、世間に対し無関心なふりをしていたオズモンドが、実は世間に認められることだけを目標にして生きており、支配階級へと昇りつめたいという野心を持っていることが明らかとなっていく。表と裏の顔が見せる落差からは、オズモンドが男性性の欠如を自覚していたことや、家族を守る力強い父親の不在に不満をくすぶらせていたことが読み取れるだろう。

このようにして生じた心の傷を無理にふさごうとするかのように、オズモンドは、イザベルやパンジーの魅力を利用し、男性に対していつ、どのようにふるまうかを指示することで、思うままにほかの男性たちを動かそうとし始めるのである。パンジーを少女と女性の間にとどめ、イザベルに誘惑させてウォーバートンを義理の息子にしようとすることは、母親と妹が起こした醜聞を別の次元で晴らそうとする試みにほかならない。さらに重要なのは、オズモンドはこのように女性の性的言動を自分の目的に適うように利用する中で、強い男性への欲望を募らせていくことだ。オズモンドはラルフをひどく嫌っているにもかかわらず、ラルフと仲のよい父親のことは好ましく思っているが、これはタチェット氏の銀行家としての成功がオズモンドを惹きつけているからである。また、土地と爵位を持つウォーバートン卿や、アメリカの一都市を治める工場主グッドウッドに対しても好感を抱いているが、彼らも同様に裕福で権力を持っている。特にグッドウッドはオズモンドから粗野な男だと軽蔑されるような人物であるから、いっそう富や地位などに裏打ちされた男性性に惹かれていることが明らかになるだろう。彼らはオズモンドにとって理想的な「父」なのである。父権的な力を望み、妻や娘を支配しようとする点においてオズモンドも男性的に見えるかもしれない。しかし、オズモンドは、娘の結婚をコントロールしようとするうちに、権力を持つ男性を捕まえることに必死になっていく。このため、伝統的な「男らしい男」の路線からは外れているのである。娘の立場から彼らを見つめる視線はきわめて女性的であり、同性愛に似た感情が込められているように思われる。

そもそもオズモンドの社会的立場の低さや経済力のなさが、当時の女性の立場を思い起させるものである。そのせいでオズモンドは息子ではなく、娘の力に頼らざるを得ない状況に置かれているのだ。息子を通した場合、息子の妻の持参金なら手に入るかもしれないが、それによってオズモンド家の財産が増えることも、家名が上がることもない。しかし、相手の家に入る娘ならば、より大きな地位や財産を手に入れることができる。もちろん夫の財産が妻に渡ることはないため、オズモンド家に実利益があるわけではないが、名家と血筋がつながっているということになれば、社交界で人々が思い描くオズモンド家の財産や地位のイメージは大きく改善されることになるだろう。オズモンドは息子を失ったにもかかわらず、まるで残念そうにしていない上に、今後も子供が生まれる気配はないことを気にかけることもない。これは、息子が生まれても現在の地位は変わらないためであるように思われるのだ。オズモンドはパンジーで大物を釣るということに大きな期待を寄せている。こうしてオズモンドは力強い父として娘の性的言動を意のままに操る一方、「父」を求める娘というパンジーの視点から、力を持つ男性たちを追いかけるようになっていく。

オズモンドが強力な「父」に対し、同性愛的欲望を見せるのは、ウォーバートンの帰国の知らせを聞いたときである。このとき、オズモンドは失恋の痛手を負ったかのように描かれている。ウォーバートンの帰国は、パンジーとの結婚をやめるという意思表示である。オズモンドは、それまで大変な努力をしてウォーバートンを捕まえようとしてきた。ウォーバートンがパンジーとの結婚を考えるのは、イザベルの近くにいたいからではないかと気づくと、イザベルに対しウォーバートンを誘惑するよう指示するほど熱心だったのである。そのため、結婚話がなくなったことを知り、オズモンドは何も考えられないほど失望することになる。

そのオズモンドの意識を表すように、この場面では自由間接話法でウォーバートンの言葉が列挙されている。オズモンドがそれをどう聞いているのかは、イザベルの想像を通してしか描かれない。イザベルによると、オズモンドは「誰かをののしってすっきりすることもできないまま、鋭い喪失の痛みに苛まれている。オズモンドは大きな希望を抱いていたが、今やそれが煙のように消えてしまったのだ。彼はただじっと座って、ぼんやりと笑みを浮かべ、親指をくるくると回しているしかなかった。(中略)オズモンドは賢い男が身につけられる最低限のうつろな表情で、何とかウォーバートン卿に応対していた」(4: 268)。オズモンドは表面上笑みを浮かべて取り繕っているものの、明らかに茫然自失の体である。ウォーバートンは気づかないかもしれないが、夫をよく知るイザベルには、オズモンドの失望は一目瞭然だ。さらに重要なことに、この隠しきれない失望は、パンジーの悲しみと重なるように描かれてもいる。パンジーもオズモンドと同じく無理にほほえもうとするが、その顔は「ウォーバートン卿にはわからないかもしれないが、イザベルには今にも泣き出しそうな顔だとわかったし、（中略）パンジーの声はそれとわかるほど震えてもいた」（4: 271）。パンジーもオズモンドも客をもてなす公の顔の裏に、イザベルにしかわからない深い悲しみを隠しているのである。

しかし、なぜパンジーはウォーバートンを愛していたわけでもないのに、深く悲しむのだろうか。ウォーバートンがいなくなることで隠れ蓑がなくなるので、恋人との密かな交流を続けられなくなると考えたのかもしれないが、ここでパンジーが見せる悲しみは、その恋人ではなくウォーバートンとの別れに対する感情なのだから、やはり不思議としか言いようがない。そこで視点を変えて、パンジーがオズモンドの欲望を映し出す存在であることに着目し、オズモンドの悲しみを娘の悲しみに重ねて表現するために必要な描写だったのではないかと考えてみたい。オズモンドは自分がウォーバートンと結婚するわけでもないのにひどく動揺しているが、それが娘の悲しみと重ねられることによって、よりいっそう「深くウォーバートンを愛していた娘」の立場から別れを悲しんでいることが強調されることになる。パンジーはウォーバートンがいなくなると、保護者を失ったような感じがするとつぶやいていたが、これもやはり、家の名誉を取り戻し、自分を守ってくれる力強い「父」を失ったオズモンドの心細さと重なるものだ。

オズモンドはウォーバートンを求める気持ちから、物語の最後まで解放されていない。彼があまりにも繰り返しウォーバートンの話を持ち出し、ついにはイギリスまで追いかけて行ってはどうかなどと提案するため、イザベルはすっかり幻滅してしまう。イザベルの視点から、オズモンドのウォーバートンに対する執着が「病的な情熱」で「常軌を逸している」（4: 275）ものとして描かれるのだ。オズモンドは普段自らの優位性を示すために、ほかの人への関心を強く示すことはない。したがって、このようにウォーバートンの話を繰り返すオズモンドは、我を忘れるほど彼に夢中になっていると言えるだろう。拒絶されたにもかかわらず追いかけてしまう、つい相手の話を持ち出してしまうといったオズモンドの衝動は、恋愛における衝動を思い起こさせる。また、オズモンドは娘を性愛の対象であるかのように見て支配しており、そのことに意識的でもある。そのようなオズモンドが、「娘」として「父」ウォーバートンへ向けるまなざしにも、性愛が含まれている可能性は高いと言えるだろう。

オズモンドは、共同体によって追いやられた女性的な立場から逃げ出そうとして、女性たちの性を支配する強力な父としてふるまう。しかし、それに固執すればするほど女性的な立場にとどめられてしまっている。そして、娘の立場から向ける強い「父」へのまなざしには、同性愛に似たものが混ざり合うことになるのだ。こうしたオズモンドの同性愛的欲望は、やはり結婚物語としての一貫性を崩す働きをしている。『ある婦人の肖像』は、イザベルの精神的成長を描くものであるが、その成長はイザベルが夫オズモンドをどう解釈するかによって表現されていることを改めて考えてみたい。イザベルは、オズモンドの裏の顔に気づくことで、因習や自由の本質、人々の苦しみを理解するようになる。さらに重要なことには、オズモンドを通して結婚の意味を問い直すことにもなっている。このようにイザベルの成長の物語は、オズモンドの見え方の変化によって描き出されているのである。そして、オズモンドの複雑な性質は、女性化された自己への嫌悪と父権的な力への憧れ、同性愛を思わせる執着などによって構成されているため、これらの要素が結婚物語としての一貫性を崩していると考えることができる。

このようにイザベルの人生が伝統的な結婚物語から逸れるときには、「父」への欲望と同性愛が描かれている。ラルフ、イザベル、オズモンドはそれぞれに「父」を追い求めており、その欲望が反異性愛や同性愛的欲望へとつながっているのである。『ワシントン・スクエア』では、父を失ったキャサリンが結婚の道から離れ、「男らしい父」としての力を失った男たちが互いへの関心を募らせるという主題が描かれたが、『ある婦人の肖像』では、さらに「父」を追い求める気持ちと同性愛的欲望のつながりが強調されることになった。

注

(1) 特に『ある婦人の肖像』では家が所有者の性格や人生を表すよう描写されている。たとえば、オズモンドの家は高い窓の描写を通して、オズモンドが他者の好奇心を掻き立てながら、その好奇心を満たしてやらないことで優越感を保つ性格であることを描いている。また、馬が死んでしまいそうなほどひどい坂を上らなければ家にたどり着けないのだが、そのこともオズモンドの残酷さや特権意識を表している。一方、ガーデンコートはタチェット氏の柔軟性や成功を表していると言えるだろう。タチェット氏がコスモポリタンとして成功し、古いイギリスの屋敷を購入した経緯が冒頭で詳しく語られるほか、タチェット氏が満足げに屋敷を眺める様子が美しく冒頭を飾っている。加えて、ガーデンコートは何世紀にも渡って所有者が改築したので、イギリスの原風景とは異なる外観になっていることにも注意を払っておきたい。その異種混交性はタチェット氏がアメリカ人でありながらイギリス人社会に溶け込んだこと、アメリカの経済力がイギリスを飲み込んでいく様子などをよく表しているからだ。その家に包まれたいというラルフの願望は、父の保護に包まれることと同義であるように思われる。

(2) 学校を転々としたことや、恋人と駆け落ちした家庭教師に預けられたことなどは、ジェイムズの実人生と似ている。また、イザベルもこの教育法をよかったとさえ考えているため、本当に父親が子供の教育に無関心であったかについては検討の余地があるだろう。ひとまずイザベルの父親が教育に関心がなかったというのは、周囲の人々による見解であると語られていることを申し添えておきたい。

第四章

『ボストンの人々』におけるロマンティック・フレンドシップ

『ある婦人の肖像』において同性愛は異性愛プロットを逸脱させるものとして、ささやかに描かれているにすぎなかった。しかし、その五年後に発表された『ボストンの人々』(*The Bostonians*)では同性愛の主題をより直接的に、深化させた形で取り扱っている。本作では、オリーヴ・チャンセラーという三十代の女性解放運動家と演説の才能にあふれるヴェリーナ・タラントという少女の関係を通して、ジェイムズは同性愛が挫かれていく過程を描いているのである。オリーヴは一目見たときからヴェリーナに惹かれ、ヴェリーナを両親から引き離して一緒に暮らす手筈を整えている。こうしたオリーヴの導きによって、ヴェリーナは演説家としての才能を伸ばしていくが、その一方でオリーヴのいとこバジル・ランサムに惹かれてもいく。南部人であり騎士道精神を重んじるバジルは、オリーヴたち北部の女性解放運動家がヴェリーナを利用する方法が気に入らず、ヴェリーナを妻にしようと考える。しかし、ヴェリーナはバジルの妻となっても別の搾取に絡め取られるだけで、幸福に暮らせはしないことが暗示される結末となっている。このように本作では男性と女性、南部と北部の対立に重ね合わされる形で、異性愛と同性愛の対立が描かれているのである。ここで描かれる三角関係はジェイムズが好んで扱う形で、一人の女性をめぐってある男女が争う格好となっている。単にヴェリーナが独身でいるか、結婚するかだけが問題となっているのではなく、同性のオリーヴを選ぶか異性のバジルを選ぶかという点も争点となっているのだ。

オリーヴとヴェリーナの同性愛に関しては、長い間熱心に議論されてきた。デイヴィッド・ヴァン・リアはオリーヴのことを「近代小説における最初の、十分に表現されたレズビアンの主人公」(Leer 93) であるとし、キャッスルもオリーヴがレズビアンであるという前提に立ちながら議論を進めている (Castle 152)。フレッド・カプランはオリーヴとヴェリーナの関係において「社会的なもの、イデオロギー的なもの、性的なものが分かちがたく結びついている」と論じ、同性愛の主題がこの作品を理解する上で欠かせないものだと主張した (F. Kaplan 281)。また、ジュディス・フェタリーが、オリーヴの同性愛を「病的」と表現する男性批評家たちを批判したことも有名である (Fetterley 108-10)。キャッスルが指摘するように、オリーヴとヴェリーナの関係は同性愛であると感じられる一方で、曖昧に描かれてもいるため (Castle 152)、論争が巻き起こることになったのだ(1)。

このように、同性愛が本作における重要な主題として、数十年に渡って論じられてきたことは明らかである。特に同性愛と異性愛の対立に関して研究が進められてきた。本稿では、この点をさらに掘り下げ、同性愛が異性愛中心主義の中で挫かれていくのは、同性同士の関係にまつわる規範が原因であることを明らかにしたい。本作には、社会的に受け入れられる女性同士の絆と、社会から禁止される絆とが描かれている。また、オリーヴとヴェリーナの愛が、バジルという個人によってだけではなく、社会全体によっても打ち砕かれるため、本作の関心が、同性愛が社会通念によって打ち消されてしまう過程にあることを論じていく。同性愛が打ち砕かれる過程を考察するにあたり、もう一つ重要な点は、ヴェリーナがオリーヴを愛しているという事実だ。ヴェリーナの両性愛を指摘するマージョリー・ガーバーを除いて（Garber 462）、先行研究では、ヴェリーナのオリーヴに対する忠誠心は強制されたものと考えられてきた。しかし、ヴェリーナが進んでオリーヴを愛する様子も描かれているのである。ガーバーもこの点を詳述してはいないため、本稿では具体例を挙げて考察していきたい。まず第一節ではいかに人々が女性同士の関係を決められた型に振り分けているか、そしてそのように無理に型に当てはめる行為がいかにオリーヴとヴェリーナの愛に影響を与えているかを考察する。続く第二節では、オリーヴとミス・バーズアイの「死」が対比して描かれているため、オリーヴとヴェリーナの失恋の過程が小説の軸として設定されていることを論じていく。最後に第三節では、ジェイムズが同性愛者への共感を持って二人の悲劇を描いたことを明らかにする。

議論を始める前に、まずオリーヴとヴェリーナが置かれていた十九世紀後半の社会について確認しておきたい。キャロル・スミス＝ローゼンバーグはヴィクトリア朝のロマンティック・フレンドシップについて研究し、次のような結論を引き出している。当時の女性同士の親密な関係は官能性とプラトニックな精神性とを併せ持つもので、結婚制度と共存するものであった（Smith-Rosenberg 55, 59）。さらに、異性愛と今日私たちが同性愛と呼ぶものとの間には明確な区別がなかった。異性愛と同性愛の間にはある一定の重なりがあったのだ（Smith-Rosenberg 75-76）。ヴィクトリア朝のロマンティック・フレンドシップはまさにこの重なりの中に存在していたのである。また、相手の女性への感情が友情に近いのか、愛に近いのかは個々の場合によって異なっていた。同性の友人に対し強い愛情、嫉妬、性的欲望を感じる者もいれば、より友情に近い気持ちを抱いていた者もいた。しかし、どちらも「友情」としてひとくくりに呼ばれていたので、恋愛感情が存在していても、それは「友情」としか認識されなかったのだ。スミス＝ローゼンバーグと同様に、シャロン・マーカスもヴィクトリア朝のレズビアニズムが性的アイデンティティでも、逸脱した性と非難されるものでもなかったことを指摘している。むしろ女性同士の親密な関係は伝統的な女性性を示すものと考えられていた（Marcus 113）。マーカスによると、ヴィクトリア朝の人々が女性同士の親密な関係を受け入れていたのは、その関係が異性愛に役立つものであったためである。特に上流階級においては、若い女性に男性を愛する気持ちについて直接教えることはできなかった。したがって、ヴィクトリア朝の人々は、まず少女たちに人形を愛することを教え、母にもらった愛を人形に対して繰り返させたのである。少し大きくなると、今度は女性の友人に愛情を与えるよう教える。それが結婚後に男性を愛する気持ちを育む方法だった。今日で言う同性愛者の少女たちは恋人に対し、「お母さん」「奥さん」「崇拝する人」「お姉さん／妹」「お友だち」など、様々な女性同士の関係を表す呼称で呼んでいたという（Marcus 46-49）。スミス＝ローゼンバーグも寄宿学校でロマンティック・フレンドシップの関係にあった少女たちは、いわゆる母娘の関係を築いていたと指摘している（Smith-Rosenberg 67）。

このように当時は女性同士の関係が異性愛に吸収されていくことは常識となっており、母娘や夫婦、偶像崇拝、友情など様々な規範的関係に同化させられていた。そのため、どれほど強い恋愛感情を抱いていても、人々はその感情を認識できなかったのである。自分の感情を整理することもできないまま、年頃になれば愛する「友人」を夫へ譲り、何が悲しいのかもわからずに悲しみに暮れることになる。この状況はアメリカでもヨーロッパでも十九世紀に等しく見られたものだ。ジェイムズはアメリカのロマンティック・フレンドシップを主題として『ボストンの人々』を完成させたのである。

一、決められた型に振り分けられていく同性愛

オリーヴとヴェリーナの関係は、アメリカにおける女性同士の絆の一つ「ボストン・マリッジ」[2]とはやや異なっている。リアによると、ボストン・マリッジにおいて、パートナー間での目立った格差はなかった（Leer 99）。このようなボストン・マリッジの通例とは異なり、オリーヴとヴェリーナは年齢、知識、社会的地位に大きな隔たりがある。男性の場合でも、これらの差は同性愛の社会的受容において大きな問題となるものだ。たとえば十八世紀以前の男性同士であれば、むしろこれらの差こそが「ギリシャ的愛」や「男色」など男性文化を継承するものの証となるため、彼らの愛は許容された（匠 一三）。しかし時代を経て、今日で言う「同性愛」の気配が強くなると、取り締まりが強化され始めたのだ（匠 八〇―八二）。女性の場合でもこうした問題は些末なことではないように思われる。この考えに対し、オリーヴとヴェリーナの関係をボストン・マリッジとみなすリリアン・フェダーマンは、二人の関係が十九世紀には許容されていたことを強調し、それが「病気」とみなされるようになったのは二十世紀に入って批評家や社会の価値観が変化したせいだと述べている（Faderman 191, 197）。しかし、本作の二人の女性を――主にオリーヴに集中しているが――「病気」と非難したのは批評家だけではない。これから論じていくように作中の

登場人物も同じように正すべきものと考えているのだ。また、フェダーマン自身、右に参照したものと同じ論文の中で、ボストン・マリッジの関係にあったことで有名なニューイングランドの作家セアラ・オーン・ジュエットについて、こんなふうに好きな女性とともに暮らすことのできた人は幸せで、たいていの女性たちは密かに想うだけだったと書いている(Faderman 200)。同様に、海老根も当時ボストン・マリッジは黙認されていたが、それでも目立てばスキャンダルとなったと指摘している(海老根 一一三)。オリーヴとヴェリーナの関係も、伝統的なボストン・マリッジとは諸要素が少し異なることに加えて、強い欲望を伴う「同性愛」であるために、社会からの介入が働いたように思われる。

本作では、その社会からの介入が二人の関係を決められた型に当てはめようとする行為を通してなされていることに注意を喚起したい。オリーヴとヴェリーナはほかの登場人物たちによって、女性同士の関係を規定する、いくつかの型に振り分けられていく。家庭教師と教え子、パトロンとコンパニオン、母親と娘など、置き換えられる関係は多様である。この分類によって、オリーヴとヴェリーナの愛は見えにくくなり、二人の女性は悩まされることになる。そしてどの型にも当てはまらないことがわかると、人々は途端にヴェリーナを結婚させようとし始めるのだ。こうした社会の介入がオリーヴとヴェリーナの意識に作用し、次第にヴェリーナを異性愛へと追いやっていく。

本章の導入部で述べたとおり、「友情」は友人から恋人にいたるまで幅広い関係性を含む言葉であったために、女性の同性愛は当時とても見えにくくなっていた。オリーヴとヴェリーナの関係も友情と認識されており、結婚と同じ意味を持つ重要な絆であることが周囲に理解されていない。ヴェリーナの母親のタラント夫人は、オリーヴとヴェリーナが単なる友人で、女性の友情は最終的に結婚に取って代わられる一つの段階にすぎないと当然のように考えている。タラント夫人にとって「オリーヴとのすてきな友情」は「ヴェリーナがもっと厳しい運命に向き合う前に、そのわずかな合間を楽しく埋める」(*The Bostonians* 93 以降、本章での本作品からの引用はページ数のみ記す)ものなのだ。タラント夫人は二人の関係を好ましいものととらえているが、それでもやはり結婚に従属するものとしてしか考えておらず、事実上二人の関係の重要性を否定していることがわかる。ヴェリーナに想いを寄せるオリーヴのいとこバジルも、ヴェリーナがオリーヴへの忠誠心を口にすると、嫌悪感を露わにしてヴェリーナを黙らせてしまう。ヴェリーナが「友情という神聖なもの」を理由にバジルとの外出を断ったとき、バジルはそれを「狂信的な詭弁」(376)だと非難する。十九世紀に生きる人として、ヴェリーナは自分とオリーヴとの関係を「友情」と表現するしかないが、その「友情」という言葉は二人の関係を守る何の力も持たないのだ。バジルにとって「友情」は男性との交際を断る十分な理由にはならず、ヴェリーナが神聖な絆を守ろうとする行為を子供っぽくてばかばかしいと非難している。

このような状況でヴェリーナと生きていくために、オリーヴはヴェリーナの周囲の人々と交渉し、経済的にヴェリーナを保護することを余儀なくされる。結果としてオリーヴはパトロンに分類されてしまう。作中の人々はオリーヴがヴェリーナよりも経済的、社会的に優位なので、ヴェリーナは何につけオリーヴの意思に従っているのだと誤解し、ヴェリーナと交際したい場合はオリーヴに交渉を試みている。この交渉は、オリーヴに対し、ヴェリーナが進んで彼女と一緒にいるわけではないのだと暗に伝える行為となるだろう。オリーヴがヒステリックに反応するのは、そのような見解に傷ついていることを表すものだ。バジルに、ヴェリーナを世間から「守ろう」としているとほのめかされたオリーヴは「勢いよく立ち上がって、「ヴェリーナは少なくとも私のものではありませんから!」」(266)と叫んでいる。そして「まるで傷ついた生き物のようにあえぎながら、強く押されたとでも言うように体を見回」(266)しさえするのである。オリーヴはヴェリーナが自由意思で何でもできると主張するが、バジルから執拗にヴェリーナは嫌々付き合っているとほのめかされるため、ひどく動揺している。そのほか、自分の息子とヴェリーナを結婚させたいと考えているバレージ夫人も、やはりヴェリーナを放っておくようオリーヴを諭す。そのときの声音は「彼女が理解できないことなどこの世には何もないとほのめかしているような」(295)響きが込められている。バレージ夫人は世俗的な知見からオリーヴをヴェリーナのパトロンと決めつけ、それによって二人が好んで一緒にいるという事実を否定しようとしているのだ。

オリーヴはパトロンに分類されるほか、家庭教師にも振り分けられている。ヴェリーナに歴史、音楽、文学、雄弁術、マナーなどを教え、彼女の実家では入手できないような高価な本を読む機会を与えているからだ。この教育は恋人たちにとって二人の関係を深めるためのものである。オリーヴはヴェリーナを理想の女性に変身させ、将来共通の関心を持って暮らせるようにしたいと願っている。少しあとの時代になるが、ヴァージニア・ウルフの『ダロウェイ夫人』においても同様の関係が描かれている。クラリッサ・ダロウェイは結婚前サリー・シートンという女性に惹かれ、サリーとともにいる瞬間こそが人生で最も幸福なときだと考える。サリーにキスされたときは「世界がひっくり返ったような」(*Mrs Dalloway* 38)興奮を覚えている。サリーがリードする形で、二人は「屋根裏にある寝室で、人生や改革について語り合い」、「朝食前にはプラトンを、そのときどきでモリスやシェリーを読んだ」(*Mrs Dalloway* 36)。それまでクラリッサは下の階級のことは何も知らず、社会を変えるという発想も持たなかったが、サリーから「教育」を受けて徐々に関心を深めていく。同じ知識を持つようになった二人が理想を語り合うことで、親密さが深まるのである。クラリッサはサリーとの関係を「ちょうど大人になったばかりの女性の間にだけ存在する感情」（*Mrs Dalloway* 37）だと語っているが、これは大人としての恋愛感情が芽生える時期で、結婚によって関係が解消される前の時期を指している。その当時を回想する五十を超えた既婚のクラリッサは、自分が「ダロウェイ夫人」であり「もはやクラリッサではない」（*Mrs Dalloway* 11）ことに寂しさを感じているが、これは結婚とロマンティック・フレンドシップの関係を考察する上で興味深い。もちろん周知のとおり、クラリッサは作品の後半で、結婚し年を取ったサリーが以前の魅力を失ったと感じたり、ダロウェイ夫人として生きる今の人生を肯定したりするさまが描かれている。しかし、サリーのことを回想しているときのクラリッサは、女性同士の友情が結婚前にしか存在できない儚さをかみしめていると言えるだろう。ウルフはジェイムズの作品をよく読んでおり、第一章で言及した「友だちの友だち」などは高く評価している（"Henry James's Ghost Stories" 289）。[3] そのため、ウルフによる結婚前のロマンティック・フレンドシップに関する描写は、『ボストンの人々』の主題を理解する一助となるように思われる。

前述のとおり、オリーヴの施す教育は、オリーヴとヴェリーナの関係を育む上で重要なものとして機能している。しかし、オリーヴを家庭教師に、ヴェリーナを教え子に分類するほかの登場人物たちは、オリーヴがヴェリーナをまるで十歳の子供のように扱っていると指摘し、二人の関係を嘲るのだ。女性解放運動家であるファリンダー夫人は、オリーヴとヴェリーナの共同生活や教育を、「大人になってもまだやっている、ばかばかしいお人形遊びね」（157）と馬鹿にしている。本節の冒頭で紹介したとおり、「人形遊び」は女性同士の愛情を育むものであり、かつ結婚の準備として機能するものであった。ファリンダー夫人の嘲笑が結婚を最も重視する当時の人々の価値観を映し出していることは間違いない。このファリンダー夫人の嘲笑はオリーヴの意識を通して語られている。オリーヴは、自分とヴェリーナが「おかしい」と思われていることを十分に認識しているのである。家庭教師の役割に加えて、ヴェリーナに衣食住を提供するオリーヴは母親にも分類されるが、この分類は主にバジルの視点を通して描かれている。公園でヴェリーナとデートをしているとき、バジルはヴェリーナにキスしようとする。その瞬間、赤ん坊を連れた乳母が通りかかり、バジルに非難の目を向ける。その目を見た途端、バジルはオリーヴの鋭い視線を思い出すのだ。これは彼の目にオリーヴが、ヴェリーナという赤ん坊を守る母親のように映っていることを暗示しているのだろう。バジルは結局キスを諦めるが、この性愛の行為を止めたのは、オリーヴの恋人としての嫉妬ではなく、「母親としての心配」だったのである。

このようにオリーヴとヴェリーナを取りまく人々が二人の関係を世間に広く認められている型に無理やり押し込んでいくことは、二人にとって自分たちの愛が見えなくなる点で不都合なはずだ。しかし、ひとたびこの分類が無効になれば、オリーヴとヴェリーナはともに暮らせなくなるという問題に直面してしまう。バジルがヴェリーナにデートをしようと説得する場面は、その好例であろう。

「オリーヴがあんなふうに出ていくのは、私のこと信じてくれてるからなの。」ヴェリーナは何とはなしにそう言ったのだが、すぐに言わないほうがよかったのではないかと不安になった。

ヴェリーナの不安は当たった。バジルは言葉尻を捕らえ、ひどく嘲るような様子で驚いてみせた。「きみを信じるって？　オリーヴはきみのこと信じられないって言うわけ？　そうするときみは十歳くらい

の小さな女の子で、あの人は家庭教師ってわけだ。」(312)

この場面でバジルは「信じる」という言葉を捕らえて、オリーヴとヴェリーナの間には何か奇妙な縛りがあるのではないかと疑っている。そして、バジルは二人の女性の親密さを家庭教師と教え子に喩えてからかうのだ。これらの言葉には、オリーヴとヴェリーナの関係が家庭教師と教え子としてしか定義できるものではないという考えが含まれている。そして二人が実際にはそのような関係ではないため、ヴェリーナの忠誠心はあまりにも子供じみており、オリーヴはヴェリーナの自立心をあまりにも無視しすぎているということになるのである。こうした批判に抵抗するためには、ヴェリーナがオリーヴの「教え子」ではないことを示してみせなければならないが、そうする唯一の方法はバジルとのデートに応じることに限定されている。こうして何をどのように抵抗してよいかわからないまま、ヴェリーナはオリーヴとの絆から、バジルとの異性愛へと流されていく。ひとたびバジルと恋人同士のように過ごせば、ヴェリーナはこれが「自然な」生き方なのだろうかと考え始め、オリーヴはヴェリーナの心変わりに失望し自暴自棄になるため、二人の関係は悪化の一途をたどる。オリーヴとヴェリーナは決して自発的に考えを変えているのではない。抵抗する術もなく規範的な価値観にさらされ続け、次第に考えを変えられていくのだ。

バジルと同じような会話運びはバレージ夫人によっても繰り返される。たとえばバレージ夫人がオリーヴを、言葉巧みに説き伏せる場面はその好例だ。夫人はオリーヴに「ヴェリーナがいつか誰かと結婚するのは確実で、それはあなたには変えられない。しかし、もしヴェリーナと息子の結婚を許してくれたら、いくらでもヴェリーナに会ってもらって構わない。ほかの家ではこうはいかないだろうから、そのことも覚えておくように」という主旨のことを伝えている。ここでも結婚が当然のこととして扱われているが、この考えに影響を受けて、オリーヴはバレージとヴェリーナを結婚させるのが一番よいのではないかと考え始めるのである。自分でも気づかないまま、オリーヴはヴェリーナとの関係が結婚によって終わるものであることを受け入れてしまっている。

二、ミス・バーズアイとオリーヴのマーミオンにおける「死」

前節で述べた失恋の過程が『ボストンの人々』の重要な主題であることは、二人の女性の「死」が対比されていることから明らかになるだろう。脇役ながら、ボストンの女性たちの精神的支柱として存在感を放つ年配の婦人ミス・バーズアイの死と、オリーヴの精神的な「死」は、重ねられながらも大きな違いを浮き彫りにする。ミス・バーズアイとオリーヴには、ロマンティックな視点と改革運動家という共通点がある。オリーヴがヴェリーナと女性解放運動や慈善活動を行っていることは作中大きく取り上げられているが、ミス・バーズアイも奴隷解放運動に携わり、熱心に活動したほか、小説の現在では、オリーヴとともに女性解放運動を行っている人物だ。ミス・バーズアイの運動はロマンティックな視点に支えられており、常に「今」「ここ」の先にあるものに目を向けている。たとえば語り手は次のようにミス・バーズアイのロマンティックさを強調してみせる。

南北戦争以降、ミス・バーズアイの仕事はほとんどなくなってしまった。人生の一番いいときは、南部の逃亡奴隷を助けてあげていると信じていたときだった。昔体験した刺激や活力をもう一度味わうために、黒人たちがまた奴隷に戻ってくれないかと心の奥底で願ったりすることもあるのではないかと考えてしまうのだが、それはあながち的外れな問いでもないかもしれない。(24)

このように、ミス・バーズアイの奴隷解放運動への参加は、自身のロマンティシズムを満たす行いとして語られている。自分とは異なる世界の人々を通して、代理的に別の人生を体験しようとする彼女のロマンティシズムは、オリーヴも共有するものだ。有閑階級のオリーヴは裕福であることを嫌い、財産や地位から逃れることを願っている。そのため、オリーヴは余暇や潤沢な資金を女性解放運動に注ぎ込むのである。特に自分と対極にある貧しい女性の解放に力を入れている。「〈大衆〉というロマンスに長いこと惹かれており、最下層の少女たちと知り合いになりたいという抑えきれない欲望を抱いて」いるオリーヴは、これこそが「喜びの中でも、最も実現できそうなものであるように」(31) 感じる。自分自身が大衆の一人になることはできないが、せめて貧しい少女と交流することで自分の住む豊かな世界とは異なる世界を体験したいというオリーヴの願いが感じられる描写だ。このようなロマンティシズムによって、オリーヴは女性解放運動や慈善活動に携わっているのである。

こうしたロマンティシズムのために、オリーヴとミス・バーズアイは老人と若者の精神を併せ持つ人物として描かれることも注目すべき特異な点である。バジルは、オリーヴが年下であるにもかかわらず、老女に見えると驚く。そしてオリーヴは、人生を終えようとしている老齢のミス・バーズアイが「決して年を取らず」、「オリーヴが知る中でも最も若い精神を持つ人」(18) だと考えている。さらに重要なことに、オリーヴとミス・バーズアイの年齢不詳な性質は、彼女たちのセクシュアリティと関係があるものとして書かれているのである――「オリーヴはあまりにも本質的な独身者であるから、よく見れば自分より若いということは明らかなはずなのに、ランサムはいつの間にか自分がオリーヴのことを年寄りだと考えてしまっているのに気づいた」(15)。オリーヴの独身主義は、「本質的な独身者」という語で語られることによって、当時の限られた知識でバジルが直観するセクシュアリティに結びつけられている。バジルにとって独身者と言えば「結婚できなかった侘しい女」か「あえて結婚しないことにした女」(15)という、前時代に典型的な「老嬢」を指していたはずだった。しかし、オリーヴは結婚しないことを選んだ女性とさえ違っていて、「彼女の存在そのものが独身者」(15)なのだとバジルは気づく。彼が言うには、「シェリーが叙情詩人であることや八月が蒸し暑いのと同じように、オリーヴは独身者」(15)なのだそうだ。バジルは結局、世の中には「旧式のオールド・ミス("the *old* old maids")」と「新しいオールド・ミス("the new old maids")」(325 強調は原文)がおり、オリーヴは後者なのだと考えるようになる。これこそ、バジルがオリーヴのことを〈男性を必要としない女性〉、かつ〈女性を欲望する女性〉として敵視する原因であり、ヴェリーナをオリーヴに同化させないよう干渉する理由であろう。ミス・バーズアイはボーイッシュな女医プランスと伝統的なボストン・マリッジの関係にあるように見え、旧式の「老嬢」タイプなのでバジルによる攻撃の対象にもなっていないが、彼女の生活の本質は「新しいオールド・ミス」と変わらないように思われる。二人の共同生活には、オリーヴとヴェリーナのように強い恋愛感情こそ描かれないものの、やはり同性愛の可能性が示唆されている。

　孤独を愛しているはずのプランスは、ミス・バーズアイとだけは一つ屋根の下に暮らしており、彼女の健康だけに気を配って生きている。ほかの患者がいるにもかかわらず、プランスはミス・バーズアイに付き添いマーミオンという療養地までやって来るのである。ミス・バーズアイのほうでも、新しい、奇妙とも思える治療法を、プランスに勧められるからという理由だけで受け入れている。ミス・バーズアイにはプランスが自分に対してぐっすり眠ってほしい、死なないでほしいと強く願っていることが手に取るようにわかるため、必要ないと思っている治療を受け入れるのだ。プランスとミス・バーズアイの関係は、オリーヴとヴェリーナの関係ほど情熱的には描かれないが、静かで深い愛を感じさせる。オリーヴの若さと老いの混交は同性愛と関連するものとして描かれ、ミス・バーズアイもプランスを愛し、若さと老いが入り混じる性質を持つことから、年齢の曖昧さと同性愛とが関連して描かれていることがわかる。

彼女たちを年齢不詳にし、現実から浮いた存在に見せるものとして描かれる同性愛は、前述した改革に対するロマンティシズムとも関係している。貧しい少女たちと交流し、自分の住んでいる世界から逃れたいという希望が、ヴェリーナとの共同生活となり、オリーヴを「新しいオールド・ミス」にしているからだ。オリーヴの女性との共同生活は、革命のロマンティシズムと同性愛とがどちらも満たされる手段なのである。[4] ミス・バーズアイも夫ではなく、男性社会の中で女医として生きるプランスとともに暮らすことによって、妻や母、老嬢など限定された役割に閉じ込められない世界を体験している。同性愛とロマンティシズムのうち、どちらが先行しているかを断定することはできないが、この二つの間に深い関係があることは確かだと言える。

このような共通点を踏まえた上で、さらに重要なのはオリーヴとミス・バーズアイがともに「死」を経験していることだ。マーミオン[5]という海辺の保養地で、ミス・バーズアイは死に、オリーヴはヴェリーナを失うのである。しかし、この「死」に際して二人の現実認識は大きく異なっている。ミス・バーズアイは北部の女性であるヴェリーナが南部の男性バジルをフェミニストに変えるという、実現しそうにないロマンティックな希望を抱いている。バジルとヴェリーナの意識には南部や北部といった対立項は持ち込まれておらず、バジルはヴェリーナを伝統的な女性像に戻そうとするきわめて保守的な人物なので、ミス・バーズアイの希望は実現しないだろう。しかし、彼女はこのロマンティックな視点を持ち続けるため、友人たちも気を遣って本当のことを教えない。結果的に、やや自己欺瞞的ではあるが、いつかヴェリーナがバジルをフェミニストにできるのだと信じたまま死ぬことになる。そんなミス・バーズアイは亡くなる直前次のような様子を見せている――「もうあの世へ旅立とうとしているのだから、ただひたすら和解や調和を求めたい気持ちになっていた。そして、まもなくふっとため息をついた――そのため息には、「私にはあまりにも複雑すぎるわね、もう諦めます」という告白めいたものがあった」(383)。オリーヴとバジルの対立や、バジルとヴェリーナの関係を目の当たりにしたミス・バーズアイは、このとき、ひょっとしたら世界が自分の夢見ているものとは違うのかもしれないという可能性に気づきかけている。しかし、引用の後半にあるように、現実を突き詰めることをやめ、自分の視点から世界を見たままこの世を去ることを選んだ。ミス・バーズアイのロマンティシズムが、死によって変えられることはなかったのである。

オリーヴはミス・バーズアイのように実際に息を引き取ることこそないものの、生きる意味であったヴェリーナをバジルに奪われ、象徴的な「死」を経験している。しかし、その「死」によって得た現実認識はミス・バーズアイのロマンティックな死とは対照的だ。バジルのもとに行ったヴェリーナが帰ってくるのを待ちながら、オリーヴは「みじめな回想に浸り、もう一度この二年間を生き直した。自分の計画はなんと気高く美しかったことか、そしてなんと幻想の上に築き上げられていたことかと、オリーヴは思い知った」(395)。オリーヴは「現実はといえば、ただヴェリーナが自分を想う気持ちより、自分がヴェリーナを想う気持ちのほうが強かったということなのだ」(395) と考えるようになっている。ミス・バーズアイとは異なり、オリーヴは「現実」や「真実」が自分のロマンティシズムの向こう側にずっと存在していたのだと決め込んでしまう。ヴェリーナとの愛は、完全にオリーヴの幻想とは言い切れないもので、周囲の人によれば「二人は一緒にいるのが大好きで、まるで一緒でなければどこにも行けないというみたいだった」(348)。だからこそ二人を引き離そうとする力が生まれたのである。しかし、オリーヴは自分の記憶を書き換え、ヴェリーナが見せてくれた愛情をなかったものとして消し去ってしまう。

ヴェリーナ自身の視点から、もう少しオリーヴへの愛が存在していたことを確認しておきたい。ヴェリーナは男性たちとデートしているときでさえ、常にオリーヴの姿を思い描いている。目の前で会話している男性の向こうに「ヴェリーナは、(中略) 十番街の部屋の窓辺に立ち、ヴェリーナが帰ってきて階段を上る足音が聞こえないかと耳を澄ませ、ホールに響くヴェリーナの声を今か今かと待ちわびているオリーヴの姿を見」(317) るのである。目の前の異性よりもオリーヴを気にかけ、一刻も早く安心させたいという気持ちがうかがえる描写だ。ヴェリーナにとってデートの相手は一時の存在だが、オリーヴは毎日毎時間気にかける大事な相手なのであろう。ヴェリーナは楽しいことが何よりも好きだが、オリーヴを喜ばせることができるなら、気に入っているバジルとの外出すら中止し、ニューヨークでの楽しみも放棄するほどである。このようにヴェリーナはオリーヴへの愛情を持っているが、それは社会の中で見えないものとして扱われるため、最終的にオリーヴの目にも見えなくなってしまう。オリーヴが持っていたはずのものを失うのは、ヴェリーナから愛されていたという現実を見失ったときであり、過去の日々のすべてが幻想だったと思うときだ。ミス・バーズアイと異なり、オリーヴはロマンティックな視点から、もう一つの非現実的な視点——規範的な価値観が見せる「現実」へと目覚めてしまい、絶望を味わうのである。二人の「死」をマーミオンで対比させて描くことによって、ジェイムズはオリーヴの絶望が際立つよう構想したように思われる。

三、ジェイムズの同性愛者への共感

オリーヴがヴェリーナを失ったのは、一見すると結末でバジルに連れ去られるときのように思われるが、実はマーミオンにおいてであったことを前述の議論で明らかにした。そうであるならば、マーミオンから結末までの部分は、作品全体の中でどのような役割を果たしているのだろうか。この疑問に対し以下の考察で、マーミオン以降の場面はヴェリーナ喪失後のオリーヴの悲しみを描き切るためにあることを論じていきたい。前述のとおり、オリーヴはヴェリーナがバジルとのデートから戻ってくるのを待つ日々を送る。粘り強く会い続ける二人を見て、あるときオリーヴははっきりと二人の関係を止められないことを悟るのだ。しかし、オリーヴはヴェリーナを連れ去ることを決意し、バジルに宣戦布告までする。このように敗北を予感しながら、それでも戦おうとするオリーヴの痛ましさは、次の場面によく表れている。

「あなたには絶対に見つけられないわ」

「そう思う?」
「ええ、絶対にね!」その状況を楽しむ気持ちが強くなったせいか、彼女の唇からは甲高く、聞きなれない、不安そうな音が飛び出した。それは笑い声に、それも勝利の高笑いになるはずのものだった。しかし、少し客観的に見たならば、それはほとんど絶望の叫びとも言えそうなものだった。ランサムは急いでその場を立ち去ったが、オリーヴのその声は耳に鳴り響いていた。(400)

ここでオリーヴはヴェリーナをどこまでも隠し通すと宣言している。しかし、その勝利宣言とは裏腹に、敗色が濃厚であることをオリーヴ自身も気づいているようだ。彼女の「絶望の叫び」は痛ましく、バジルが慌ててその場を立ち去るほどである。勝利者であるバジルにはオリーヴの勝利宣言がいかに空疎なものであるかがわかるため、いたたまれなくなっているのだろう。このようにマーミオン以降、オリーヴはヴェリーナを失った悲しみを何度も目に見えるように示し、バジルはその悲しみを記憶するだけの存在に後退している。結末でヴェリーナをさらっていくときでさえ、バジルにはオリーヴの絶望を伝える役割しか与えられていない——「オリーヴの表情は永遠に彼の中に残るようなものだった。挫かれた希望や傷つけられた自尊心が、これ以上鮮明に表現されるところなど想像もできないほどだ」(432)。このようにバジルの意識を通して、オリーヴの悲しみの深さが強調されるのである。これらの描写からマーミオン以降の部分は、オリーヴの悲しみを描くために必要であったことがわかる。

オリーヴの喪失の悲しみを強調することは、『ボストンの人々』が「失恋の過程」に関心を持って書かれた小説であることを物語っている。そして、オリーヴとヴェリーナの別れが予示されていることも、

「失恋の過程」への関心をうかがわせる要素である。この点を論じる前にまず、オリーヴがヴェリーナに対して持つ磁力を確認しておきたい。女性解放運動に参加することは「この世の中で最も非現実的で、くだらない幻想」(325)だとバジルに断言されるとき、ヴェリーナはバジルとは違う感情で、そのとおりだと答えている――「バジルに、本当のきみは今なろうとしているきみとは違う、改革運動は現実味を欠いていると非難され、ヴェリーナは胸が痛んだ。確かにこうしてバジルと一緒にいる今の自分が本当の自分だ。こうして、いるべきでない場所にいる自分が、本当の自分なのだ」(326)。この場面からわかるのは、ヴェリーナが「本当の」自分と「なろうとしている」自分との間で引き裂かれているということである。ヴェリーナの理想の自己とはオリーヴとの共同作業で作り上げているものだ。そのため、オリーヴ的理想と「本当の」自己が異なると指摘されたヴェリーナが痛みを感じることからは、ヴェリーナのオリーヴに焦がれる気持ちが感じられる。また、バジルが体現する規範的な価値観は、オリーヴの世界を「架空」のものとして現実から締め出していることも描かれている。しかし、否定されることでかえってヴェリーナはオリーヴの世界に惹かれているように思われるのだ。オリーヴの世界はヴェリーナにとって、手が届かないからこそ美しさを増し、追い求めたくなるものとなっていく。その証拠に、ヴェリーナはバジルに惹かれ始めたあとでさえ、オリーヴの理想に応えようとしている。こうしてヴェリーナがオリーヴのもとをすぐには離れないことで、バジルもオリーヴも苦しめることになるため、一見するとヴェリーナはただの優柔不断に思われるかもしれない。しかし、バジルとともにいることが「自然」であるという答えが見えたあとでさえ、オリーヴの世界にこだわるヴェリーナの様子からは、オリーヴがヴェリーナに対して持つ磁力の強さが感じられる。

ヴェリーナがこのようにオリーヴの磁場から離れられない様子は、作品の早い段階で描き込まれている。十一章ではヴェリーナがオリーヴに初めて会う場面が描かれているが、語り手は突然小説の「現在」にいるヴェリーナの声を紛れ込ませているのだ——「ヴェリーナはあとになって、なぜあのときもっとオリーヴを恐れなかったのだろうか、なぜすぐに踵を返して部屋の外へと逃げ、自分を守らなかったのだろうかと考えた」(76)。バジルに連れ去られる際にヴェリーナがオリーヴの名前を叫んだことから、この回想がオリーヴへの嫌悪を表すものでないことは明らかだ。むしろ一度オリーヴと出会って深く知り合えば、自分を分裂させずにはいられないほどのめり込むことを告白しているように思われる。小説の「現在」でバジルと駆け落ちしたあともヴェリーナはオリーヴを忘れられず、オリーヴが切り離せない自己の一部となっているのである。

この回想は、ヴェリーナとオリーヴの関係が悲劇に終わることを予示してもいる。ジェイムズは愛の終わりを予定した上で、どのように終わりを迎えるのかという過程を描いたことが改めて確認されるだろう[6]。本作において重要な問題は同性愛と異性愛のどちらに軍配が上がるかではなく、オリーヴとヴェリーナが別れることは必然だとして、なぜそうなったのかという、社会のシステムを描き出すことにあったのだ。しかし、ジェイムズは社会のシステムを描くために、オリーヴやヴェリーナを犠牲にしてはいない。フランス自然主義文学の作家たちが不幸な登場人物に対し共感を欠くことに反発を感じていたジェイムズは（*LC* 868, 870; Walker 122-23）、マーミオン以降の描写に顕著に示されているように、オリーヴとヴェリーナへの共感を込めた語りで、同性愛を挫く社会の働きを描き出しているのである。

注

（1）スティーヴンスはオリーヴとヴェリーナの関係が友情なのか同性愛なのかはっきりせず、読者によって解釈は分かれるだろうと指摘している（Stevens, *Sexuality* 96）。そのほか、オリーヴとヴェリーナを一枚岩と見ず、アレンのように、ヴェリーナがオリーヴとのロマンティック・フレンドシップを進んで構築しようとはしていないと主張する批評もある（Allen 91）。しかし、今日の批評家はオリーヴとヴェリーナの同性愛を前提として『ボストンの人々』を解釈する傾向にある。ガーバーは、オリーヴに対するヴェリーナの自発的な愛を認め、本作をバイセクシュアルの物語と位置づけている（Garber 462）。そのほか、キャスリーン・マコーリーは発話行為によってオリーヴとヴェリーナのロマンティック・フレンドシップが形成された過程を分析した（McColley 151-69）。また、デニス・フラナリーはきょうだい愛が二人の同性愛にいかに影響を与えているかを考察している（Flannery 1-19）。

（2）フェダーマンによると、ボストン・マリッジとは、「ほかの誰とも結婚していない二人の女性」がともに暮らし、「長い間単婚の関係にあることを表す、十九世紀ニューイングランドで用いられた言葉」（Faderman 190）である。こうした女性たちはフェミニストであることが多く、社会改革に大変意欲を持っていた（Faderman 190）。彼女たちが性的関係を持っていたかどうかは定かではないが、今日でいうレズビアンであったともフェダーマンは指摘している（Faderman 190）。

（3）ウルフが「友だちの友だち」を評価していた点は、第七回ヘンリー・ジェイムズ研究会において松井一馬氏によって資料とともに紹介された。ここに記して謝す。

（4）本合は「貧しい少女を知りたい」というオリーヴのセリフにある「知る」という語が、性愛を表す隠語であったことを指摘している（本合 四三）。

（5）この地名は、ロマン主義的な作風で知られるウォルター・スコットの物語詩『マーミオン』に由来する。『マーミオン』は男装した女性への愛に気づく男性の物語とも言える。本作では、その愛に気づいたマーミオンの死が美しく結末を飾っている。また、愛していると気づいたときにはその女性を失っており、二人が結ばれなかったこともオリーヴの「死」

にふさわしい。

（6）こうした設定は自然主義的な作風を思わせるため、『ボストンの人々』と自然主義との類似について議論された。これまでに明らかになった共通点として、まず事物を詳細に記していく表現方法が挙げられる。ライオール・H・パワーズは『ボストンの人々』が人や場所を詳細に描写していくところが自然主義を思わせると主張する（Powers 58）。さらに、環境や遺伝という要素も共通点として指摘されている。パワーズは、ヴェリーナが降霊術のような出し物を披露する点や、貧しい階層特有の人格を持つ点、急進主義である点などを取り上げ、それらが両親からの「遺伝」や幼少期の「環境」から生まれたものであると考察した（Powers 58-63）。エレイン・ピジョンはジェイムズが持つセクシュアリティへの関心を自然主義との共通点ととらえ、ジェイムズがそこにクィアなひねりを加えたと論じている（Pigeon 62）。

第五章　『カサマシマ公爵夫人』における負の遺産と同性愛的欲望

『ボストンの人々』と同じ時期に書かれた『カサマシマ公爵夫人』(*The Princess Casamassima*)は階級格差と同性愛とが連動していることをとらえた小説である。本作の主人公ハイアシンス・ロビンソンは十歳のとき、母親フロランティーヌ・ヴィヴィエを亡くす。フロランティーヌはある貴族の男性フレデリック卿(ハイアシンスの父親と思われる人物)を刺し殺したため、終身刑を言い渡され、獄中で病死してしまったのである。彼女は唯一頼ることのできた友人ミス・アマンダ・ピンセントにハイアシンスを託していた。ミス・ピンセントは上流階級への憧れから、ハイアシンスに貴族の子であると吹き込み、近所にも高貴な血筋について自慢したため、彼の自尊心を必要以上に高めてしまう。母親が獄中にいることは近所にもハイアシンスにも隠していたが、フロランティーヌの死期が迫ったために、ミス・ピンセントは実の母親のもとへハイアシンスを連れて行かざるを得なくなる。そのときは獄中の女性が誰なのかわからなかったハイアシンスは、十年後に実母であったことに気づき、以後ハイアシンスは自分のアイデンティティを確立できず悩むことになる。そしてあるとき、母親に代表される労働者階級の人々の側に立つべきだと考え、革命運動に身を投じることを決意するのである。革命家の会合が熱狂的な雰囲気に包まれたある晩、場の空気に影響されたハイアシンスは今すぐ行動すべきだと熱弁を振るう。このことがきっかけで、国際革命組織のリーダー、ディードリッヒ・ホッフェンダールの指示のもと、テロの実行犯として自らの命を捧げることになってしまう。しかし、この誓いを立ててからというもの一向に暗殺の指令が降りてこず、その間にハイアシンスはカサマシマ公爵夫人と知り合いになる。彼女は貴族でありながら、階級転覆を目論むハイアシンスらの活動に関心を持っており、取り巻きのショルトー大佐を使ってハイアシンスを別荘に連れて来させたのだ。こうして上流階級の人々と過ごすうちに、ハイアシンスの中に階級制度の上に築かれたヨーロッパ文明のすばらしさを認める気持ちが芽生え、革命への興味を失っていく。しかし、そのような心情の変化が起きたとき、ホッフェンダールからの命令が下り、ある公爵を銃殺することになる。信じてもいないことのために自らを犠牲にするやりきれなさから、ハイアシンスは心の慰めを求めて幼馴染のミリセント・ヘニングの勤め先を訪れる。しかし、その服飾店にはショルトー大佐が先に来ており、彼と目を見交わしたあと、ハイアシンスは黙って部屋へ戻り、暗殺に使うピストルで自殺するところで物語は幕を閉じる。

ハイアシンスは常に相反する二つのものの間で揺れている。貴族の父と労働者階級の母のどちらに共感すべきか、制度の維持と社会の転覆のどちらを支持するかといった問題が、アイデンティティの問題とも絡んでハイアシンスを悩ませることになる。母親の味方になることを決めたあとでもハイアシンスは父親を諦められず、文明の美を認めたあとでも労働者階級の苦労を忘れられずにいるのだ。したがって、先行研究ではハイアシンスの自殺がこうした葛藤の末に起きたことであると解釈されてきた。[1] そして母親の「遺伝」という考え方がハイアシンスに及ぼす影響についてはあまり論じられてこなかった。フロランティーヌは小説の冒頭に詳述されるほかは、結末近くで突然名前が出てくるのみで、長い物語中、直接的に姿を現すことはない。しかし、フロランティーヌの殺人や下層階級の出自、獄中での侘しい死などはハイアシンスの中に母親に対する嫌悪感を生み出し、父親が属する上流階級の男性への憧れを掻き立てる原因となっている。ハイアシンスは貴族のみならず、革命のリーダーなど権力を持つ男性たちにも男同士の憧れ以上の執着を見せるが、死を早める演説を行ってしまうことや、自殺を選ぶことなども、こうした「父」への憧れによるものと考えられるのだ。確かにハイアシンスがカサマシマ公爵夫人やミリセントなど女性を愛している可能性は暗示されるが、それらよりも強い感情としてハイアシンスが男性の支配者に惹かれる様子が描かれている。

こうした社会的な問題（革命、階級制）と個人的な問題（社会的・性的アイデンティティ）との間にある関係性はきわめて重要である。もしこの二つの関係を絡めて読まなければ、マルシア・ヤコブソンが指摘するように、この小説の結末は盛り上がりに欠けるものとなるだろう。ヤコブソンは「ジェイムズが本作の主題を政治的・社会的なものから個人的なものへと狭めたことによって、結末をそれより前の部分とは何のつながりもないものにしてしまった」（Jacobson 58）と咎めている。しかし「個人的な」主題は社会的な問題と関連して作中で常に提示されており、ハイアシンスの言動に大きな影響を与えるものである。母親の不幸はハイアシンスを母親と同化させ、彼女の視点から男性支配者に惹かれる心理を生み出している。両親の間にある、性的、経済的、法的不平等は、搾取する者と搾取される者との関係について問題提起する要素となっているのはもちろんのことだが、これらの社会問題はハイアシンスの社会的、性的アイデンティティという個人的な問題を描く出発点ともなるものなのだ。

一、ハイアシンスが抱く母親への嫌悪

ハイアシンスがいかに母親との血のつながりを嫌っているかを最初に確認したい。[2] ハイアシンスがカサマシマ公爵夫人やミリセントに自らの出自を打ち明ける場面で、語り手はハイアシンスの視点を共有しているにもかかわらず、彼の話した内容を直接話法によって明確に表現してはいない。読者に与えられる情報は、次の二点に絞られる。一点目はハイアシンスの告白に耳を傾けているとき、ミリセントが「口を開き、目を潤ませるようにして優しい表情をした」が、それは「これまでハイアシンスが見たこともないような表情」(*NTHJ* 6: 335　以降、本章での本作品からの引用は巻号とページ数のみ記す)であること。二点目は、ハイアシンスが語っている「これまでずっと伏せてこられた」事実は「大変おぞましく」、その話を打ち明けているハイアシンスはまるで「ひどいにおい」のする「とても汚い液体」(6: 336) が自分の体からあふれ出しているような気がしていることである。これらの婉曲的な表現から、これがハイアシンスの母親に関する告白であることは容易に察せられるだろう。しかし、読者は小説のこの部分を読む頃には、すでにフロランティーヌが移民であることも、最下層の労働者階級に属し、娼婦を生業にしていたことも、投獄され恐ろしい姿で亡くなったことも知っているのである。したがって、何かを隠すような表現法は読者

の好奇心を刺激するためのものではないことがわかる。ハイアシンスの視点で書かれた箇所であることを考慮すると、彼がいかに母親のことを恥じていて、明快に語りたくないかを表現するためのものであるように思われる。

ハイアシンスが母親との血のつながりを恥じる気持ちは、父親が貴族であるという前提によって芽生えている。ピエール・A・ウォーカーが指摘するように、ハイアシンスはいつの日か父フレデリック卿の親戚が自分を見つけ出し、後見人となってくれるに違いないという希望を心の奥底に抱いている（52）。前述の場面では、ハイアシンスはフロランティーヌの階級の低さを隠して、「高貴な血筋」の体面を保とうとさえしている。こうした血筋に対する誇りのせいで、母親のことを語るのに勇気を振り絞る必要があったのだ。打ち明けられたミリセントの反応は対照的である。ハイアシンスは「彼の卑しい生まれがミリセントに何の印象も与えなかったのを見て驚い」（6: 342）ている。幼い頃からともに貧しい地域で育ったミリセントにとって、ハイアシンスが労働者階級であることは当然のことなのである。ハイアシンスとミリセントの考えの違いから、いかにハイアシンスが自動的に自らの出自を貴族階級であるとみなしているかが明らかとなる。

この高貴な生まれという前提のために、ハイアシンスはどうしてもフロランティーヌとの血のつながりを受け入れることができない。フロランティーヌが母親であると考えると、ハイアシンスは自殺しているかのような気持ちにさえなるのだ。本来父母の出自はどちらもルーツとして認識されるはずだが、両親の階級があまりにかけ離れているため、それが阻まれてしまう。たとえば、ハイアシンスは母親のことを話していると「自分がばらばらになっていく」（6: 340）ような気がしている。この分裂のイメージは自殺の比喩を用いて、別の個所でも繰り返されることになる。母の子であることを認めることは「すでに自分の階級の低さを認めてできた傷を、さらにナイフで」(5: 246) えぐるようなものであるというのだ。この比喩において、貴族としての自己が失われることが自殺と重ねられている。貴族の父の子ではなく、最下層の母の子であると認めれば、ハイアシンスはアイデンティティを失ってしまうことがわかる。

二、母親の運命をなぞることへの恐れ

ハイアシンスが母親の血筋を嫌っているにもかかわらず、何度も母の子であることを思い知らされるのは皮肉である。ハイアシンスの顔はフランス風だが、そのことだけでも母親への連想が働いてしまうのだ。

> ミリセントの態度にはこの頃おかしいと思うところがあった。ハイアシンスは、自分の顔に何か不思議な印が表れて、自分が隠していることを明かしてしまっているのではないかと不安に思った。ホッフェンダールに死を誓ったことなどが知らぬ間にはっきりと表情に表れているのだろうか。ハイアシンスは、昔から周囲の人々がミス・ピンセントの思わせぶりな発言を聞いたときに浮かべる、あの嫌らしい同情を、ミリセントも持ち始めたのではないかと疑うようになった。(6: 130-31)

ミス・ピンセントの思わせぶりな発言とは、ハイアシンスが貴族の子であると自慢していたことを指す。

そうであるならば、引用の最後の部分は、近所の人がハイアシンスの高貴な生まれを憐れんだことになるため、意味が通らない。しかし、もう一つここに挙げられている「ハイアシンスの顔」を考慮すれば、当時何が起きていたのかが明快に示されていることがわかる。ハイアシンスの周囲の人は、彼がフランス風の顔をしていることをよく指摘している（5: 75, 223）。ハイアシンスの父親がミス・ピンセントの言うとおり貴族であり、ハイアシンスの顔がフランス風で、彼が現在労働者階級として生きているならば、そこから推測できるのは貴族が移民の娼婦を弄び、その後その女性を私生児とともに捨てたという「よくある」話であろう。昔から周囲の人々が浮かべていた表情とはフロランティーヌとハイアシンスへの同情だったことがわかる。このように同情されるたびにハイアシンスは母親のことを思い出してしまう。引用前半部ではミリセントの同情を見て、また自分の顔が秘密を暴露したのではないかとハイアシンスは心配しているが、顔はハイアシンスにとって隠していた秘密をさらけ出してしまうものなのだ。このように異国風の顔立ちのせいでハイアシンスは母親との血のつながりを思い出させられている。

フロランティーヌとの血のつながりを意識する気持ちは、上流階級と交流するうちに深まっていく。カサマシマ公爵夫人の屋敷で「長い姿見に映る自分の姿を見て」ハイアシンスは「社会的に無名のヴィヴィエ嬢の息子は、どこに行っても、誰の目にもとまらない人間だ」（6: 6）とつぶやく。目に見えない人間というのは、イギリスの階級制度の文脈では、労働者階級に属し、上の階級の人々に存在を無視されることを表している。姿見に映っているはずの自分が見えない人間であると考えるハイアシンスは、この瞬間労働者階級としてのアイデンティティに絶望しているが、それは今見ている立派な姿見や大きな屋敷、カサマシマ公爵夫人の知人との交流から感じさせられていることでもある。鏡を見たこのとき、上流階級の暮らしとは対極にある母親似の顔が映り、改めていかに自分が上流階級とかけ離れているかを実感しているのだ。アーウィン・バーランドはカサマシマ公爵夫人が「革命家として活動しているときほど貴族に見えることはない」(Berland 144) と指摘するが、ハイアシンスも貴族と交流しているときほど労働者階級に見えることはないだろう。こうして母親との血のつながりが、出自とは大きく離れた環境でますます強調され、ハイアシンスに働きかけてくるのである。

ハイアシンスはこの血のつながりを意識しすぎるあまり、母の運命を繰り返すのではないかという不安に悩まされているようだ。その証拠に、カサマシマ公爵夫人が「いつか自分に飽きる」(6: 194) ときが来て、捨てられてしまうだろうと信じている。こう考えたあとに公爵夫人が彼に誠実な関心を寄せていることを知るが、それでもいつか捨てられると再び考え始めるのである。カサマシマ公爵夫人は確かに周囲の男性を惹きつけ、思いもよらぬ行動を取らせるため、ファム・ファタールの役割を担っているかもしれない。しかし、作中で彼女の気まぐれがハイアシンスを破滅させるさまは描かれないのである。カサマシマ公爵夫人は結末まで革命への関心もハイアシンスへの愛情も持ち続けている。ハイアシンスの自殺の場面では、その死が誰からも気づかれないまま終わりそうなところを、カサマシマ公爵夫人だけが虫の知らせで駆けつけるのだ。エリザベス・アレンが指摘するように、ハイアシンスはカサマシマ公爵夫人をありのままに見ることができていない (Allen 101)。[3] ハイアシンスはカサマシマ公爵夫人にファム・ファタールの役割を、自らには犠牲者の役割を進んで割り当てていると考えられる。この割り当てには、いつか母親と同じ運命をたどるというハイアシンスの強迫観念が関係しているように思われる。ハイアシンスは母親と同じように、貴族を相手に真剣になってしまえば、弄ばれた挙句捨てられるのではないかと恐れているのである。

ハイアシンスにとってカサマシマ公爵夫人の魅力は、夫の財産と肩書きに支えられた高い社会的地位にあるが、それは男性的な力であると言える。この点で、ハイアシンスが抱くカサマシマ公爵夫人への憧れは、男性の支配者への憧れと重なるものだ。ハイアシンスはしばしばショルトー大佐やポール・ミュニメント、ホッフェンダールなど支配者としての力を持つ「男らしい」登場人物たちに疎外されていると感じている。カサマシマ公爵夫人の例と同様に、彼らに憧れながら、どこかで彼らの思いどおりに利用された挙句に捨てられると考えているのである。公爵暗殺の件にしても、その役割を引き受ける演説をしたのはハイアシンス自身であり、本当に革命思想に染まっていれば、自らの命を落としても後悔はなかったはずだ。実際にポールは同志としてそのように考えるからこそ、ハイアシンスには冷淡と思えるほど彼の死の可能性を落ち着いて受け止めているのである。しかし、ハイアシンスはこの冷淡さからポールに裏切られたと感じ、泣きながらポールに詰め寄っている。この苦い涙と裏切りというとらえ方から、ハイアシンスがポールに認めてもらいたい一心で、立派な演説をしたことが見えてくる。ハイアシンスの主張をよく理解しながら、のらりくらりとかわすポールと、真剣な想いは自分だけが抱いていたのかと嘆くハイアシンスの様子は、フロランティーヌとフレデリック卿の関係を思い起こさせるものだ。ハイアシンスはこうして、男性的な力を持つ者によって捨てられる母の運命を自分もたどるのではないかと考えている。

三、自殺による父との同一化願望

フロランティーヌの特徴のうち、ハイアシンスが最も恐れているのは犯罪性であった。結末部分で突如フロランティーヌが再登場するが、その箇所だけでなく、作品のいたるところでハイアシンスはフロランティーヌの犯罪性を受け継いだことへの恐れを見せている。たとえば次の引用はその好例となるだろう。ハイアシンスは「自分の人生を、本当の自分の姿で生きたいと願っていた」にもかかわらず、「本当の自分を、できるかぎり注意して隠すことになった。仮面をつけ、借りたマントを着て生きることを余儀なくされたのである。ハイアシンスは毎日、毎時間、俳優になっているようなものだった」(5: 86)。先行研究において、この仮面をめぐる解釈はさまざまであるが、全体として共通しているのは、仮面が何を表すかを分析している点である。(4) しかし、ハイアシンスが「本当の自分」と考えるものにこそ彼の抱える闇があることを考慮すると、仮面の裏にあるものについてさらに考える必要があるように思われる。物語のこの時点で、ハイアシンスが家族について最も隠したいこととは、母親が殺人犯であることだ。しかし、ハイアシンスは母親の職業や国籍に関しても同様に隠しているため、「本当の自分」がフロランティーヌの犯罪性と関係していることをもう少し丁寧に追っていきたい。

ハイアシンスは借りたマントを着て仮面をかぶる人生について考えた直後に、理想の女性像を思い浮かべている。彼は自分の苦しみを理解してくれる女性に悩みを打ち明けたいと願っているが、その女性は母親のような愛情と「キスしたくなるような頬」(5: 87) を持つ女性だという。この理想的な女性像にフロランティーヌの面影が見て取れるのだ。本節の冒頭で紹介したとおり、子供の頃、ハイアシンスは母親とは知らずに獄中のフロランティーヌに面会している。そのときフロランティーヌにキスされるのだが、このキスがのちにハイアシンスを苦しめるアイデンティティの問題をグロテスクに象徴することになる。そのため、ハイアシンスにとってキスは重要な意味を持つのだ。キスに加えてフロランティーヌの犯罪性も、ハイアシンスの心に取りついて離れない。ハイアシンスが牢獄の女性を初めて思い出すのは、ミス・ピンセントが強盗に関するゴシップを口にしたときであった。ハイアシンスはそのときミス・ピンセントに初めて牢獄の女性の印象を語り、特に彼女のキスとみじめな姿について言及している。このようにハイアシンスの中でフロランティーヌとキス、犯罪性が密接に結びつくことを考えると、仮面をかぶって生きる苦しみから母親の特徴をとらえた理想の女性像の話へと連想が続くことで、「仮面」や「本当の自己」がフロランティーヌに関するものであることが見えてくる。ハイアシンスの考える「本当の自己」にはフロランティーヌの犯罪性が遺伝しており、そのために仮面をかぶって生きなければならないと考えているのではないだろうか。この点を証明するのが、ミス・ピンセントの死に際してハイアシンスが抱いた感謝の念である。ハイアシンスは育ての親であるミス・ピンセントがいなければ「犯罪に手を染めるという母から遺伝した性質が、抑えようもなく開花してしまっていたであろう。それこそハイアシンスが自然にたどる人生だったかもしれないのだ」(6: 110) と考えている。ハイアシンスはこのように、罪を犯し牢獄へ送られる人生が遺伝から考えて当然だと信じ込んでいるのである。

犯罪性の遺伝を信じるハイアシンスが、母の犯罪を繰り返してしまうのではないかと恐れる様子は、作中の随所で描かれることになるが、それが端的に顕れている例として、カサマシマ公爵夫人の罪を恐れる場面を考察したい。前述のとおり、カサマシマ公爵夫人は貴族でありながら革命に関心を持つが、その関心はポールに頼んで幹部のもとを訪れるほど高まっていく。[5] ハイアシンスは彼女が革命運動で罪を犯すのではないかと想像せずにはいられない――「彼女が罪を犯すところや、その後受ける罰などのおぞましいイメージが頭をよぎった。それは彼が鬱々と暗い考えを抱くときに、よく浮かぶイメージだったが、自分の身に降りかかるのを想像するよりも、もっと恐ろしいことのように思われた」(6: 406)。ハイアシンスはここでカサマシマ公爵夫人が犯す罪だけでなく、罰のことも思い描いており、その「おぞましいイメージ」は彼にとって母親の姿と重なるものだろう。ハイアシンスはカサマシマ公爵夫人の罪と罰を、自分が暗殺によって引き受けるものよりも恐ろしく感じているが、この心配には夫人への愛情以上のものが隠されているように思われる。[6]『ロデリック・ハドソン』で描かれるように、カサマシマ公爵夫人はもともと庶民であり「確固たる社会的地位を持たない」(Jacobson 52) のだが、ハイアシンスの労働者階級の視点からは、夫人が富と洗練の象徴のように見えている。したがって父の貴族性と母の粗野さを分けて考えていたハイアシンスにとって、罪を犯し、罰を受ける点で母とカサマシマ公爵夫人が同化してしまうことは、心のよりどころを失うことでもある。カサマシマ公爵夫人はハイアシンスに、母親が犯した罪やそれにとらわれる自分の世界とは全く無縁の輝かしい場所がどこかにあるという希望を支えてくれる存在であった。このような心のよりどころが必要であることや、それを失ったとき目に見えて動揺していることから、どこまでも母親の犯罪性が自分を追いかけてきて逃れられないのではないかという恐怖をハイアシンスが感じていることがわかる。

この犯罪性の遺伝こそ、ハイアシンスが自殺する大きな要因ではないだろうか。彼はカサマシマ公爵夫人が自分に飽きたと思い込んだちょうどそのとき、ホッフェンダールからテロ実行命令を受け取る。そこでミリセントに慰めを見出そうとするものの、行ってみるとショルトー大佐に先を越されてしまっていた。ハイアシンスがそう気づいたとき、ショルトー大佐はミリセントの体を上から下まで眺め回しているところであった。陸・海軍士官向けの服飾店に勤めるミリセントの仕事は、実際に服を着て見せることによって服の価値を高め、売り上げに貢献することである。このためショルトー大佐は遠慮なくミリセントの身体を鑑賞しているのだが、ミリセントの職種は労働者階級の女性が紳士の顧客に身体をさらすという点で、一種の売春行為とも解釈できるものだ（Miller 160）。ショルトー大佐の視線には確かに性的欲望が込められていると言える。先行研究では、冒頭で述べた理由のほかに、この欲望がそこから疎外されるハイアシンスを自殺へ導いたと論じる傾向にある（Miller 156-57; Trilling 77; Dupee 155）。しかし、ハイアシンスはショルトー大佐とミリセントの間にある性的な関係には、当初あまり関心を抱いていない。ミリセントに自分が来たことを知らせてくれないだろうかと彼に期待さえしているのだ。

すぐにハイアシンスはショルトー大佐が自分に気づいたと思った。次の一瞬、ミリーも気づくように合図してくれそうだとも思った。しかし、ショルトー大佐はハイアシンスを数秒間まじまじと見つめ、彼が来たことをミリセントには言わなかった。それを教える楽しみを、邪魔者が立ち去ったあとまで取っておくつもりのようだ。ハイアシンスの方でも同じ時間だけショルトー大佐を見つめ返し――二人の目が物語っていることについては、はっきりと語る必要はないだろう――そのまま立ち去った。（6: 423）

ショルトー大佐が自分を見つめ、無視したあと、ハイアシンスは静かにその場を離れる。この引用の直後で場面が切り替わり、ハイアシンスの死体がいかにして発見されるかが語りの中心となっていく。したがって、ここでショルトー大佐と見交わした視線が、ハイアシンスの自殺を引き起こす直接の原因となっていることがわかる。ハイアシンスの極度に受け身な姿勢を考えると、この瞬間に自分が上流階級によって思いのままに扱われてしまう卑小な存在であることを痛感しているように思われる。カサマシマ公爵夫人が自分を捨てたと信じ込んでもいるため、ショルトー大佐の排他的なまなざしはいっそう、労働者階級に対する上流階級の無関心ぶりを象徴するものとなるだろう。同時に、ショルトー大佐のまなざしは、ホッフェンダールの力をも思い出させたはずである。ハイアシンスは革命運動においても支配者の意のままに動かされる人物にすぎないことを痛感させられるが、だからといって命令に従い、母親の罪を繰り返すような貴族殺害を実行するわけにもいかない。自分を殺してでも犯罪を避け、「公爵」を殺すはずの銃口を自らに向ける行為には、せめて自分自身にだけでも母親とは違う人間になれることを証明したいという願いが込められているように思われる。

母とは違う人間になりたいという願いを込めた自殺には、父との同一化願望も秘められている。自分のことを殺される貴族と同じ存在であるかのように扱うことになるからだ。それは母の視点から父を欲望することでもあるため、やはりハイアシンスは母の立場から逃れられていない。前述のとおり、一見するとハイアシンスはミリセントやカサマシマ公爵夫人に好意を抱いているようであるが、男性の支配者たち、特にポールに強く惹かれている節がある。母親の犯罪が心の傷となり、反動として本来憎んでもよいはずの貴族の父親への想いが強くなり、父の属性を持つ者への欲望が芽生えているのである。ハイアシンスの父親が本当に刺殺された貴族であるかどうかも不確かであるため、この欲望は奇妙に思われるかもしれないが、架空であるからこそ現実を超越する夢として「父」を追い求める気持ちが高まるとも考えられる。

ハイアシンスは華奢な身体と優美な性質を持ち、ポールにはしばしば女性のように扱われている。常に受け身で、悲しいことがあればそっと涙を流すハイアシンスの性質には、当時「女らしい」とみなされていた要素が盛り込まれていると言えるだろう。その名前からして繊細な花を思わせるように設定されているのだ。このハイアシンスの女性性は、手足が大きく、性愛に関して能動的にふるまうミリセント[7]や、夫の男性的な力をまとい、男性革命家に混ざって行動を起こすカサマシマ公爵夫人ら男性的な女性登場人物と対比されることで、より強調されている。また、男性登場人物たちに関しても、あえて粗野な言動をさせたり、自分の意志で行動することを重んじる性格にしたり、女性を性的に支配させたりするなど、当時の男性性が強調されている。彼らもやはりハイアシンスの女性性を引き立てる存在だ。さらに重要なことに、ハイアシンスの女性性は単なるジェンダーの反転にとどまらず、同性愛的欲望と結びつけられている。両親の負の遺産によって女性化されたハイアシンスは、母と同じ立場から「父」を追い求めているのだ。

ハイアシンスの男性支配者への愛がどのように描かれているかを、ここで考察しておきたい。彼は一目見たときからポールに夢中になり、目を逸らすことができないほどの関心を寄せる。さらに「自分をじっと見ているハイアシンスに気づいたポールが目を合わせ、ほほえみかけると、ハイアシンスはますます興味を掻き立てられるのだった」(5: 110) という様子を見せる。ハイアシンスを何より惹きつけたのはポールの持つ比類なき能力である。語り手もハイアシンスが「優れた人々（"superior people"）と知り合いになりたいという強い欲望を抱いていて、その場ですぐにその見知らぬ男［ポール］に惹かれた」(5: 114)

と語っている。その後もハイアシンスが憧れを隠しきれない様子で彼のことを知りたがるので、一緒にポールの家まで行くことになったが、ポールは「その広い肩越しにハイアシンスを見下ろし」て、「もしよければ、抱えて運んであげるよ」(5: 118)と女性に対するようにふるまって、からかう。ここでハイアシンスの女性性が強調されているので、ますます彼の興味が恋愛感情であるように見えてくる。しばらくついて行っても結局ポールが秘密を教えてくれないことがわかると「なら、なんで一緒に帰ろうなんて言ったのさ」(5: 150)と拗ねて「涙がこみ上げてくるのを抑えようと」(5: 150)するほど、ポールへの想いを募らせる。この一方通行の寂しさは、ハイアシンスが作中頻繁にポールに対して感じていることだ。仲が深まるにつれてハイアシンスはますますポールを崇拝していくが「この信頼があまり報いられないのでときどきひどくがっかりした」(5: 228)とポールの冷たさを嘆いている箇所もある。さらに、ホッフェンダールに実行犯として任命されたあとでは、前述のとおり自分だけが友情を感じていたのかと落ち込みさえする。ハイアシンスにとってポールとの友情は「宗教」(6: 141)とも言える大事なものだからだ。落ち込むハイアシンスをポールが恋人のように慰めている場面は注目に値する――「ポールは姿勢を変えて身体を起こすと、少しの間トルコ人のような座り方でハイアシンスに向き合った。それから腕を回してハイアシンスを抱き寄せ、顔をじっと見つめた。(中略)「ねぇ、どうしてほしいって言うの?」と彼を抱き寄せたまま、明るく尋ねた」(6: 213-14)。これに対するハイアシンスの返事は恋愛感情を思い起させるものだ――「そうだな、もう少しきみの中に入らせてほしいんだ。それで特別親しい友だちと別れるとき、どんな風に感じるものか知りたいんだよ」(6: 214)。このように率直に話したにもかかわらず結局ポールにははぐらかされ、それにハイアシンスも薄々気づくが、それでも「自分よりも力強くて長いポールの腕に、自分の腕を絡ませ、震える声で」(6: 218) 会話を続けた末、「ポールは偉大で、友情は愛よりも純粋なものだ。それにお互い相手を深く愛している」(6: 219) と自分を納得させ、「その気持ちが圧倒的にハイアシンスのほうにだけあること」(6: 219) から目を逸らそうとする。

こうしたポールへの一方通行の思いを念頭におくと、ポールとカサマシマ公爵夫人が夜更けに馬車で帰ってくるのをハイアシンスが目撃する場面の見え方が変わってくるだろう。馬車から降りたあとポールはカサマシマ公爵夫人をエスコートし、先に家の中に入らせておいて、自分は御者に運賃を支払う。この親密な様子を目にしているとき、ハイアシンスの隣にはカサマシマ公爵がいた。彼は夫としてこの密会に腹を立てているが、それとは対照的にハイアシンスは黙ってその場を立ち去る。しかし、ハイアシンスは内心大変なショックを受けており、その衝撃の度合いは、これを機にカサマシマ公爵夫人のところにも、ポールのところにも足を運ばなくなることから推し量られるだろう。ここで問題となるのはハイアシンスがポールとカサマシマ公爵夫人のうち、どちらへの愛情からショックを受けたのかということである。ハイアシンス自身「卑しく、狂ったように心臓が脈打つのを感じたが、それがなぜだか自分でもわからなかった」(6: 324) と感じている。これが異性愛から来るものであれば、それまでに公爵夫人のもとに通っていた流れともつながるので、ハイアシンス自身も迷う必要はなかったであろう。しかし、ポールへの愛もこの絶望につながっているからこそ、ハイアシンスは戸惑っているのだ。このあと彼は「ポールは彼女と五十時間くらい一緒に過ごしているかもしれませんよ！」と絶望の笑いとともに言い放ち、「自分を恥ずかしく思いながら、その場から立ち去った」(6: 324)。ここでポールとの友情が報われないものだという前述の苦しみを念頭に置くと、ハイアシンスは密会を目撃したことでポールとの関係が、やはり自分の一方通行であることを悟ったために、思わず「恥ずかしい」気持ちになり、傷ついた心を抱えてそそくさと立ち去ったように思われてくるのだ。

ハイアシンスはショルトーに対しても、同性愛的欲望を感じさせるふるまいを見せる。初めて劇場で挨拶されたときには「頬を真っ赤に染め、その色はどんどん濃くなっていくのだった。嬉しいのか恥ずかしいのか自分でもわからなかった」(5: 191) という様子を見せる。ショルトーはちょうどハイアシンスより二十歳ほど年上であり、また彼の社会的地位が高いことでハイアシンスが余計にショルトーとの交際を喜ぶ点では、ショルトーに対する思いは父親に対する思いに重なるものだと言える。ハイアシンスによると「彼こそ「最も洗練された白人」で彼や彼のような人たちが世界を手中に収めている」(5: 328) と言えるほど、支配階級を象徴する人物なのだ。そんなショルトーの家に初めて行ったときには、ハイアシンスはカサマシマ公爵夫人の話を持ち出されても関心を示さず、むしろショルトーの部屋やそれが象徴する彼の人生に惹きつけられている。

このように女性よりも男性に惹かれるハイアシンスの態度と呼応して、ショルトーもハイアシンスをまるで女性のように見ている場面がある。ショルトーは未知の世界を探検して、何かよいものを捕まえてくる自らの習性について、こう語る——「親しい人はみんな、僕が人目につかないところでラムを楽しむのが好きだって知ってるんだ。(中略) きみだって僕の探検癖には気づいただろう。もし探検しなかったら、きみのことも見つけられなかった、違うかい？　あの女の子、いいね。あの胸見た？」(5: 331)。彼の視点では、庶民の酒場を探検して胸の大きな女性を見つけることと、革命運動家の集まりに出かけてハイアシンスを見つけたことが同じ体験として感じられているのだ。

このように見てくると結末で、ハイアシンスとショルトーの互いを見つめる目が何を物語っているかを、語り手があえて語らないと宣言していることは示唆に富むように思われる。ポールに対するように、ハイアシンスがショルトーに対して直接的に好意を持っているとは言いがたいが、ハイアシンスが母親の立場から、「父」ショルトーを欲望しても、結局は搾取されるのだという絶望を感じていることは指摘できるからだ。このように男性の支配者に惹かれるハイアシンスにとって、まるで自分が暗殺対象の公爵であるかのように、テロに使うピストルで自殺することは、どこまでも「父」に尽くし、母よりも「父」との同一化を夢見る心理であると解釈できる。

しかし、ここで気になるのは、ジェイムズがこのように父母の負の遺産として同性愛的欲望を取り扱うことの是非である。この歪みは、当時同性愛も含まれていた「性的逸脱」が、犯罪者の性質と同様に、遺伝するものだという考え方（Greenberg 411-13; Graham 9）に影響を受けたためかもしれない。ハイアシンスの同性愛は遺伝ではないが、父母に根ざすものという点ではこの考え方に似ている。また遺伝のほかに悪徳や誘惑、売春を通して後天的に獲得されるものという見方も併存していたという（オールドリッチ　一六八）。ハイアシンスは後天性の原因に挙げられたような、同性愛者の誘惑や売春とは無縁だが、彼の同性愛的欲望が父母の罪という悪環境から生まれたものであるという構図は共通していると言えそうだ。ジェイムズは知らず知らずのうちに当時の価値観に影響を受けていたのかもしれない。

しかし、それ以上にこの同性愛の描き方の問題は『カサマシマ公爵夫人』が二つの創作段階の狭間にあるために生じたもののように思われる。『ある婦人の肖像』まで、ジェイムズは同性愛を登場人物たちの無意識や結婚文化のノイズとして描き込んでいた。そこには作家が登場人物から距離を置いて彼らを観察できる、ある種の気楽さがあり、密かに同性愛の主題を探究することへの好奇心が感じられる。それらとは対照的に『ボストンの人々』においては、今日で言う同性愛として自らの愛を認識することはなくとも、同性への愛をより自然に、進んで望むものとして抱く人物を描いた。この境地に達したジェイムズが同じ時期に書かれた『カサマシマ公爵夫人』において、同性愛を階級制の犠牲として仕方なく生まれたものでもあるかのように描くことには疑問が生じる。『ボストンの人々』において共感を抱きながら見つめてきた同性愛の重要性を、同じ時期に書かれた本作では否定しているようにすら見えてしまうからだ。しかし、特に男性間の愛が犯罪と定められたばかりの当時、ハイアシンスの男性への愛を負の遺産として扱うことで安全に描くことができたとも考えられるだろう。さらに、法的な罰という外部からの攻撃だけでなく、同性愛者自身の内部からの攻撃もこの処理に関連しているように思われる。

ジェイムズは社会の価値観を内在化するかのように、ワイルドが「同性愛者の属性」とみなされていた女性性をあえて示してみせ、公に男性と交際することを嫌っていた。また、無理に女性を欲望しようとする男性登場人物たちを描いたジェイムズは、外部の視点を取り込んで自らの同性愛（やそれと通底していた女性性）を責める心理を意識していたと言える。こうした社会の価値観の内在化と自責の念はのちに緩和されていく。しかし、『カサマシマ公爵夫人』の段階では、男性間の同性愛に強く惹かれつつ、そう感じることに罪悪感も抱いていたことは容易に想像されるため、その関係を描く方策として負の遺産という処理を施したことはやむを得ないものであったようにも思われてくる。父母の階級的、経済的、法的不平等に依拠する形で、男性による同性への欲望が描かれ、その人物のたどる破滅も含めて負の遺産として描かれる本作の構図は、作者の安全を確保したいという意識と同時に、彼の不安を無意識に映し出したものでもあるだろう。

注

(1) 多くの研究者がハイアシンスは相反するもののどちらか一つを選べなかったから自殺したのだと考えている(Hadley 115; Jacobson 58; Trilling 76; Bowden 66)。

(2) ハイアシンスは息子として母親への気遣いを見せることはあるが、こうした場合でも、その愛情が義務感から来るものとして描かれており、男性性を保持したい気持ちと密接に関係している。

(3) ハイアシンスの視点の歪みについては、すでに議論されている。バーランドは読者が気づいていても、ハイアシンス自身は自分の置かれた状況についてわかっていないことがあると論じている(Berland 52)。W・H・ティリーは出版当時の革命運動と小説とを詳細に比較検討しているが、「蜂起がヨーロッパ中で一斉に起こる日が近づいている」という予感は、「ハイアシンスの考えという以外に何の証拠もない」と結論づけた(Tilley 53)。

(4) たとえば、コリン・マイズナーは仮面がハイアシンスの現実逃避を表すとし(Meissner 189)、ジョン・カーロス・ロウは、ハイアシンスを排除しようとする社会の中で、何とか存在を正当化するために引き受けた役割以外に彼には「自己」と呼べるものがないことを表すと論じている(Rowe 165)。フィリップ・シッカーはハイアシンスが本能的に身につける理想の自己と、社会がハイアシンスに抱くイメージとを統合するものだと考察した(Sicker 66)。マンフレッド・マッケンジーは仮面をかぶることが象徴するのは、劇場でたくさんの視線にさらされている役者のように、ハイアシンスが周囲の人々に見られていることだと考察している(Mackenzie 9)。

(5) ポールもカサマシマ公爵夫人も結局のところ幹部とは会えず、情報ももらえないのだが、ハイアシンスはカサマシマ公爵夫人がこの活動に深入りしていると信じている。

(6) ハイアシンスがカサマシマ公爵夫人を恋愛対象として見ているかどうかは、検討の余地のある問題である。多くの批評家がハイアシンスとカサマシマ公爵夫人の関係が奇妙なほど性的要素を欠いたものであると指摘している(Coulson 128-29; Trilling 75; Dupee 155)。特にバーランドはハイアシンスがカサマシマ公爵夫人の体現する文明に魅了されている可能性を挙げており (Berland 145)、本書もこれと意見を同じくするものだ。ハイアシンスのカサマシマ公爵夫人への愛は、男女の愛を超えたものであり、芸術、富、洗練されたものへの崇拝ではないかと考えられる。

(7) エリザベス・キャロライン・ミラーは、作中の女性が皆実際以上に大きな身体を持つように描かれていることを指摘している (Miller 151)。また、ハイアシンスが女性化されている点や、ダンディズムを思わせるほど衣服を気にかける点にも着目している (Miller 152)。

第六章

『ポイントンの蒐集品』における身体的接触と無意識の同性愛

一八九六年に雑誌に発表され、翌年に本の形で出版された『ポイントンの蒐集品』（*The Spoils of Poynton*）は、裕福な芸術愛好家のゲレス夫人が生涯をかけて、世界中から集めてきた蒐集品をめぐる物語である。芸術品を美しく展示する才能のあるゲレス夫人は、ポイントンという屋敷の一室で蒐集品を効果的に飾り、学芸員のようにその管理を引き受けている。しかし夫が亡くなると、法律によりゲレス夫人は蒐集品どころかポイントンに住む権利すら奪われてしまう。その権利は息子オーウェンに譲られた。オーウェンはモナ・ブリッグストックという女性と婚約したため、母をリックスにある寡婦の家に追いやる。ゲレス夫人はこの扱いに我慢がならず、オーウェンとモナに対抗するため、蒐集品をすべてリックスの家に運び出してしまう。さらに、若きコンパニオンのフリーダ・ヴェッチに蒐集品を守る手伝いを頼む。ゲレス夫人は芸術を理解するフリーダを気に入っているため、ゆくゆくはオーウェンと結婚させて、自分もポイントンに住まわせてもらう計画を立てていたのだ。オーウェンは気の強い妻と母親の間で板挟みになり、心優しいフリーダに惹かれ始め、ついにはモナとの婚約を解消しないままフリーダに求愛するようになる。フリーダは真面目な性格であるため、二人の関係の不道徳さやモナの心情が気にかかり、オーウェンを拒む。ところが、その事実を知らないゲレス夫人は、フリーダとオーウェンの結婚祝いのつもりで、蒐集品をポイントンに送り返してしまう。オーウェンとモナは蒐集品だけを争点に結婚を延期していたため、蒐集品が戻ったことを機に正式に結婚することになる。その結婚後フリーダは密かにオーウェンから手紙を受け取るが、そこには彼の気持ちとして蒐集品を贈りたいと記してあった。フリーダはポイントンに向かう途中、最寄り駅に着いたところで屋敷が燃え、蒐集品もなくなってしまったことを知る。フリーダは失意のうちにもと来た道を戻っていくという結末で物語は締めくくられている。

『ポイントンの蒐集品』出版時、同性愛への関心は高まっていた。本作の雑誌連載は、一八九五年に世間を騒がせたオスカー・ワイルド裁判の余波が色濃く残る一八九六年に始まっている。序論でも裁判と同性愛の認識について概要を整理したが、もう一度簡単に振り返っておきたい。セジウィックによると、ワイルド裁判を通して、階級にかかわらずあらゆる男性の同性愛が広く議論されるようになり、その言説は人々の目に見えるようになった（Sedgwick, *Epistemology* 201）。同性愛が犯罪とされたのは裁判から十年遡る時期であるが、その法改正を契機として、同性愛の「犯罪化」に対抗する言語であった医学的言説が生まれ、発展していくことになる（河口 三）。一八九二年以降には、ヘンリー・ハヴロック・エリスによる性科学の成果が発表され始めたほか、用語の検討も進み、同性愛についての研究や議論が活発となった。ジエイムズ自身も一八九〇年代から同性愛者との交際を始め、若い芸術家たちとも熱心に恋文を交わしている。[2] しかし、同性愛が可視化され、社会が関心を持ち始めたとはいえ、その関心は「犯罪」「治療」「醜聞」の対象としてであり、男性作家が同性愛を小説に取り上げることは難しい時代であった。彼らはワイルドが負わされた醜聞と投獄を目の当たりにするほか、クリーヴランド・ストリート・スキャンダルという同性愛者の検挙も目撃していたからだ。一八八〇年代から九〇年代におけるこうした男性同性愛者の取り締まりに対し、女性の同性愛者はまだ安全な領域にいた。[3] そこで男性作家たちは男性間の同性愛を女性に置き換えて描き、安全を確保することがあったのではないかと言われている(O'Toole 35)。『ポイントンの蒐集品』は男性同士の関係を女性に置き換えた作品の一つと言えるかもしれない。当時女性同士の愛がまだフィクションとみなされていたために、ゲレス夫人とフリーダの間にある同性愛の暗示が多くの人に見過ごされてしまったが、のちの議論で明らかにするように、二人の愛は非難された男性同士の愛と同じように性愛を伴うものである。

本作における同性愛を論じた研究は、これまでのところあまり存在していない。例外はショーン・オトゥールの研究で、ゲレス夫人とフリーダが自覚的な同性愛者であり、積極的に女性だけのコミュニティを築こうとしていると論じている。[4] 本作の身体的接触を追っていくと、二人が無意識のうちに同性愛を感じていることが明らかになるため、同性愛者である点に関して異論はないが、その愛に自覚的であるという点には再考の余地があるように思われる。身体的接触からは彼女たちの無意識の欲望が明らかになるが、発話行為からは二人が異性愛のみを意識していることがわかるからだ。この差異を明らかにする上で身体的接触を追うことが有効となる。ジェイムズ作品では上流階級の世界が主な舞台となり、本作のゲレス夫人も、コンパニオンである中産階級のフリーダも、社交術を駆使して生きているため、考えをそのまま口にすることは稀である。そのため、身体的接触は彼らの本当に望むものを知る上で重要な役割を果たす。[5] のちに明らかにするように二人の欲望は一見すると恐ろしく見えるが、それは十九世紀のヨーロッパ文化の産物であると言えるだろう。ジェイムズは階級格差による支配―被支配に敏感であり、フリーダとゲレス夫人の関係は、「従属と支配という、ヨーロッパの文化を支える階層性を性的に表現したもの」(Stevens, *Sexuality* 69) なのである。愛が文化や個人によってさまざまな形を取ることは周知の事実と言えるが、もう一度そのことを念頭に置いて、支配―被支配の関係に支えられたフリーダとゲレス夫人の愛を、存在し得る一つの愛の形とみなして解釈していくことが重要であるように思われる。

一、身体的接触に関する描写の多用とその官能性について

本節では『ポイントンの蒐集品』における身体的接触の重要性と効果について考えていきたい。本作における身体的接触は五十一箇所に上るほど数多く描写されている。重要な例だけ取り上げてみても、次のような箇所が指摘できるだろう。たとえば、ゲレス夫人がオーウェンに対し、フリーダこそ蒐集品を管理するのにふさわしい人だと主張する場面では、承認の印ででもあるかのようにフリーダにキスをしている。キスはフリーダとゲレス夫人が和解する際にも重要な役割を果たしており、二人は喧嘩をしたあとに必ずキスと抱擁で互いを許すことにしているようだ。二人が私的領域でキスをすることは、結束力を高める行為であり、社会と戦うのに必要な外出前の儀式でもある。比喩として使われる身体的接触を除くと、フリーダとゲレス夫人は二十三回、フリーダとオーウェンは十一回互いに触れており、フリーダとゲレス

夫人の接触が多いことがわかる。このような身体的接触を強調するために、手に関する言葉や比喩も多用されている。いくつか原文を引いて見てみると、弁護士に相談することを“Put[ting] the matter into legal *hands*”（*NTHJ* 10: 160　以下強調はすべて引用者、また以降、本章での本作品からの引用は巻号とページ数のみ記す）と喩え、ゲレス夫人の室内装飾の才能を“your admirable, your infallible *hand*”（10: 249）と表現していることなどがその例である。そのほかにもフリーダの無垢を“You haven't lifted a *finger*”（10: 184）と表し、オーウェンを助けることは“[Freda] should effectively raise a *hand* to push his impediment out of the way”（10: 159）と語られる。フリーダがお針子として生きていく未来については、“her *hand* had sooner been imbrued with blood”（10: 148）というように、針が刺す手に焦点が当たっているのだ。ジェイムズはイギリスで出版された版から修正するとき、手のイメージや身体的接触を書き足している。フリーダとゲレス夫人の身体的接触の持つ意味が深みを増すような処理が施されたことがわかる。

こうして強調される身体的接触の特徴の一つは、その官能性にある。オトゥールによると、十九世紀後半の唯美主義者たちは同性同士で一つの芸術作品に触れ、互いの感覚を通して作品を鑑賞するという方法を重視していた（O'Toole 34）。彼らと同様に、ゲレス夫人とフリーダも芸術作品に触れ、その行為を通して一体となっている。その際の接触の描写はきわめて官能的である――「『ね、私がどう感じるかわかるでしょう』屋敷についてから三分後に豪華なホールで、ゲレス夫人はそう尋ねた。夫人のかわいい友人はソファに座ったところで、はっと息をのみ、見開いた目をぐるりと回した」（10: 21）。フリーダは芸術作品に触れたとき、ゲレス夫人の尋ねたとおり、夫人がどう感じるかを感知している。二人の身体の境界が奇妙に取り払われているのである。さらに「はっと息をのむ」にあたる“a soft gasp”は「やわらかな喘ぎ」を表しており、うっとりと見開いた目を恍惚として回す様子も含めると、性行為が暗示されていることがわかる。この行為を通して、二人は芸術品を正しく評価するのだ――「二人の女性は結束を固めるように、涙を流しながら互いを掻き抱いた――その涙は、二人のうちの若い方が完全なる美の前に屈服した印としていつも自然に流していたものだった」(10: 21)。ここでフリーダがゲレス夫人の感じ方を知るだけでなく、夫人のほうでもフリーダの新鮮な目を通して美術品の見方を変えていることに注意を喚起しておきたい。夫人が一人では流さない涙をフリーダにつられて流すことは、美術品への評価が高まった証である。さらに、涙を流したり抱擁したりすることは衝動的になされたものであり、二人が美を前に感極まった瞬間、互いへの接触欲求が高まっている様子が描かれている。

二、身体的接触における強制と支配

しかしながら、前述のような官能性や甘美さばかりが身体的接触と結びつけられているわけではない。本作においてはむしろ、接触に込められる強制や支配のほうが際立っている。これらの専制的なイメージこそフリーダとゲレス夫人の同性愛に対する理解を阻む原因であろう。本節ではいかに身体的接触が強制や支配を含むものであるかを明らかにし、同時にそのような接触がいかに二人の女性の無意識の愛を表しているかを考察していきたい。

バーナード・ルース・イーゼルが鋭く指摘するように、「ジェイムズの晩年の作品では、心の奥底では強く欲しているけれども、そこはかとなく恐ろしい知識と、比喩の想像力とが向き合うとき、最も熱を帯びた迫力でその効果を発揮する」(Yeazell 54)。本作においても、ぞっとするような比喩で表現される恐ろしい欲望こそ最も鮮烈な印象を残していると言えるだろう。たとえば、オーウェンとモナがポイントンを訪れて結婚前に蒐集品の品定めをするとき、ゲレス夫人が自分の宝を失う恐れから神経質になり、助けを求めてフリーダの腰をつかむ場面がある。フリーダはゲレス夫人の腕から何か禍々しいものを感じ、「ゲレス夫人は奇妙な野性味あふれる笑い声を立てて、痛いと思わず叫びたくなるほどきつくフリーダを締めつけ」(10: 30) る。ここで行われているのは強制のための接触だ。ゲレス夫人は奇妙な笑い方をしながら神経を高ぶらせていき、フリーダが痛がっていることにも気づかずに締め上げているが、それは自分の欲望を満たそうとしてなされた行為なのである。

同様の例は、フリーダがゲレス夫人に秘密を暴かれるのを恐れる場面にも見られる――「フリーダに危機が差し迫り、その危機はフリーダを捕まえるように大きな腕を伸ばしてきた。腕はフリーダを痛めつけ、叫び声を上げるまで締めつけたのだった」(10: 130)。ここで再びゲレス夫人の比喩的な腕がフリーダを痛めつけ、読者の耳にフリーダの叫び声を響かせている。ゲレス夫人が強制のための接触を行う例をもう一つ見ておきたい――「あなたが言ったことを聞いて、私すぐにピンときたのよ。(中略) 秘密はあなたの中にある、ずっとずっと奥のほうに、だからそれを引きずりださなくちゃと思ったの。ほらね、引きずり出せた、ふふ、なんてことでしょう!」(10: 125)。ゲレス夫人はフリーダの秘密を引き出すためにグロテスクに、しかし嬉々としてその手をフリーダの心に挿し込んでいるかのように比喩を用いて描かれているが、これも強制のための接触の一例である。[6] この秘密を暴きたいという夫人の意図をフリーダが事前に察知できたのも、身体的接触を通してであった。

ゲレス夫人はこれを聞いてゆっくりと立ち上がり、家のほうへ戻りながら、若い友人を抱きしめキスをした。夫人はフリーダの腕に、邪に尊大に、さっと腕を挿し込んでその社交性を存分に発揮してきた。(中略)フリーダはこれにほほえんで応じたものの、外套を着込み、背中を丸め、どっしりと腕に体重をかけてくるゲレス夫人を見ていると、いつになく夫人の老獪さが感じられるのだった。(10: 117)

ゲレス夫人がフリーダの腕にかけたという奇妙な重みは、夫人に邪悪な印象を添えるものであるが、おとぎ話の悪い魔女のような描写によって、さらにその邪悪さが強調されていることがわかる。これはゲレス夫人が聞き出したいことを無理に引き出すための接触であり、やはり強制のための接触と言えるものだ。

これらの例を考慮すると、ゲレス夫人のフリーダへの愛はあまりにも専制的で、愛と呼ぶには奇妙に思われるかもしれない。しかし、フリーダ自身が強制的接触を求めているとすれば話は違ってくる。フリーダは愛を支配と結びつけ、支配されることは愛されることだと考える傾向にあるのだ。モナの母親であるブリッグストック夫人にオーウェンを誘惑したと非難されそうになると、フリーダはブリッグストック夫人との間に親しげな雰囲気を持ち込もうとして、次のように言う——「あなたと二人でこの部屋に残るのも、あなたが私をバラバラに引き裂くのも、ちっとも嫌じゃありませんわ」(10: 176)。そして、このセリフを言うとき夫人の手を握り、優しくキスをしている。フリーダはこのように愛情を示したお返しとして、比喩ではあるが、夫人が自分を引き裂くことを想定しており、その支配を進んで受け入れることで、再び夫人に対する愛情を返そうとしているのである。さらにここでの接触は、他人を意のままに動かす、説得の手段として機能していることも注目に値する。比喩を含む前述の発言は、支配されながら支配すること、それによって愛情を交換することを表しており、フリーダにとって支配と愛が混ざり合っていることがわかる。この傾向からゲレス夫人による強制のための接触はフリーダにとっては苦しみでなく、悦びをもたらすものであると考えられる。

それではゲレス夫人による強制のための接触はどのような意味を持つのだろうか。すでにフリーダの秘密を暴くために、強制のための接触を行う点は考察し、フリーダへの支配欲を明らかにした。しかし夫人の強制的接触は支配欲だけを表すものではない。むしろ愛するものをかわいがる行為としても機能しているのだ。たとえば、ゲレス夫人は「すぐに乱暴な物言いをつぐなうために、（中略）フリーダにキスをした。続いて、家に入ってもまだフリーダが取らないでいた帽子を取るというお節介を焼いた。夫人はフリーダの髪を親しげに撫で、形ばかりにフリーダの上着を引っ張って整えもした」（10: 123-24）。フリーダの帽子を取り、髪を撫で、服を整えるこの「お節介」な接触は、ペットや人形など愛される受け身の対象に行うものだ。ゲレス夫人はここで受け身の存在への愛を示し、フリーダを支配すると同時に、一体となって行動するため心を一つにしているのである。

強制のための接触を好む気持ちはフリーダにも同様に見られる。本作においては、視力が奪われることによって芸術品に触れるときの官能性が高まり、快楽がもたらされるさまが描かれている。そしてそのような身体的快楽が精神的な心地よさをもたらすものとなっているのだ。たとえばゲレス夫人は次のように言う――「暗闇で目が見えないまま、指でさっと触れるだけで、それが何かを言い当てられる。ここにあるものは私にとって生き物なの。この子たちも私がわかるし、触れ返してくれるのよ」（10: 31）。視力を奪われたまま、ほんの一瞬触れることによって得られる満足感は、ここでは心を落ち着かせてくれるものとして描かれている。芸術品に触れたゲレス夫人自身が、触れたものに認識され、それによって心地よさを感じるのである。フリーダもまた同じ感覚について語っている――「最近では、手袋をしたままソファにゆったりと座り、指で生地をなぞるだけで、古いベルベッドの紋織りの手触りを感じてぞくぞくする。この極上の手触りのおかげで、わざわざ目で確認しなくても、千もの骨董品の中に埋もれていたとしても、すぐにこれだと見分けられるとフリーダは思った」(10: 71)。フリーダもゲレス夫人のように、対象と深く知り合うことの安心感を覚えていることがわかる。さらに接触の対象を見ないことや、手袋によって触覚が限定されていることなどがフリーダに「ぞくぞくする("thrill")」刺激を与えていることも注目に値する。視覚や触覚などの身体機能の抑制は、人が自分の身体を思うとおりに動かせない状態であると言えるため、支配されるのと同じ状態が描かれていることになる。したがって、人や物を支配しようとして触るものが、同時に触られ支配されるものの立場に置かれていると考えられるのだ。このように、支配するものとされるもの、愛するものと愛されるものとの境界線が身体的接触を通して薄れていくさまが巧みにとらえられている。

フリーダが支配を求める気持ちを確認する例をもう一つ見ておきたい。オーウェンこそ愛する人と信じるフリーダは、無心でオーウェンの役に立とうとする。しかしその純愛を表現する、フリーダの意識を反映させた言葉は驚くほど暗く支配的である――「オーウェンとの過ちは(中略)危険でかわいい生き物のようだった。その生き物をフリーダは捕らえ、閉じ込めておく。情熱というかごの中に、色あせないように、身動きが取れないように閉じ込めておいて、一日中眺めたり話しかけてやったりするのだ」(10: 108-

109)。フリーダは小動物に喩えられた愛をかごの中に閉じ込め、動きを奪うことで、秘密の悦びを高めようとしていることがわかる。別の個所では、オーウェンへの愛を縛られた人に喩え、「かわいい、猿轡をはめられ、目隠しをされた私の欲望」(10: 119) と呼んでもいる。「かわいい (“little”)」という語は、フリーダが動きを止められたものを愛でたり弄んだりするという、前述の恐ろしいイメージを繰り返すものだ。このようなフリーダの傾向を見てくると、強制のための接触を求める傾向は、被支配者としてゲレス夫人の好みを従順に受け入れているだけというより、自分の内側から湧き出てきたもののように思われる。

また、フリーダはゲレス夫人の強制的接触とオーウェンによるそれとを区別していることも考察しておく必要があるだろう。オーウェンはモナと婚約解消しないままフリーダに言い寄る。そうすることは、無意識のうちにフリーダの純粋な愛を婚外恋愛として扱ってしまうことになるのだ。フリーダはオーウェンの不誠実さに失望し、彼の接触を強制的なものと感じている――「オーウェンはフリーダを再び引き留めた。オーウェンに強く握られてじっとしている間、フリーダはオーウェンの率直さが失われていくと切実に感じた」(10: 102)。オーウェンの支配的な接触を肌に感じながら (“under firm coercion”) (10: 102)、フリーダはオーウェンの性質で一番好ましく思っていた誠実さが損なわれていくのを実感している。しかし、オーウェンの強制の代わりに穏やかな愛を望んでいたかどうかは疑わしい。フリーダはオーウェンの接触を強制的だと感じるが、正式に結婚を申し込まれると印象が変わっている。求婚を受けて初めて、フリーダは逃げようとして腕をつかまれるのではなく、進んでオーウェンに手を差し出す。そして心地よく解放された気分を味わうのだ。オーウェンはフリーダに対し誠実にふるまう決意をし「まるで祭壇の前でそうするように、フリーダの前で手を握りしめた。（中略）オーウェンはフリーダが本当に神聖なものであるかのように、注意深く触れ、彼女が椅子に座るのを助けた」（10: 189）。オーウェンはこのように真剣さを示しているが、フリーダはこのとき違和感を覚えている——「中でも奇妙だったのは、一瞬独り取り残されるような寂しさを感じたことだった」（10: 189）。フリーダの「取り残されるような寂しさ」は「一瞬」という言葉のとおり、すぐに消えてしまうが、フリーダが規範的で穏やかな愛では満たされないことに気づく重要な瞬間である。この瞬間、フリーダは内在化された異性愛中心主義から脱却し、自分の望むものに気づきかけていると言えるだろう。前述のとおりフリーダはゲレス夫人の強制的な接触には失望しなかったが、オーウェンの愛には穏やかであれ強制的であれ満たされていない。したがって、フリーダが望みつつ気づくことができないものはゲレス夫人との強制を伴う愛であると考えられるのだ。

秘密を探り出す、人形のように扱うといった一連のゲレス夫人の支配的な接触は、これまで階級格差や不和を表すものと考えられてきた。こうした接触がフリーダを支配するためになされているのは確かであるが、支配されるのを望むフリーダにとってそれは好ましいものとなるはずだ。フリーダとゲレス夫人の互いに対する支配と被支配の混交は、恋愛感情に根ざすものであることがわかる。

三、隠れた同性愛的傾向

フリーダとゲレス夫人が強制や支配を愛情表現として好むことを確認してきたが、本節ではそれら強制や支配によってどの程度二人の愛情が深められたのかを考察した上で、フリーダとゲレス夫人が互いへの欲望に無自覚であることを明らかにする。身体的接触は二人の無意識の愛や欲望と意識的な異性愛中心主義との間のずれを浮かび上がらせる役割を果たしているのだ。

まず強制のための接触が二人の愛情を育む過程を確認しておきたい。フリーダの秘密を暴いたゲレス夫人はオーウェンとフリーダが密かに惹かれ合っていることを知る。もしフリーダがオーウェンと結婚すれば、ゲレス夫人は正式な管理人としてポイントンに住むことを許されるだろう。フリーダは蒐集品を管理するのに注意が必要であることをよく知っているので、この分野で確実に信頼できるのはゲレス夫人だと理解してくれるからである。しかし、フリーダは道徳を重視してもいる。そのせいでオーウェンの妻という立場を婚約者モナから奪うことができないのだ。こうした状況の中でゲレス夫人はフリーダがオーウェンを事実上モナのもとへ帰したことを知ってしまう。夫人は今度こそ永遠に蒐集品を失うことになるため、ひどく動揺して次のようなことを口にする。

「あなたなんかと出会わなければよかった。」ゲレス夫人は、続けてこうも言った。「それにあなたをこんなにも好きにならなければよかった。でもそれは避けられないことだったわね。何もかもが避けられないことなんだわ。全部私がしたことだもの——あなたが私を追いかけたんじゃない、私があなたを一目見て、飛びかかって、捕まえたのよね。」(10: 222)

このつぶやきが示すように、ゲレス夫人は蒐集品がなくなったことを嘆いているのではなく、自分が愛するほどにはフリーダが愛してくれてはいないことを嘆いているのだ。そして、フリーダが捕まえられ、飛びかかられる生き物に喩えられていることにも注意を払っておきたい。ゲレス夫人は本作で常に支配の対象であった「愛玩動物」を支配できないことで苦しんでおり、その心情は不実な恋人を恨む気持ちのように描かれている。このように悲しみに打ちひしがれる夫人に対し、フリーダも強制のための接触や説得のための愛撫を繰り返し、元気を取り戻すよう助ける。ゲレス夫人はフリーダに対し言いすぎたことを償うため、「「許して」と言い、続けて「キスして」と言った。フリーダは敷居のところで夫人にキスをし、それから二人は出かけた」(10: 226)。こうしてゲレス夫人との和解にいたるまで、フリーダは強制のための接触を繰り返すのである。この場面では手遅れになる前に二人はオーウェンを見つけ出し、フリーダが気持ちを変えたことを伝え、蒐集品を取り戻すべく交渉しなければならない。しかし、まるでキスをして和解しなければ外出できないとでも言うかのように、フリーダとゲレス夫人は時間を取っている。この和解のあと、ゲレス夫人とフリーダの絆は強くなっているのだ。たとえば、次のようにフリーダは夫人のもとを生涯離れないことを誓う――「「私もいつか死ぬわ、ありがたいことにね！　そのときまで」こう言いながら、ゲレス夫人は初めて手を差し出し、「私を見捨てないで」と言った。フリーダはその手を取り、すでに誓ったことを新たにするため、手を握り締めた。フリーダは何も言わなかったが、その沈黙は修道女の誓いのようにおごそかで確かなものだった」(10: 243)。この神聖な誓いはフリーダとオーウェンの間でかわされた「祭壇の前」の誓いに似ている。右の引用では、フリーダはオーウェンの役を演じているが、両者とも満たされた気持ちでいることがオーウェンの場合との大きな違いだ。また修道女の誓いは『ある婦人の肖像』のイザベルとパンジーの絆を表す比喩が繰り返されたものであり、『あちらの家』のジュリアとローズの関係で再び使われることになる。永遠にともにいるという文言は、結婚の儀式に相当するものであり、この誓いによってのちにフリーダとオーウェンの関係が、フリーダとゲレス夫人の愛に従属するものとなる効果がある。これもイザベルが必ずローマへ戻ってくるとパンジーに誓うことによって、ローマ帰還が二重の意味を持つようになることと同じ効果だと言えるだろう。

しかし、たとえフリーダとゲレス夫人が互いを愛していたとしても、二人は愛の対象が男性である「はず」だということを忘れてはいない。ゲレス夫人はどれほどフリーダがオーウェンを愛しているのかを進んで尋ね、自身も亡くなった夫のことを懐かしそうに語る。

「なぜそんなにオーウェンが弱いってことを隠したがるの。」

フリーダは友人を前にして、目を伏せてしまった。

「だってオーウェンを愛しているんですもの。彼が弱いからこそ、私が必要なの。」とフリーダは言い添えた。「オーウェンの父親もそうだったから、私が必要だったのよ。そして私はあの人を見捨てなかったわ」とゲレス夫人は言った。(10: 225)

ゲレス夫人はフリーダを自分と同じ立場に位置づけ絆を深めようとしているが、社会の中で期待される役割が「妻」であることを疑ってはいない。フリーダとゲレス夫人は互いに惹かれているにもかかわらず、男性を愛するべきだという点については疑問を抱くことすらないのである。フリーダはオーウェンから結婚後に蒐集品を贈ると言われたときも、夫人には隠してそれを受け取りに行こうとする。この内在化された異性愛中心主義がフリーダの立場を複雑にし、ゲレス夫人と暮らす日々に水を差すのである。ポイントンの大火災によって、フリーダが呆然としたまま荒涼とした場に取り残されることは、異性愛者を演じることでフリーダに降りかかる災難を予示しているように思われる。この視点を持ち得るのは作者や当時同性愛を認識できた読者のみであり、当のフリーダ自身が火災によって異性愛が自分に適していないと気づくことはもちろんない。フリーダは何が自分の希望を打ち砕いてしまったのかもわからずに、ただ途方に暮れるだけなのだ。

このように心の奥底で求めているものと意識に上る愛とが異なることは、二人の言葉による表現と、涙などの身体的表現とが表す内容の矛盾によって明らかとなる。また、無自覚な欲望があることに気づけないからこそ、二人が言いようのない孤独や悲しみにとらわれてしまうことも見えてくるのである。たとえば、オーウェンへの愛を認めたあと、フリーダはゲレス夫人の首にかじりついて泣いている。長年の片思いがようやく成就したこととフリーダが見せる悲しそうな様子とは明らかに矛盾するものだ。フリーダと同様に、ゲレス夫人も蒐集品をポイントンに戻してフリーダとオーウェンの結婚を祝福することにしたとき、心を痛めて泣いている――「「ほら、あなたのものよ、おばかさん!」とその素晴らしい女性は締めくくり、ハンサムな顔を上げて、真っ白な手をこすった。しかし、そうであるにもかかわらず、夫人の深い目には涙があふれていた」(10: 209)。手をこするのは、ゲレス夫人が勝利を確信したときに行う癖の一つである。しかし、「そうであるにもかかわらず」という語が示すように、彼女の涙は勝利の歓びからではなく、悲しみから来るようだ。ゲレス夫人は「リックスにいるときからオーウェンが自分を愛してるって知ってたんでしょう。それなのに否定してたのね。だから嘘つきの悪い子だって言ってるのよ!」とも言っており、語り手は「このようなわけでゲレス夫人はほとんど乱暴とも言える様子でフリーダにキスをしたのだった」(10: 203-04) と動機づけしている。この乱暴なキスはフリーダを独占したいが、そうできないことを感じ取り、無意識のうちに悲しみが滲み出たもののように思われる。ゲレス夫人は、言葉ではフリーダとオーウェンの関係を祝福しているものの、身体的接触ではフリーダを手放したくないという独占欲を見せていることがわかる。このように、フリーダもゲレス夫人も身体的接触の描写では同性愛を抱いていることが暗示されるが、彼女たち自身は言葉にできることとしか意識できないのである。

ジェイムズは『イエロー・ブック』というウォルター・ペイターやワイルドら唯美主義者たちの機関誌に寄稿していた。しかし、兄ウィリアムには『イエロー・ブック』の関係者たちに強い不快感を覚えることを打ち明けている (*HJL* III: 482)。スキャンダルを嫌うジェイムズの目には、ワイルドのふるまいがおぞましいものと映っていたからだ。ミリセント・ベルもジェイムズは十九世紀後半の唯美主義者たちに反感を抱いており、彼らと同一視されることを恐れていたと述べている (M. Bell 219-20)。また、リチャード・エルマンによると、ジェイムズはペイターの『ルネサンス』を『ロデリック・ハドソン』の中でそれとなく批判しているという (Ellmann 25-28)。エデルは、ジェイムズが隠れた同性愛者ではあるものの、ワイルドがしたように男性たちと関係を持つことはなかったと述べている (Edel, *Treacherous Years* 312-13)。これらの研究を踏まえると、ジェイムズが唯美主義者たちを嫌っていたのは、公に同性愛者としてふるまい、スキャンダルを引き起こしたからであったように思われる。ジェイムズは同性愛を心に秘めておくべきものと考えていたようだ。

ジェイムズは潜在的な同性愛者を扱う物語を書き、実生活では同性愛者と交流を深め、若い男性と情熱的な手紙を交わした。したがってジェイムズが同性愛に個人的に深い関心を寄せていたことは明らかである。しかし、犯罪として処罰され、世間からは白い目で見られる同性愛的傾向を自らも持っていることについては公に認めることができなかった。そんなふうに自分が隠しているからこそ堂々と公の場で同性愛者としてふるまうことのできるワイルドらを憎んだのではないかと思われる。ホモフォビックな異性愛者の視点を自らに取り込み、同性愛者を自分も含めて罰してしまっているのだ。ヨーロッパで暮らすアメリカ人が、ヨーロッパの基準に従わないアメリカ人を、ヨーロッパの視点から非難するさまを描くことのできたジェイムズは、同性愛に関して同じことをしている自分を苦しく窮屈に感じたに違いない。この点においで、ジェイムズは公にセクシュアリティを明らかにできない同性愛者の苦しみや孤独はよく理解できたであろう。そして、自分のセクシュアリティを認識できない人が、何かおかしいという感覚に悩まされ、望むものを手に入れられないこともよく理解していたように思われる。ジェイムズは小説を通して、孤独に耐える人々に語りかけ、小説を書くことによって自らの孤独を慰めたのである。

このようにジェイムズは自分の同性愛にも同性愛者の苦しみにも自覚的であるように思われる。しかし、フリーダとゲレス夫人は互いを愛し求めながら、同性愛者であると気づくことはできないでいる。彼女たちは同性愛が発覚する恐れすら感じることができないのだ。これは二人が異性愛や結婚だけをよしとする社会の価値観にあまりにも染まっているためである。この点においてジェイムズと、フリーダやゲレス夫人とは立場が異なる。しかし、本作は異性愛が潜在的な同性愛者である二人に幸福をもたらさないこと、二人で暮らす誓いを守っていれば幸せがもたらされた可能性があることなどを示唆している。さらに、本当に望むものがわからなければ、二人が満たされることはないことも描いているのだ。ジェイムズはフリーダとゲレス夫人を通して同性愛者の悲しみと可能性について書いたのであり、これによって自らを含む同性愛者たちに語りかけたのだと考えられる。

注

(1) オーウェンの「気持ち」とは何なのか、作品では明らかにされていない。オーウェンは蒐集品を取り戻すためにフリーダを巧みに利用したのかもしれず、その場合は「償い」ということになるだろう。あるいは、やはりオーウェンはフリーダを愛していたが、モナに抵抗する力を持たず結婚してしまったため、フリーダを慰めるべく愛情の印として蒐集品を贈ろうと考えたのかもしれない。

(2) 一八九〇年代にジェイムズはハワード・スタージスやジョスリン・パース、ウォルポール、両性愛者として知られるモートン・フラートンらと親しく付き合っていた (Novick "Introduction" 3-6; Gunter and Jobe 127-33; O'Toole 31)。こうした男性たちとの交流の中でも、とりわけジェイムズの交際相手として重要視されるのが、彫刻家のヘンドリック・アンダーセンである。エデルはアンダーセンとの関係に着目し、アンダーセンこそジェイムズの中に性的欲望を呼び覚ました人物だと述べている (Edel, *Treacherous Years* 312-13)。ロゼッラ・マモリ・ゾルジはアンダーセンとジェイムズの文通を詳細に検討し、二人の間に恋愛感情があったことを明らかにした (Zorzi)。

(3) グリーンバーグによると十八世紀まで女性同士の同性愛は、それと疑われる場合でも「友情」として許容された (Greenberg 331)。十九世紀後半には「新しい女」の登場により、男性性を備えた女性による同性愛が危惧されたが、法令で女性の同性愛を禁止するか否かの議論が始まるのは一九二〇年代に入ってからであった (Greenberg 387)。性科学の研究者たちもレズビアンについては筆が進まず、レズビアニズムは男性間の同性愛をめぐる言説から一世代遅れて登場することになる (Weeks 115)。その上、一九二〇年代に始まった女性間での同性愛禁止法案の議論においても、レズビアニズムは想定するのも恐ろしいものとして却下されることになるのだ (Showalter 80)。

(4)そのほかの先行研究は、フリーダとオーウェンや、母親とモナも含む女性登場人物とオーウェンや父といった、異性間の関係について論じているものばかりである。

(5)町田は、本作で強調される触覚を通して、登場人物と「もの」との関係を考察している(町田「『ポイントトンの蒐集品』」一九六八)。

(6)秘密を暴こうとして、心/胸をさぐるというイメージはホーソーンの『緋文字』を思い起させるものだ。『緋文字』でもこの行為は同性間で行われていたこと、そして、場所が寝室であったために思いがけない親密さが接触者たちの間に描かれることになった点などは本作との関連で興味深い共通点である。ジェイン・トンプキンズはホーソーン作品において人の心を覗く行為が好色であることを指摘している(Tompkins 198)。

第七章

『あちらの家』における多様な愛の混交

ジェイムズは一八九六年四月から十二月に雑誌で発表した『ポイントンの蒐集品』と同じ年の、七月から九月に『あちらの家』（*The Other House*）の雑誌連載にも取り組んでいた。『ポイントンの蒐集品』の連載と並行して校正を行ったあと、十月に本の形で出版したこの『あちらの家』において、ジェイムズは初めて自覚的なレズビアンを登場させている。これは殺人の物語であるが、さらに深い主題として一人の女性の情熱的な愛について語った小説でもある。主人公はローズ・アーミジャーと言い、彼女は友人のジュリア・ブリームが重い病にかかり命を落とすところに居合わせる。ジュリアは夫のアンソニー（通称トニー）が自分の死後に再婚し、新しい妻が娘のエフィーを虐待するのではないかと恐れ、「エフィーが生きている間は再婚しない」とトニーに誓わせることにした。ローズは、中国で働いていた婚約者デニスがようやく富を手に入れ、結婚を申し込むために帰国したにもかかわらず、ジュリアのことが気がかりで何も手につかず、彼と別れてしまう。四年後、ブリーム家の向かいに住むビーヴァー夫人はローズをエフィーの誕生日パーティーに招待する。ときを同じくして、デニスも屋敷に戻ってきたことをローズは知ることになる。かつてジュリアが亡くなったときの登場人物たちが再び一堂に会することになったのだ。ビーヴァー夫人のかわいがっているジーンはエフィーの母親代わりを務めており、トニーとジーンは密かに互いを想うようになる。そのことに気づいたローズはジュリアの誓いが無視されるようなことがあってはいけないと強く訴え、エフィーを二つの家の間にある川に沈めて殺してしまう。結果としてエフィーが生きている間は再婚しないという誓いは、殺人によって守られることになった。

本作はジェイムズの小説中、唯一推理小説風に殺人事件を取り扱った作品である。ジェラルド・M・スウィーニーによると、「スリラー、殺人ミステリー、フーダニット」に分類されるため、本作は多くの研究家に「ジェイムズらしくない」作品とみなされてきた（Sweeney 216）。そのように特殊な本小説において、最も議論されたのが結末である。ローズこそエフィーを殺した犯人であると登場人物全員が気づくにもかかわらず、ローズが無罪放免となるからだ。(1)

この奇妙な結末の効果は、罪を犯した人に裁定を下し、社会の秩序を回復させる「権威」の不在によってさらに引き立てられることになる。スウィーニーは、ビーヴァー夫人が冒頭では権威的人物として登場するのだから、結末でもローズの罪を追及し、秩序を取り戻してよいはずだが、なぜか姿を消してしまうと指摘している（Sweeney 220）。(2)このように善悪という基準に則った裁定を回避することは最初から予定されていたことではなかった。一八九三年のノートへの書き込みでは、ローズがトニーを求め、それが原因でエフィーを殺したと書かれている（*NHJ* 139）。さらにジェイムズはローズのことを「悪女（"Bad

Heroine”)」と呼び、ジーンのことを「聖女（“Good Heroine”)」と呼んでおり、やはり善悪の線引きが明確であったことがわかる（*NHJ* 140）。しかし、そうした明確な名指しは、結局小説では発せられることがなかった。ジェイムズの小説では、多くの一流小説がそうであるように、善悪の境界線が曖昧であるが、完成した『あちらの家』でもやはり悪役、聖人役という明確な区別は取り払われていたのである。

ジェイムズの小説を語る際、しばしば「メロドラマ」という観点が持ち込まれるが、この観点を善悪の描き方と関係する問題として紹介しておきたい。この場合「メロドラマ」とは、善対悪の戦いを中心とする物語という意味で用いられている。たとえば、ブレンダ・マーフィーは次のように『あちらの家』のメロドラマ性を表現している――「物語はメロドラマとして始まる。つまりローズが悪を表し、トニーに近づくすべての者の幸せを壊そうとする。もう一つのメロドラマ的な要素である善はエフィーとジーンが担っている」（Murphy 90）。のちに紹介するとおり、マーフィーは本作がメロドラマから心理ドラマへと変わっていくと議論を進めているが、ひとまずメロドラマという言葉の使われ方を理解する上で参考にしたい。これに加えて、ジェイムズ作品の考察を含む『メロドラマ的想像力』という批評書を発表したピーター・ブルックスは、ジェイムズ作品に見られる善と悪の戦いがメロドラマの要素の一つであると説明している（Brooks 155）。このように善対悪という一見すると明快に思われる構図によって「メロドラマ」と呼ばれる本作だが、前述のとおりこれはジェイムズの創作姿勢に反するものだ。

ではなぜジェイムズは当初この物語をより明確に「メロドラマ」化して描こうと考えたのであろうか。その答えはありふれたものだが、ジェイムズが人気と売り上げを狙ったためであるようだ。『イラストレイティッド・ロンドン・ニュース』の編集者クレメント・ショーターに宛てた手紙の中で、ジェイムズは珍しく「大衆の心をつかみたい」(*HJL* IV: 30) と語っている。また、ジェイムズは大変な熱意を持って「読者にスリルを感じてもらえるよう工夫を凝らそうと思っている」と語った上で、「素材はそれにぴったりだから、きっとうまくいくはずだ」と意気込みを見せる (*HJL* IV: 31)。エイミー・タッカーの著書で紹介された雑誌連載時の挿絵を見るかぎり、このジェイムズの意図が活かされているようだ。その絵には毒入りと思われるカップを持った手を前方に伸ばした女性が描かれ、そのうしろには悪魔が潜み、彼女に何ごとかをささやきかけている (Tucker 23)。当初は大衆受けするように善悪を描き分け、ミステリーとして効果的な作品にしようと試みていたのだ。しかしでき上がった作品は犯人が罰せられない結末となっており、多くの読者が違和感を覚えることになる。ジェイムズが作品を書きながら、主題を変えていったことは明らかだ。同性愛者であった友人エドマンド・ゴスに宛てた手紙で、ジェイムズは本作の執筆が予想以上に難しく、なかなか筆が進まないことを打ち明けていた (*HJL* IV: 33)。当時ジェイムズが抱えていたリウマチによる右手の痛みや疲労に加えて、作品をまとめる上での難しさが記されているため、執筆中の何かが、この作品の方向性を変えたと考えられる。

結果として、マーフィーが言うように、エフィーの死によってトニーとジーンに投げかけられた黒い影やローズの内面などが「道徳上の曖昧さ」を引き起こすことになり、そのために本作は「複雑な人間の心理」を劇化した小説となった (Murphy 90-91)。ジャック・バーザンも、小説の筋書きは簡単だとしながらも、人物造形は複雑であると述べ、ジェイムズは善人にも悪人にも「魅力と獰猛さ」「情報と無知」を与えたと論じている (Barzun 516)。小説が完成するまでの変遷や、善悪の基準で犯人が裁定されない結末を考慮すると、当初計画していた「メロドラマ」から心理小説になった理由は何か、結末を含め作中の曖昧さはどのような効果を上げているのか、といった問題が重要になってくるように思われる。本章ではこれらを検討し、ローズが結末で罰から逃れるのは、多様な愛の混交を描くためであったことを明らかにしたい。

一、盗み見る行為と同性愛

誰かを盗み見ることは『あちらの家』で繰り返される要素である。最初に盗み見るのはジーンだ。ジーンはビーヴァー夫人に言われて、向かいのブリーム家の屋敷バウンズへやって来たところ、部屋に誰かが潜んでいると感じる。しかし、その誰かの方ではジーンに気づいておらず、ジーンはむしろ盗み見ていたのが自分自身であったことに気づくのだ。そして自分が見ているものがローズのゆったりとくつろいだ姿であるとわかった瞬間、性的な場面を見たような動揺を覚えている――「若い女性がテーブルに覆いかぶさるように座っており、何か書き物をしているようだった。その人の椅子はうしろへ引かれ、顔は伸ばした腕の中に埋められ、支えられていた。体全体でくつろいでおり、その重みは遠慮なく机に委ねられていた」（*The Other House* 13　以降、本章での本作品からの引用は、ページ数のみ記す）。ヴィクトリア朝のお上品な伝統や、家という私的領域ですら公に開かれた場であったことを考慮すると、ジーンがこのとき、まるでレディの寝室を覗いたような気持ちになったことは容易に想像できる。その上「その女性の様子は、イーストミードからの使者［ジーン］を戸惑わせる心理状態を表していた。ジーンはつま先立ちですばやく部屋から出たほうがよいか、それとももっと急いで彼女が見られていることを知らせたほうがよいか、決めかねていた」(13)とある。ジーンはローズの伸びた四肢だけでなく、隠している心まで覗いてしまったかのように気まずく思った様子が描かれているのだ。のちにジーンは、うたた寝していたトニーも覗き見てしまい、罪悪感を覚える。トニーが目を開けるとすぐ、ジーンは「顔を赤らめて「あら!」と叫んだ。その声はこんな風に近くにいることを恥じているようで、トニーもこれを聞いてすぐに立ち上がった」(92)。ジーンの上げた声は、彼女があまりにも近くから眠っている紳士を眺めていたことを示しており、トニーのふるまいは彼が恥ずかしい思いをしたことを物語っている。このように見てはいけないものを見てしまうというセクシュアルな意味合いを含む盗み見が繰り返されるのである。実はこの登場人物が互いに盗み見るという描写は、積み重ねられることで、最後の決定的な盗み見が重みを増すように設定されたものだ。最後の盗み見では、デニスが橋の上にいるローズを目撃する。そのときローズはエフィーを抱いており、時間や場所から推してエフィー殺しの直前であったことがのちに発覚する。デニスの盗み見がローズの犯した殺人の証拠となるのである。

盗み見が繰り返されることは、殺人の発覚を効果的に見せるためだけにあるのではない。より重要なことに、盗み見の繰り返しは、登場人物たちが身の回りで起きたことの一部しか知らないことを強調するためでもあるのだ。ジェイムズ作品の中でも『あちらの家』は視点の限界をとりわけ効果的に扱ったものであるように思われる。たとえば、ある場面で読者は二つの驚くべき事実を知らされる。一つは、この四年間一度もエフィーに触れようとしなかったローズが、初めてエフィーを抱くこと、もう一つはデニスが再度ローズにプロポーズするために戻ってきたということである。これらの事実を読者は知っているにもかかわらず、その後二十六章におけるジーンとポールの会話では、奇妙なことに同じ情報が繰り返されている。さらに、ジーンが立ち去ると、ポールがその情報をビーヴァー夫人に伝える。要約した形ではなく、詳細に説明するのである。こうして読者は「驚くべき」情報を三度もこと細かに聞かされることになる。したがって、この繰り返しは読者に新情報を与えるためではなく、登場人物間の知識の違いに注意を向けるために書かれたと考えられる。デニスがローズにプロポーズしたという噂について、ビーヴァー夫人は「私はポールに聞いたことしか知らないわ」(245)と言い、ポールは「僕はたった今ジーンから聞いたことを知ってるだけだよ」(245)と言う。トニーは「僕もデニスとローズが再会したとき一緒にいたけど、(中略)確かにそんな風になりそうな雰囲気だったよ」(245)と口添えするが、ビーヴァー夫人は「あら、私にはそうは見えなかったわ。(中略)きっと急にそういうことになったのね」(245)と返答し、結局真実は曖昧になるのである。デニスがプロポーズしたか否かがこのように曖昧にされているのは、ローズが印象操作を行ったせいであり、のちに殺人の隠蔽や逃亡を容易にするための布石となるものだ。したがって、作品の展開においても、ローズの性格を描く上でも重要な曖昧さだと言える。また、視点の限定によってエフィーの遺体を発見するのが遅れ、あと一歩で犯人がわからなくなるところだったという事態も生じているのである。このように随所で視点の限定的採用を行うことで、殺人事件のサスペンスを保ちつつ、犯人の動機を曖昧にしたり、暴かれた罪を全員で見逃したりする、善悪の曖昧さを描き込むことに成功している。

　この視点の限定は、ローズの動機に二重の意味を与える際に最もその効果を発揮することになる。これまでの批評では、ローズがエフィーを殺した理由として、トニーとの結婚を望む気持ちがあったことが指摘されてきた。しかし、ローズがトニーを愛しているという「事実」は、単にデニスとビーヴァー夫人が想像したことにすぎないのだ。語り手はローズとデニスの別れについて、次のように説明している。

そこに立つデニスの表情から、彼がこれから起ころうとしている二つのことに気づいていることが見て取れる。一つは、これだけ長い間離れていたあとで、かつて失い、今も愛している女が残酷なまでにいきいきと力強く目の前に現れ、胸の鼓動がまた始まるであろうこと。もう一つは、ローズがトニーと親しげに話しているところを見て、自分がすぐに悶々としてしまうだろうということだ。悪気がなかったとはいえ、トニーこそローズの不可解な言動を引き起こした張本人だったからだ。(204)

デニスから見た「不可解な言動」とは、婚約しているローズが自分と結婚したがらないことを指す。デニスはローズが自分との結婚に気が進まなくなったのは、トニーを好きになったからだと四年前も今も疑っている。しかし、これは事実ではなく、デニスの考えにすぎないのだ。「ローズがトニーと親しげに話しているところを見て、自分がすぐに悶々としてしまう(“the instant effect on [Denis'] imagination of his finding Rose intimately engaged with Tony, who . . .”)」という表現には、「デニスによる想像」という語が挿し挟まれており、彼の主観を表す文“his finding . . .”の中に、ローズがトニーを愛しているという可能性“intimately engaged”が含まれている。語り手は登場人物たちが信じるローズのトニーに対する愛が、誰かの目から見た推測にすぎないことを注意深く描き込んでいるのである。オスカー・カーギルはこの小説の欠点について、なぜ女性たちがそれほどトニーに惹かれるのか納得できる説明がなされていないと指摘した(Cargill 214)。トニーには、どうしても好きにならずにはいられないほどの魅力があるとは思えないというのだ（Cargill 214）。カーギルの見解は本作をこれまでとは異なる視点で読み解く手がかりを与えてくれる。というのも、そもそもローズやジュリアがトニーを熱烈に好きになったとは書かれていないという事実に気づかせてくれるからだ。

このように登場人物たちは藪の中におり、自らの想像に従って行動している。盗み見の繰り返しは登場人物たちが束の間の不確かな光景しか目にできないこと、それによって想像で「真実（らしきもの）」を組み立てるしかないこと、したがって組み立てられた「真実」には多分に各人の価値観が投影されていることなどがわかる。

もう一つ盗み見を考察することで見えてくるのは、登場人物たちの秘密である。盗み見は登場人物のみならず、読者に対しても秘密を知ってしまったようなどきりとした感覚を味わわせるのだ。そして最も読者を戸惑わせる瞬間はローズの秘密が明かされるときであろう。ローズは、語り手やジェイムズを除いて、登場人物が誰もその考えを読むことのできない人物として設定されている。読者にとっても、彼女の動機は何度か読み返さなければ明らかにならない。しかし、ローズが常に感情や動機を隠しながらも、まっすぐに何か彼女の望むものを追求しているということだけはわかるように書かれているのである。そんなローズが本心のようなものを見せる瞬間が盗み見によって描かれていることを考察したい。デニスに求婚の答えを出すよう詰め寄られたローズは、苦しむ様子を読者にだけ見せる――「ローズは、わっと泣き出しそうになるのをものすごい力で抑え込んでいる人の表情をしていた。何か必死に、苦しみを吐き出したい衝動を押さえつけているようだった」（66）。デニスはこの瞬間ローズに背を向けていて、彼女の表情を見ていない。この表情はデニスには見せられないものであるため、ローズは彼がうしろを向いた瞬間に素の自分を出しているのだ。ローズはデニスと長い間、婚約状態を続けており、彼が帰国してプロポーズしたときですら、気持ちが冷めてしまったとは一度も言わない。そのようにローズは奇妙なほど、気の進まない婚約を解消したり、プロポーズをはっきりと断ったりしないのである。案の定デニスが振り向くと、ローズの苦しみの表情はすでに消えていた。婚約者が振り返る瞬間にローズは再び社会的仮面をかぶるのである。ここで結婚が苦痛であることがなぜ秘密として描かれるのか。読者はその秘密を見た瞬間、何に巻き込まれているのかを考えさせられる場面だ。

デニスとは異なり、トニーはローズの二面性に気づいている。ローズの目には「とても深く、とても美しい」何かがあり、「それはどれほど時間が経っても消すことのできない」(154)ものであると感じているのだ。ローズは目に宿る何かを「ときおりどこかへやってしまうが、その間もそれは常にローズのどこかに存在し続けている。そして今強力な冷たい輝きを放って、トニー自身を覆い尽くしていた」(154)。そんな目を向けられたトニーは「落ち着かなくなって、立ち上がった。この目に対処できる気持ちのよい方法なんてどこにもないだろう」(154)と考える。トニーは社交性が高く、常に笑顔を振りまき、心地よい言葉だけを選んで人々と交流することができる。面倒くさいことは嫌いで、よくも悪くも適当に人をかわして生きている人物である。そんなトニーが笑顔や社交辞令では取り扱えないものとして、ローズの隠す内面を分析していることは注目に値するだろう。それは公の場や規範、秩序とは対極にある何かであることがほのめかされているためである。

トニーがローズの中に扱いにくい何かを認めたとき、ローズは同性愛の感情を示す言葉をいくつかつぶやく。プリシラ・L・ウォルトンがすでに指摘しているように、ローズは自分とジュリアが互いに持てる唯一のものであると主張しており、夫や異性の恋人はものの数に入っていない（Walton 17）。また、ジュリアの死後トニーがローズに対し、ジュリアの友だちとしてではなく、互いの友だちとして新しい関係を始めようと提案したとき、ローズはきっぱりと反対している。ローズは自分のジュリアに対する気持ちが何も変わっていないこと、何か変わったとすれば「ほんの少しだが、さらに強くジュリアへの想いを感じるようになったことだけ」（155）であると述べ、「以前ここにジュリアの友だちとして滞在していたとしたら、今のほうがもっとジュリアの友だちとしてここにいるという気持ち」（155）がすると語っているのだ。この場面でトニーとローズがどちらも「愛しいジュリア」と呼んでいるにもかかわらず、その感情には違いがあると語り手は分析する。ローズはジュリアの名前を「トニーとは違って、何も知らない人が聞いても間違いなく忘れられた死者のことを呼んでいるのだとわかる調子で呼んだ」（155）という。おざなりに、あるいは単に名前を呼んだというのではなく、ジュリアを思い出すような情感を込めて呼ぶのである。実際に、ローズは作中でジュリアのことを片時も忘れない唯一の人物なのだ。

ローズの子殺しの動機もジュリアの願いを叶えるためだと解釈できる。ジーンは「ビーヴァー夫人の知るかぎり最も善良な女の子」であるが、そのジーンでさえ悪気はないもののジュリアの願いを無視してしまうのだ。たとえば、エフィーが溺死体で発見されたあと、ジーンはエフィーが死に際に自分の名前を呼んだに違いないと嘆く。ジーンは自らをエフィーの母親のように考えており、これこそローズの恐れていたことだ。トニーもジーンこそエフィーの世話をする権利のある人だと認識しており、「この四年間できみがエフィーから目を離さないといけなかったのは、その数分だけだったのに」（307）と残念そうに語っている。これらの意見はエフィーがジーンのものであるとみなされていることをよく表すものだ。もしローズが沈黙を守れば、ジュリアはエフィーの母親としての立場を完全に失っていただろう。ローズはまだ何を企んでいるかを明かしていない時点で、こう語っている――「私の動機は深いものなの、深く深く心に秘めたものなの」(146)。さらに、次のセリフからはローズが動機を明かさないだけでなく、そうしたくてもできないことがわかる。ローズは自分の感じていることを話そうとするが、その途中でどんどん顔は青ざめていき、真剣味が増していく。そして「私にはもはや情熱となった目的があるの。(中略)大事にしたい忠誠がある、守るべき記憶があるのよ」(145)と言い、「まるで何者かに脅かされた祭壇を守ろうとする巫女のように」(146-47)ふるまう。このようにローズは許されざる罪を犯すが、その動機はほとんど宗教的とも言えるジュリアへの愛からきていることがわかる。ジュリアはエフィーが大人になるまで継母を作らないでほしいと望んでおり、血のつながった姉妹ではないが、ともに同じ継母のもとで悲惨な幼少期を過ごしたローズはジュリアのためにその誓いを守りたかったのである。

二、多様な愛の交錯

ローズは作者から特別な立場を与えられている登場人物だ。カーギルは、ジェイムズにとってローズはヒロインに違いなく、ローズとジェイムズだけが全体の状況を明確につかんでいると論じている(Cargill 212)。作中の人物が各々の視点から限られた情報しか持たない一方、殺人やその実行に関する情報、動機などを含めてローズだけは全貌をつかんでいるのだ。ローズは各人物が隠したいことも、特定の人にしか明かしていないことも察知できるほか、それらをつなぎ合わせて印象操作を行い、周囲の人々を操っていくこともできる。

ローズによると洞察力や想像力は、脅かされ、追い詰められた人だけに与えられるものだという。そしてローズは「これまで自分をその中に閉じ込めておいたものになることが怖い」、「自分を縛りつけるものが迫っている」(86)と不安を口にしてもいるが、この「縛りつけるもの」とはデニスとの結婚を指しているように思われる。結婚をいつまでも保留にしているローズには、結婚が自分を異性愛や規範に縛りつける危険であるかのように見えていると考えられるのだ。ウォルター・アイルはローズの貧しさと根無し草の性質とがほかの登場人物との距離を生み出しており、この差によって周囲の人はローズの考えを見抜くことができないのだと論じている(Isle 55)。しかしそのこと以上に、ローズの特権化された洞察力は、結婚文化に脅かされた同性愛者の持ち得るもののように思われる。

脅かされた状況に置かれているローズが、自らを脅かす異性愛中心主義の文化に隠れることで難を逃れようとするのは彼女なりの必死の抵抗として読むことができるだろう。たとえば、トニーには彼を愛していると思い込ませ、それによってジュリアへの愛が子殺しの動機であることを見えにくくする。そして、自分のことを愛してくれる女は守らなくてはならないと考えるトニーの責任感を利用して、ローズは殺人の罪から逃れてしまう。トニーは自分の魅力がいつも女性たちをだめにすると信じており、そのことが女性への責任感につながっている。これがローズにとって格好の隠れ蓑となるのだ。デニスにもトニーを愛していると思い込ませたままにし、ジュリアへの愛を主張し続けなくてもよい状況を生み出している。さらに、ポールが自分を愛していることを知ったローズは、ポールを誘惑しジーンと結婚するよう説き伏せる。そうすればジーンはエフィーの継母にはならず、ジュリアの誓いが守られるからだ。このようにローズはジュリアの誓いを守りたいという同性愛に基づく信念のために、周囲の人々が持つ異性愛の前提を巧みに利用していくのである。

同性愛者として日々脅かされているせいか、ローズは異性愛のシステムに敏感で、常に周囲の動きから、自分が置かれている状況を計ろうとする。たとえばジュリアの死が迫ったとき、その事実はバウンズへの訪問客には知らされなかった。しかし、ローズはトニーの様子をよく観察してジュリアの死を察知するのである。ほかの客にとってはトニーの様子に普段と変わったところはないが、ローズは「まるで新しい繊細さが作動し始めたみたい」(79)だと感じている。これはジュリアを愛するあまりジュリアの死に触れたくないというトニーの心の動きを読んで、察知できたことだ。ローズはトニーの愛からジュリアの死を予感しているのである。この頃ローズにとってはジュリアを失う恐怖だけでなく、結婚の危機も迫っていた。ジュリアが亡くなれば、バウンズに滞在する理由はなくなり、デニスの求婚をいよいよ受け止めなくてはならなくなる。ジュリアへの愛という理由以外に、デニスを断る理由は何もなく、『ボストンの人々』のヴェリーナと同じ立場に立たされていることがわかる。一つヴェリーナと大きく異なるのは、ローズが意識して時間稼ぎをし、結婚から逃れる方法を考えようとしていることだ。

自らのセクシュアリティと異なるものを利用して理想を追求しようとするのは、ローズだけではない。ウォルトンは本作における同性愛を論じた唯一の研究者であるが、ローズとジュリアだけでなく、デニスとトニーの同性愛についても次のように解釈している。

『あちらの家』は性に積極的なレズビアンの女性が持つ、規範を脅かすような性質をセンセーショナルに描いた作品であり、表向きには封じ込め政策や一八九〇年代中葉の同性愛嫌悪の風潮と足並みをそろえている。しかし、本作は、同性愛の示唆に富む男性の集団にファム・ファタールを閉じ込めることによって、同時に規範的な考えを揺るがしてもいる。だからこそ世紀末の読者の心を惹きつけることができなかったのではないだろうか。（Walton 14）

規範的な価値観を揺るがすという指摘からもわかるとおり、ウォルトンは本作を異性愛と同性愛の対立として見ている。時代を考慮すれば、この対立軸をもとに議論を進めることは妥当だと言えるだろう。しかし、『あちらの家』が特異なのは、異性愛が随所でローズを助ける点である。そこで本作の特質として、異性愛と同性愛が混ざり合うさまを考察したい。異性愛はときに愛を表現する方法をローズに教えているのだ。デニスが結婚について白黒つけようと迫るのに対し、ローズがのらりくらりと言い逃れることはすでに確認したとおりである。その間ローズはキスしたり抱きしめられたりすることも避け続けている。そんなローズとデニスが喧嘩したあと、様子のおかしいローズを心配したトニーは何が起きたのかと尋ねるが、ローズは最初うまく説明できないでいる。言語以前の「小さく混乱したような声を上げ」（81）、「もう一度不明瞭な声を出し」（82）、ついに「ああ、なんてことなの、ああ、神様、ああ、なんてことでしょう！」（84）とだけ言って説明を終えるのである。デニスと結婚したくないという気持ちの裏には、ジュリアを友だち以上の対象として愛する気持ちがあるが、デニスにそのことが伝わらないという状況を明快に説明できないことがわかる。しかし、異性愛の言葉を借りられるときで、かつ、相手もジュリアを愛しているとき、ローズはジュリアへの愛を表現できるのだ。トニーが「きみにだけは言える。ジュリアは、言葉では言い表せないほど大事な人なんだ」と言うと、ローズも真剣な表情をしながら「あなたがジュリアを愛していると言ってくれたから、私もジュリアを愛していると言えるわ」(39) と返事をしている。ローズはこの会話を次の言葉で締めくくる――「私たちはジュリアを失ってしまうために、こんなに愛していたわけじゃない」(40)。この代名詞「私たち」が表すように、ローズはジュリアを愛しているものの、それはトニーのジュリアへの愛と対立するものではない。むしろ同じ方向をめざす仲間として描かれているのだ。この会話のあと、トニーとローズは「心地よい親しみ」(40) を互いに抱きさえする。その心地よさは、互いに対する恋愛感情を欠き、かつジュリアをともに愛していることから来るように思われる。

異性愛と同性愛が混ざり合う地点をもう一つ挙げるならば、それはエフィーの身体である。アイルはエフィーがジュリアの遺志を象徴していると読み (Isle 69)、ミュリエル・G・シャインはエフィーを「激しい奪い合いの中心にいる存在」や「詩的装置」(Shine 78) とみなしている。こうした先行研究が明らかにするように、エフィーは写実的に描かれた子供というより、一つの象徴なのである。そして本稿はエフィーが多様な愛の混交を象徴するものと主張したい。たとえば、ローズとジーンはそれぞれに自分の恋人の象徴としてエフィーを扱い、所有しようとする。

「だからエフィーが欲しいの!」

「トニーを愛してるから?――そしてエフィーがトニーの子だから?」

ジーンはひるんだが、思い切って肯定した。「そうよ、トニーを愛してるから――そしてエフィーは彼の子だからよ。」

「別の理由で私もあの子が欲しいの」とローズは言い放った。「私はあの子のかわいそうな母親を愛してるから――そしてあの子はジュリアの子だから。それこそ私の動機、私の愛、私の信仰よ。」ローズはエフィーを再び捕まえ、力強い腕で抱きしめながら、神への捧げものを清めるかのようにキスをした。（235　強調は原文）

ローズにとって、エフィーはジュリアを思い出させるものであり、ジーンにとってはトニーを表すものとして機能していることが明確に描かれている。そのようなエフィーには、物語が進むにつれて、ほかの登場人物たちの愛も重なり始めるのだ。たとえば、ローズがエフィーの腕にキスをし、頬を寄せると、デニスはローズがキスをしたところにキスをし、ローズが頬を寄せたところに自らの頬を寄せ、まるでローズの愛の名残を拾っていくかのようにエフィーに触れていく。このように、エフィーはジュリアとトニー、トニーとジーン、ローズとジュリア、ローズとデニスの愛が混ざり合う地点として描かれるのである。

そのほか異性愛の言葉やしぐさだけでなく、母性もローズに危機を脱する力を与えている。デニスが結婚を迫るとき、ローズはジュリアへの想いを繰り返す――「どうしてって、ねぇあなた（“my dear child”）、ジュリアが問題なの（“Julia’s between us”）。ジュリアのことで決められないのよ」(63)。ここでローズはデニスのことを“my dear child”と呼んでおり、そうすることでデニスに説明してもわからないであろうことをほのめかし、距離を保とうとしている。同じ呼びかけは、ジェイムズ作品において女性同士や年齢差のある人物間には見られるが、女性からほぼ同年代の男性に使われることは珍しい。ローズは、異性愛の役割を演じるとき効果的に母性を利用しているように思われる。ローズが母親のようにふるまうことは、デニスが中国から帰ってきたあとのセリフからも見て取れるだろう。ローズはデニスを「守り、ほんの少し保護者ぶってふるまい（“patronize him”）さえした」（45）と書かれており、中国で収めた成功についても同じく保護者的な態度を示している。

「あなたはそんなに際立った人というわけではないわ、愛しいデニス――つい夢中になってしまうほどすてき（“dazzling”）でも、危険（“dangerous”）でもないし、それほど名が知られているわけでもない。でもあなたは、うんざりするほど長い時間をかけて磨かれた、ささやかな何かを秘めてる。そうやって成長して私のところに帰ってきてくれたのね。あなたのこと、本当に誇りに思うわ！」（45）

これを聞いたデニスが、もう少し情熱的な言葉を聞かせてもらいたいと言うのも尤もではないだろうか。ローズが最初に挙げた“dazzling”や“dangerous”などは、男性の性的魅力を表す語であるが、それらを否定しておいて、最後に地道な努力の「ささやかな」結果を認め「誇りに思う」という保護者的な賛辞を送っている。ローズがデニスを小さな男の子のように扱っていることがはっきりとわかる場面だ。こうして、せっかく一人前になって堂々とローズを妻にしようと思っているデニスの求愛を、ローズは母性を利用して巧みにかわしジュリアへの愛を維持する助けとしているのである。ここでも家族愛が同性愛を補助する関係にあると言えるだろう。デニスを例に考察したが、ローズは同様のふるまいをトニーやポールに対しても繰り返している。前述のとおり、ローズは異性愛を演じて登場人物を動かす一方、ときには母性を織り交ぜて巧みに男性たちとの距離を取っていることがわかる。

三、時間を止めて愛を保存すること

前節までの議論で、作品には多様な愛が混ざり合い、同性愛を助ける役割があることを確認してきた。ローズがジュリアへの愛を守るのに必要なもう一つの要素は「保留」である。デニスとの結婚をはっきりと断らないローズは、異性愛と同性愛を選ぶ段階にとどまることを望んでいるように思われる。ローズはひたすら「待って」とか「我慢して」と言ったセリフをデニスに繰り返している。ローズはデニスが読むよう強く迫る手紙――それを読めば結婚の話につながると予想される手紙――からも目を背け続けるのだ。このように保留している間、ローズは独身でいることができ、ジュリアが息を引き取りつつあるからこそ安全にジュリアへの想いに浸ることもできる。その一方で、ローズは自分が「普通」であると示すことのできる結婚の可能性を常に視野に入れてもいるのだ。それはローズがまだ手に入れたことのない安住の地と言えるだろう。デニスはローズの優柔不断を責め、「きみは率直ではない」と言うが、その英語表記である“You are not straight”(73)は二重の意味を帯びてくるように思われる。現代の読者にとってだけではなく、ヴィクトリア朝の読者にとっても、少なくとも一つの意味は確かであったろう。すなわちローズは結婚の道から逸れたがっているということである。同様にして、デニスがローズに対し、時間稼ぎをしていると指摘することも注目に値する。ローズは結婚の返事を保留し、ジュリアへの愛も結婚の可能性も視野に入れることで、時間を止めて、安全に、曖昧に同性愛をこの世に存在させ続けたいと思っていることが読み取れる。

ローズだけでなく、実はそのほかの登場人物も「ストレート」ではない愛情を抱えているのだ。ポールはローズを愛しているがゆえに、彼女を喜ばせるジーンとの結婚を進めようとする。ジーンはジーンで、エフィーを愛し、トニーのそばにいたいからこそ、トニーの妻ではなく、エフィーの乳母でいようとし続けるのである。また、トニーもジーンを愛しているからこそ、ジーンにポールとの結婚を勧めることにする。彼らは皆、愛する人を結婚相手にせず、別の関係を選ぶことでその人を愛し続けようとするのだ。

こうした登場人物の中で、トニーが持つ愛についての考えが最もローズの考えに近いものとして描かれている。トニーは先妻への義理を果たしたままジーンを愛し続けるために、意識の中でジーンの成長を止めようとするのである。小説はジュリアが亡くなった頃とその四年後という、二つの時間で成り立っているが、四年間が過ぎたあとも、トニーは初めてジーンに出会ったときの時間を次のように生きている——「トニーがジーンを見るときの見方は、今でも彼女をはっきりと認識していないかのような見方であった。つまり、ゆっくりと魅了されたようにジーンを見ている意識が、これから受け入れられた知識へと溶けていくところのようであったのだ」(168)。この不思議な場面は、トニーがうたた寝をしており、ジーンがそれを盗み見てしまった場面である。ここには、夢うつつのトニーがジーンを認識するまでの意識の段階が描かれている。これはトニーが夢のような期待感を持ち、その期待を隠すことなくジーンを見ていられる段階を表しており、これから訪れる現実——起きてしまえば公の仮面をかぶり、ジーンと距離を取ることになる現実——はまだ先のこととして表現されている。このようにジーンをゆったりと受け止めることのできた半分無意識の時間を、トニーは四年後まで持ち続けているが、それは過去にとどまることで、いつでも目が覚める直前に抱いた、これからジーンが何か楽しいことをもたらしてくれるという希望に浸ることができるからである。この希望に浸ることができるのは、半分無意識であることに加えて、トニーがこのときまだジーンをよく知らないためでもある。トニーは四年後の今、自分を悩ませるジーンとの関係をどうすることもできず、ジーンとの真剣な関係から逃れ、ジュリアを裏切る必要のない段階へ戻ろうとしているのだ。

トニーはジーンを大人と子供の中間とみなしてもいる。ジーンの二面性にトニーが気づいたときも、まるで時間が止まったかのように表現されている。

ソファに寝そべっているという感覚がときおりトニーによみがえってくるのは、慌てて動いたりして目の前のジーンに起きている変化のプロセスを邪魔したくないということに大変な興味を持っていたからだ。ジーンは気ままに二つの顔を見せていて、子供の顔から大人の女性が顔を覗かせたかと思えば、大人の女性の顔から子供が顔を覗かせた。その移り変わりには始まりとか終わりとかいった区別はなく、見ている者は彼女が変わるたびに新鮮な驚きと魅力を感じるため、ずっとその変化を見ていられた。(168-69)

ジーンが大人と子供の間を行き来し、その移り変わりに明確な始まりと終わりがないと書かれていることから、完璧な循環を成していることがわかる。ジーンはこのとき姿を変え続けているにもかかわらず、トニーの心の中では、子供と大人の中間という同じ段階にとどまっていると言えるだろう。そのようなジーンを見ている間、トニーは自分も「好きなだけ自分のままでいられる」(169)と語っており、ジュリアかジーンかを決めなくてよいのである。トニーは今「ジーンを好きだからと言って、それがどうこうなるわけではない」からこそ、ジーンのことを「心地よく」(169)好きでいられるのだと告白している。トニーは独身でいればジュリアの誓いを守ったままジーンを愛することができるのである。その上、もしジーンがポールと結婚すれば、二つの家はすぐ隣同士で交流もよく行うため、事実上トニーは常にジーンと暮らせることになる。エフィーを愛するジーンは毎日でもトニーの家に来るだろうし、本当はローズを愛しているポールがそれを咎めたりすることもないだろう。このように、ローズがジュリアへの愛のために時間を止めようとすることは、トニーによって補強され、ローズとトニーから波紋が広がるかのように、ジーンやポールへと影響を及ぼしているのである。

こうして関係を曖昧にしておくことは規範の側で嫌うはずだが、二つの家の秩序を保つ役割を担っていたビーヴァー夫人は結末で姿を消してしまう。ビーヴァー夫人は「まっすぐにする(“straighten it out”)」(89)ことに心血を注いでいた人であり、このフレーズは若い登場人物たちに結婚という「まっすぐな」異性愛の関係を強く勧めることとも関連するものだ。そのビーヴァー夫人の力をジェイムズは結末で無効にしている。時間を止めて、規範的でない愛を守ることは、ジェイムズのこうした細部への気配りから、本作の重要な主題であることが確認されるだろう。さらに、結末でビーヴァー夫人を登場させないだけでなく、ローズの罪を隠すのにほかの登場人物による愛を混ぜ合わせ、協力関係を描き込んでもいる。ポールはローズを愛しているため、ローズの罪を隠すのに協力する。トニーはジーンを愛し、ローズに友愛と責任を感じているので、やはり共謀に同意するのだ。デニスは騙されたと知ってもローズを愛しているので、やはりこれに加担し、ジーンでさえトニーを愛しているために、しぶしぶではあるがローズを逃がすことを認める。このようにジュリアへの愛が生み出した子殺しの罪は、ほかの登場人物たちの異性愛や友情によって隠されていくのである。前述のとおり『あちらの家』では、結末において子殺しの罪が裁かれないことから、道徳的でないと批判されることが多かった。しかし、そのように善悪の主題や秩序の回復を中心としない結末は、多様な愛の混交がそれぞれの秘めた愛を守る様子を描く上で必要なものであったように思われる。

その登場人物たちの愛をめぐる曖昧さを保っておくために、ジェイムズが工夫したのは、詳細な動きを繰り返させ、時間が止まっているかのような効果を高めることだった。たとえば、ローズに求婚を断られたあと、デニスが二つの家をつなぐ橋を渡って立ち去る場面があるが、四年後にも彼は再び殺人が起きるその橋の上に立ち、橋を渡る場面を繰り返すのだ。この四年前と四年後の場面は突然切り替わっており、今しがた橋を渡って出て行ったデニスが、また同じ様子で橋を渡って戻ってくるため、まるで時間が経過していないかのような奇妙な効果が生まれている。デニスが橋を戻るときの様子は、細部にいたるまで四年前とまったく同じ様子で描写されているため、いっそうその効果は高まるだろう。デニスはローズとの結婚が破談になったと考えたとき、目に見えて動揺し、ぎこちなく帽子を探すが、四年後もこの「ぎこちなく帽子を探す」という動作が繰り返されている。さらに、ブリーム家とビーヴァー家の建物や暮らし方は大きく異なっており、ブリーム家が新しい家を、ビーヴァー家が古い家を体現していることも時間の描き方と関係してくる。その新しいものと古いものの間を行ったり来たりするデニスの行為自体が、この小説の舞台を時間が止まった空間として象徴的に表していると考えられるからだ。ローズが主導し、トニーが補強する、時間を止めて多様な愛をそのままに保つ行為は、このように時間の操作によって支えられていることがわかる。

先行研究において、本作における時間の描き方は劇の手法と結びつけて論じられることが多い。エデルはジェイムズが本作に劇の手法を取り入れたと主張しており（Edel, *Treacherous Years* 165）、アイルは劇の手法が最も際立つのは、時間の操作だと述べている。アイルによればジェイムズは登場人物の過去ではなく現在に焦点を当てており、それが小説というより劇に近いというのである（Isle 41-42）。この小説が過去と現在のどちらに属するものかを特定することは難しいが、確かに言えることは小説内の時間が常に何かと何かの狭間にあるということだ。シェイクスピアのソネットや、ワイルドの『ドリアン・グレイの肖像』が若さと美、同性愛を一つの時間の中に閉じ込めて永遠に生き続けられるようにしたのと同様に、『あちらの家』では、永遠に止められた時間の中で、登場人物たちの公にできない愛が壊されず、そのまま保たれることになるのである。

明確な意思を持ち、自らに迫る危険やジュリアへの愛を意識してほかの登場人物たちを動かしていくローズは、『ボストンの人々』のオリーヴらとは異なり、自覚的な同性愛者であるように思われる。そして、ローズの想いは多様な愛を永遠にとどめるという小説の主題を支えてもいるのだ。ローズはジェイムズの分身のようであり、ローズが発するジュリアへの愛を言い訳としてではなく、文字どおりに受け止めることのできる読者だけが、ジェイムズとローズの視点を共有できる仕掛けになっている。これらの点を考え合わせると、ローズが異性愛の象徴でもある子供を殺して逃げていくこと、その逃亡を登場人物たちが助けることとは、本作品を「不快」な結末の小説にしているのではなく、同性愛の重要な側面を明らかにするためではないかと思われてくるのだ。同性愛は異性愛と対立しているだけでなく、ときにほかの愛との共通点を持ち、融合したり連動したりすることを本作はとらえている。そして、せめて芸術世界においては、その融合によって「逸脱した」愛が挫かれることなく保存されることを願う、祈りのような気持ちが作品に込められているのだ。

注

（1）エデルはこの小説の道徳観の欠如については批判的であるものの、「犯人を罰しないことで殺人ミステリーの伝統に挑戦する」（Edel, *Treacherous Years* 167）小説だと説明してもいる。このエデルの表現にはジェイムズを擁護する姿勢が感じられるが、同じ理由を挙げて本作を二流とみなす研究もある。S・ゴーリー・プットは、『あちらの家』が無視されてきたのは妥当性がないからであり、仮に読者が結末を「あり得るもの」と考えるならば、この小説はとても不快な小説ということになるだろうと述べている（Putt 311）。

（2）スウィーニーはエフィーの殺害がヴィクトリア朝の共謀を表していると解釈した。カーギルも登場人物たちが全員で犯罪に関わることがヴィクトリア朝の道徳に背く行いであり、この侵犯を通してジェイムズはヴィクトリア朝道徳の欺瞞的な性質を暴いているのだと主張する（Cargill 212）。このように結末に関する議論は尽きないが、スウィーニーやカーギルを代表として、結末がヴィクトリア朝道徳の二面性を表すものだと指摘するものが多い。

第八章

『ねじの回転』における階級制と同性愛

『あちらの家』とその二年後に発表された『ねじの回転』（*The Turn of the Screw*）には、同性愛の主題と関係して子供が死ぬという共通点がある。しかし同じ陰鬱な事件を扱っているにもかかわらず、主張は大きく異なっているのだ。『あちらの家』が愛の理想を描いていたのに対し、『ねじの回転』は同性愛をめぐる暗い現実を直視するものとなった。まず『ねじの回転』の概要を振り返っておきたい。本作の主人公は幼い子供たち、マイルズとフローラを教育するよう任された家庭教師である。ブライという屋敷の持ち主で、子供たちの後見人である紳士が雇い主となり、ロンドンで採用面接を行うのだが、そこで家庭教師は彼に一目惚れしたことが暗示されている。契約条件は奇妙なもので、なおかつ、前任者が亡くなっているにもかかわらず、雇い主に夢中になった家庭教師はその仕事を引き受けてしまうのだ。屋敷に着くと彼女はさらに悪い知らせを受け取ることになる。一つはマイルズが放校になったこと、もう一つはクイントと呼ばれる従者が不審死をしていたことである。クイントのことを知ったきっかけは、夕暮れ時に邸内で不審な男を見かけたことだった。家政婦長のグロースさんを追及したところ、クイントの過去の悪行が浮かび上がってきたのである。のちにその不審な男は再び姿を現し、家庭教師はクイントの幽霊であると確信するようになる。それだけでなく、次第に前任者の幽霊も見始め、ついには幽霊たちが生前の悪を恋しがってブライに現われたこと、子供たちを堕落させようとしていること、子供たちもそれを歓迎していることなどに思いいたるのだ。子供たちとの攻防が続いたある日、フローラとマイルズが家庭教師に仕掛けたいたずらがきっかけとなり、フローラは屋敷の外へ出され、マイルズは家庭教師の腕の中で息を引き取ることになる。家庭教師はマイルズと二人きりになってクイントのことを告白させようとしていた。その「悪魔祓い」に必死になりすぎて、苦しそうにしているマイルズに何も処置を施すことのないまま強く抱きしめるのだが、ふと気づくと腕の中でマイルズが死んでいたのである。

本作の批評は、幽霊が本当に現れたのか否かをめぐってなされてきた。(1) 特に、エドマンド・ウィルソンの論文で有名になった幻覚説が、大きく本作の見方を変えたことは周知のとおりである。確かに家庭教師が幻覚を見たことが完全に否定しきれない以上、この批評以前のように純粋な幽霊物語として本作を読むことは難しいように思われる。そこで家庭教師の視点に歪みがあることは念頭に置きつつ、その歪みの原因が抑圧された異性愛のみによるものかについて、さらに考えていきたい。家庭教師と雇い主という異性愛の視点だけで読んでいては、読み解けない場面が本作には多く残されているためである。マイルズが好きな男の子数人にだけ何かを打ち明け、その行為が放校の理由になったというくだりは、その好例であろう。家庭教師がフローラのふるまいよりもマイルズの放校やマイルズとクイントとの関係を問題視することも、やはり同性愛と異性愛の関係から考えていくべき問題のように思われる。

ジェイムズの作品や伝記を対象としたクィア研究が進み、批評家たちは『ねじの回転』を多様なセクシュアリティの観点から読み始めるようになった。これらの先行研究は大きく二つに分けられ、そのうちの一つはショシャーナ・フェルマンの研究に代表されるような、小説の構造とセクシュアリティの曖昧さを比較する研究である。もう一つはオスカー・ワイルド裁判など十九世紀に起きた歴史的事件との関わりから、本作を読み解いていく研究だ。

フェルマンの論考を概説すると、本作において、ある言葉や場面の意味が新たに作中に登場することによって、それまでに書かれていた言葉や場面の意味が否定されることはないという。何か一つだけの意味が採用され、それが唯一作品の意味を決めるものとはならないのだ。それとは反対に、言葉や場面の意味が延々とずらされ、あらゆる解釈の可能性を残していくため、その構造自体が作品の描いているセクシュアリティの曖昧さを効果的に示しているとフェルマンは主張する (Felman 111-12, 121, 129, 161)。しかしながら、このように構造を見る解釈は作品の重要な一面を明らかにするものの、十九世紀の人々が共有していた言葉の含みを考慮し、ジェイムズ作品における同性愛者たちの心理を論じていく点においては、さらに議論の余地があるように思われる。

一方、歴史的文脈の中に本作を置く解釈法はこの点に強いが、これまでのところマイルズとクイントの関係にのみ着目しているため、同性愛がほかの登場人物たちにどのような影響を及ぼしたのかをとらえきれていない。そもそも、一つの核となる物語が多くの人の手を経て波紋を広げていく本作において、人物間のつながりは見逃せない要素である。家庭教師は核となるマイルズの死という事件の十年後に、ブライでの経験を綴った記録を、次の教え子の兄ダグラスに渡している。ダグラスは家庭教師から話を聞いた四十年後のクリスマス休暇に、この秘密を訪問客に打ち明け、ダグラスが亡くなると、今度は原稿が前置きの語り手へと渡る。マイルズとクイントの関係だけを描くのであれば、こうした入れ子構造は必要なかったであろう。本稿では、マイルズとクイントの関係が家庭教師やダグラス、語り手とも有機的につながるものであることを明らかにしたい。

一、同性愛との遭遇

まず家庭教師が最初にクイントらしき男を見た場面を読み直し、当時の規範である異性愛中心主義の中で育った家庭教師が、同性愛の存在に衝撃を受けた場面として解釈できることを論じていく。家庭教師がクイントを見たとき真っ先に考えたことは、クイントの不自然さである。雇い主だと思ったその男は「慌ててそうだと思いこんだ人ではなかった」(*NTHJ* 12: 164 以降、本章での本作品からの引用は巻号とページ数のみ記す)。家庭教師は雇い主にばったり出くわすことを夢見ていたが、塔の上に現われた男は期待していた人物とは異なっていたのである。その違和感は単に雇い主と似ていないために生じたのではない。家庭教師は周囲の景色の中で塔の上の男だけが「不自然」であり、自分の周りの空気はいつもどおりだと気づく。家庭教師は、のちにクイントら(や彼らが象徴するもの)との闘いを振り返る際にも次のように語っている——「私が取り組まなければならなかったものは、胸の悪くなるほど自然に反した("against nature") ものだった。私はこの真実にできるだけ固く目をつぶったが、そうすることこそ、平静を保つ上で重要だったのだ」(12: 295)。

ハラルソンが指摘するように、「自然に反する」という言葉は一八九〇年代当時、同性愛を指すものとして使われていた(Haralson, "Ritual Sexorcism," 136)。[2] これは『新約聖書』における「ローマ人への手紙」第一章二六―二七節で「同性愛」が「自然に反する」ものと書かれていることから来るものだ。同時代に文学の世界も含めて広く使われていたこの言葉の意味をジェイムズが知らなかったとは考えにくい。また、クイントとの最初の出会いを「獣が飛び出してきたこと」(12: 174) にも喩えており、のちに「密林の獣」で書かれることになる、セクシュアリティをめぐる「衝撃的な」秘密を思わせる表現が使われていることも示唆に富んでいる。家庭教師は、異性愛の対象だと考えていた雇い主が、外見は似ているものの性質が異なる男性――同性愛者の男性――へと姿を変えたことを通して、自分のいる異性愛中心主義の世界と謎の男のいる世界との差異を直観しているのではないだろうか。

このとき家庭教師は知覚に変調をきたす。男が引き起こす落ち着かない環境は、少しずつ家庭教師の周囲にも広がってくるのだ。気がつくと「黄昏の空に飛んでいたミヤマガラスは鳴き声を上げるのをやめ、その何とも言えない時間が続く間、親しみを感じさせるはずの夕暮れ時の庭からは、すべての声が消えていた」(12: 165)。この周囲の変化は家庭教師の認識の変化と結びつくものだ。というのも、家庭教師は急に音が聞こえなくなっただけでなく、視覚や時間の感覚にも変調をきたしているからである。彼女はどのくらい見知らぬ男との睨み合いが続いたのかわかっていないし、塔はとても高く、男の様子が細かく観察できるほど近くはないのに、まるで手元の文字を見るようにはっきり見えたという。

これらの知覚の変調は、家庭教師の視点を形成してきた異性愛中心主義がクイントの登場によって揺らぎ始めたことを表しているように思われる。スチュアート・ケロッグによると、突然何かが起きて、それまで社会の中で創り上げられていた神話が崩れると、人は時間、場所、自己、周囲の事物に関する適切な認識力を失うという（Kellogg 10）。これは初めてクイントに出会ったときの家庭教師の状況そのものだ。のちに家庭教師は屋敷に戻り、グロースさんに玄関ホールで出迎えられる。そのときのグロースさんは家庭や日常生活といったものを象徴する存在であり、それは家庭教師がこれまで信じてきたものである。ここでは、そのように「普通」であるはずのグロースさんの出迎えが、家庭教師の目を通して異化されている。家庭教師は奇妙なほど鮮烈な印象を受けているが、十年後もその様子を詳細に語ってきかせることができるほど、ありふれた日常が新しいものに見えたのは、直前に起きたクイントとの邂逅によって家庭教師がこれまで信じていたものとは異なる視点を体験したことによると考えられる。

家庭教師が、育った環境から獲得したものとは異なる価値観を意識したのは、クイントのまなざしのせいでもあるだろう。クイントと家庭教師は「互いにまっすぐ睨み合った」（12: 177）のだが、あるものを凝視することは、その対象に惹きつけられていることを意味する。スティーブン・カーンは絵画や文学における凝視の研究を総括し、凝視が男性の特権だと思われていたことや、凝視によって男性が性的主体に、女性が彼らの欲望の対象になってきたことを説明している（Kern 10）。この解説から確認されるのは、ヴィクトリア朝時代、男性だけが凝視を許されていたことだ。また、カーンはミシェル・フーコーの「パノプティコン」にも言及し、逸脱した人を罰する権威は目に見えないままである一方、逸脱した人は目に見えない権威に常に見張られているような心理が芽生えるという説を紹介している（Kern 11; フーコー『監獄の誕生』二〇〇四）。このように、社会的に受け入れられる範疇からはみ出した行為・性質を咎めるためにも、凝視が用いられるのである。アン・カプランはこれに加え、凝視はそれを行う人に男性的な役割を与えるとも論じている（A. Kaplan 215）。規範から逸脱するクイントを非難する家庭教師の視点は、男性的な権威の目を借りたものと言えるだろう。

そしてここでより重要なのは、クイントがその凝視を家庭教師に返していることである。家庭教師はクイントの側から見れば自分こそ逸脱しているのだと思わされることになり、絶対だと信じていた価値観が相対化されてしまう。したがって、家庭教師がこの直後に、クイントのことを無礼だとか労働者階級だから失礼なのだなどと言って怒り始めるのは、価値観の相対化に抵抗しようとする試みのように見えてくる。階級制やリスペクタビリティに関する言葉を用い、慣れ親しんだ型にクイントを振り分けることによって、自分の安全が脅かされないようにしているのである。このように見てくると、最終的に家庭教師がマイルズの死に関わることも、クイント的なものに抵抗し、規範を守ろうとしたためだと理解される。

家庭教師には規範的な価値観を強化する必要が確かにあったのかもしれない。なぜなら彼女自身が異性愛と同性愛の間で揺れているように思われるからだ。家庭教師は次第にクイントとの親近感を覚えるようになっていく。たとえば「まるでもう何年もの間彼を見てきて、ずっと知り合いだったような気さえしてきた」(12: 184) と感じている場面がある。また別の場面では、クイントが覗いていた窓の外に自分も立ち、同じ視点を共有しようとさえしている。そして、「自分がクイントを知っているのと同じくらい、クイントのほうでも自分のことを知っている」(12: 222) と感じ、続けて生者と死者の境界線が曖昧であることも語る。家庭教師の想像の中では、クイントが生きている人間で、自分が幽霊になったような気がしているのだ。クイントとの同一化体験は、自らもクイントと同じ性質を持つことに家庭教師が気づいたということを暗示するものではないだろうか。九章で家庭教師がクイントと入れ替わり、自分が幽霊になったように感じたあと、十章の冒頭ではフローラの目を直視できないでいる。家庭教師によれば、「フローラの青い目からあふれ出る輝きがあまりにも美しくて、私は一瞬その目を正面から見ることができなかった」(12: 225)からだという。フローラの美を強烈に感じ取ったのが、クイントと入れ替わったかのような近しさを感じたあとであるというのは、示唆に富む構成である。ハラルソンはフローラの目を見られない家庭教師の欲望を、『ボストンの人々』に関してキャッスルが指摘した、オリーヴのヴェリーナに対する欲望に重ねている(Haralson "Ritual Sexorcism" 136)。家庭教師は自らの内に眠る同性愛に気づき、目を閉じることで欲望を回避しようとしたと考えられるのだ。

このことは家庭教師が女性との身体的接触に悦びを感じる性質であることからも読み取れる傾向だ。家庭教師はグロースさんを頼りにし、ブライの問題に悩んだときは必ず相談している。そしてグロースさんと話すときは、たいてい彼女の腕をつかむか、手を握るかしているのである。ただ手に触れるだけでなく、腰に手を回して抱きつくこともある。家庭教師が「手を差し出すと、グロースさんはその手を取った。彼女を近くに感じたくて、少しきつく抱きしめた。グロースさんの胸が内気に、驚いたように上下するのを感じると心が慰められるのだった」(12: 187)という場面もある。家庭教師が身体的な近さを女性に求めたり、相手の動揺とともに胸の鼓動を体感したりする様子は、母娘の関係というより同性愛を感じさせる描写である。

これらの接触に見られる二人の親密な関係はヴィクトリア朝の常識とは異なるようだ。通例、家庭教師は労働せざるを得ないレディとして、屋敷の使用人たちから軽蔑されており、家庭教師のほうでも相手の階級が低いことを態度に出すので、両者の間には心の壁ができることが多かった（Pool 225）。特に給与や支配力の点で事実上立場の変わらない家政婦長と家庭教師とは、主導権を争う関係にあったのだ。このような当時の文化を考えるならば家庭教師とグロースさんの関係は身体的にも心理的にも近すぎるように思われる。あるときなどは、グロースさんが数回口を拭くのを見て、家庭教師はどうぞ遠慮せず私にキスしてちょうだいと声をかけさえする。家庭教師がグロースさんの口元を見つめることや、そのような習慣はないにもかかわらず、グロースさんがキスしたいと言い出せないでいるのだと考えたりすることは、家庭教師の同性愛的な視点を感じさせる例である。そして、グロースさんが「ご主人さまが助けてくださらなくても、私が先生を助けます」（12: 292）と言ってくれたことを、家庭教師はいつまでも甘美な思い出として覚えており、そのときまるで誓いの印ででもあるかのようにキスしてくれたことを懐かしむ様子も描かれている。

このように同性愛が暗示されるのは家庭教師だけでなく、ブライのほかの居住者についても同じことが言える。クイントと雇い主も例外ではない。雇い主はクイントを従者として――というより「雇い主の男（"his own man"）」（12: 191）という表現が適切な存在として雇用したと屋敷の使用人たちにささやかれているのだ。上流階級が見知らぬ労働者階級の男の健康を気にかけ、自分のカントリー・ハウスに連れてきて従者として雇うというのは異例の措置と言える。従者は主人の傍で公私ともに仕える仕事である。旅に出るときは荷物を揃えてお供をし、屋敷では毎晩寝室で夕食や就寝のための着替えを手伝う。個室で身近に仕える以上、主人が秘密や悩み事を打ち明けることも多く、従者の仕事は信用第一であった。そのため、ほかの屋敷から推薦があるか、勤務中の屋敷で昇進するかしか従者の地位に就く方法はなかったのだ。これらの事情から考えるに、どこかで突然出会った男を従者にするという経緯には、雇い主とクイントの間の特別な関係をうかがわせるものがある。男娼や召使い、第二章で紹介したゴンドラの船頭など、ヴィクトリア朝の同性愛の実例として上流階級の男性が労働者階級の男性を相手に選ぶことが多かった(Showalter 72)。グロースさんによれば、「二人はブライで一緒でした」が、それから「ご主人さまはここを去られ、クイントは独りになったのです」(12: 192)ということだ。家庭教師はなぜグロースさんが「独り」などと言うのかとすぐに聞き返している。屋敷にはほかに大勢人がいるのに、グロースさんの話では二人だけに焦点が当てられていたため違和感を覚えたのであろう。この家庭教師の疑問を通して、雇い主とクイントがブライでカップルのように考えられていたことがほのめかされている。クイントは雇い主の服を許可なく着ることも許されていたが、このエピソードもどれほど二人が親しい関係にあったかを示すものとして読めるだろう。こうした聞き取りを経て、家庭教師はずっと前から同性愛が存在していたことに気づいたと考えられる。自分自身の同性愛も感じ始めた以上、そのような価値観の相対化を拒む家庭教師が規範的立場を確かなものにするためには、同性愛者を「排除」するしかないのである。

二、マイルズの同性愛に対する「治療」

家庭教師が同性愛を恐れるのは、彼女が貧しい中産階級であることと関連している。十九世紀に家庭教師がみじめな生活を送っていたことはすでに多くの研究家によって明らかにされており、キャスリン・ヒューズや川本静子らが詳しいので、参照されたい。これらの先行研究によると、多くの家庭教師が日々のストレスに耐えなければならなかったが、それは職場で孤立した上、そのような環境から抜け出せる将来の保証もなかったためである。また、彼女たちは生涯独身である可能性に怯えていたが、それは独身のままでいれば、たとえ働いていても老後まで生計を立てていく見通しが立たないからだ。このような状況では自分たちが事実上、労働者階級に転落したのではないかと考えるのも頷ける。もし家庭教師たちがこうした不安から逃れたければ、生まれた環境と同じ生活水準を維持できる裕福な誰かと結婚するほかなかったが、これも儚い望みであった。『ねじの回転』の家庭教師の手記が書かれたのは、二つの有名なヴァネス・ノヴェル——『虚栄の市』(1847)と『ジェイン・エア』(1847)が出版されたのと同じ頃である。どちらの小説も家庭教師が貴族と結婚し、労働から逃れるというシンデレラ・ストーリーを扱ったものだ。『ねじの回転』の家庭教師も『ジェイン・エア』を読んでいることを考慮すると、彼女もやはりリスペクタビリティを保つことのできる、紳士との結婚を夢見ていたように思われる。雇い主に一目惚れしたことでグロースさんが家庭教師をからかったとき、勇敢にも彼女は、自分でも馬鹿なことだとわかっているると一緒に笑ってみせている。しかしこれは家庭教師が、夢物語など存在しないという厳しい現実を前にして傷つかないように取った自衛措置でしかない。というのも、雇い主に愛され、認めてもらいたいという気持ちは明らかに手記全体を覆っているからだ。現在の環境から救われるためには結婚しか道がないが、そうであるならば豊かな紳士には異性愛者であってもらわなくては困るというのが家庭教師の立場であろう。仮に身分違いの結婚が成立しなくても、紳士が異性愛者であれば家庭教師は夢を見続けられるのだ。ここに同性愛を「排除」しようとする家庭教師が抱える闇がある。

家庭教師が自分の将来と結びつけて上流階級の同性愛を恐れるならば、次世代の「主人」となるマイルズに同性愛指向が見られたときの家庭教師の恐れは容易に想像できる。J・R・ド・S・ハニーによると、パブリック・スクールの同性愛は、小説の書かれた一八九〇年代から問題視され始めた(Honey 192-93)。マーカス・クレインはマイルズが同性愛の知識を持っているものの実行したことはなく、学校に戻れば同性愛行為を行うのではないかというのが家庭教師の恐れることに違いないと指摘している(Klein 610-11)。このクレインの見解は、家庭教師が「あらゆる悪の想像力はすでにマイルズに開かれてしまっている」
しかし、今私の内なる正義の声が強く求めているのは、それが行動に移されたことがあるという証拠なのだ」(12: 269 強調は原文)とつぶやく場面を見るかぎり、妥当であるように思われる。家庭教師はマイルズの放校の理由を怠惰、窃盗、学力の低さ、虚弱体質、他の学生への暴力などと照らし合わせた結果、そのすべてを否定し「それしかない」(12: 261 強調は原文)と曖昧な言い方で特定しているが、当時右のような理由のほかに放校の対象となるのは性的逸脱・放縦であった。さらに、ハニーは一八九〇年代まで校長たちは同性愛を懸念してなどいなかったと主張しているものの、ハラルソンは一八四〇年代からパブリック・スクールでは同性愛行為が行われていたと論じている[3](Haralson "Ritual Sexorcism," 145)。一八四〇年代といえば、ちょうど家庭教師がブライでマイルズの放校に対処していた頃だ。サヴォイも、将来土地を治める「主人」となるパブリック・スクールの少年たちの間に、同性愛が広がりつつあることを家庭教師が恐れているのではないかと指摘している(Savoy "The Jamesian Turn," 135)。

そこでブライの同性愛者たちから家庭教師が受けた印象について、さらに考察してみたい。批評家はクイントとマイルズが同性愛的な関係にあると解釈する際、同じエピソードに着目している。たとえば、マイルズが好きな子に何かを言ったことや、そのせいで放校になったこと、クイントとマイルズがいつも二人だけでいたこと、クイントはマイルズに対し「あまりにも自由だった」(12: 196) ことなどだ。これらの重要な論拠に加えて、もう一つ家庭教師の受ける印象を読み解く上で欠かせない場面は、グロースさんが家庭教師に、なぜクイントの狙いがマイルズだと断定できるのかと尋ねる場面であろう。家庭教師は「わかるからわかるのよ！（中略）あなただって、わかるでしょ！」(12: 194) と激しく言い返している。このセリフは、家庭教師の論理がどれほど飛躍しているかを証明するときに参照されることが多い。しかし、ここで家庭教師はクイントの顔に浮かんだ性的欲望を指摘しているのではないかとも考えられる。

ヒューズによると、初めて家庭教師として職場を訪れる際に女性たちは同じように不安な経験をしていたという。彼女たちは中産階級の家で育ち、体面を保つことのできるレディになるよう教育されるが、職場で彼女たちを待ち受けているのは男たちからの凝視であった。彼らは新米家庭教師の顔を品定めでもするかのように眺め回し、その視線を受けた女性たちは彼らが自分たちを「性的に逸脱した」通りの女たちと同一視していると感じたという (Hughes 125)。こうした男性たちの凝視は、今後働いていく上での身の危険を予感させるものであった (Hughes 125)。作中でも家庭教師の前任者は、生前、労働者階級のクイントと性的関係にあったという設定になっていることから、ジェイムズがこのような状況をよく理解して作品を書いたことは明らかだ。したがって、労働者階級の男たちが欲望を露わにしたまなざしを家庭教師に向けたのと同様に、家庭教師はクイントの顔に浮かんだ性的欲望を見抜いたのではないかと考えられるのである。[4] 人は誰かの欲望を強烈に感じたとしても、それを論理的に説明することはできない。その上、家庭教師は性を話題にすることが過度に禁じられていたヴィクトリア朝に生きている。これらを考え合わせると、クイントが性的欲望を抱いていることや、その対象が家庭教師ではないことを説明するのは困難であっただろう。そのため「わかるからわかるのよ！」という言葉にしかならなかったように思われる。この場面ではそのほかに、クイントがマイルズを欲望することに対し、家庭教師が激しく動揺し嫌悪感を覚えていることも着目すべき事実である。

右の場面に加えて、マイルズが月夜の晩に芝生の上で塔を見上げていたことも、家庭教師が恐れたものを明らかにする手がかりとなるように思われる。語り手によると、家庭教師はクイントを探しているかのようなこのマイルズの行動を、昔仲のよかった友だちにまた会いたいという子供の無垢な願望としては受け止めていない。無垢な願望というのはグロースさんの解釈であるが、これと比較すると家庭教師の想像がいかに自動的に禁忌とされていた関係へと移っていったかが浮き彫りとなる。家庭教師は最初、フローラが夜中に起き出して外を眺めているのを見て、ミス・ジェスルの幽霊が芝生の上にいるのだと考える。しかし、実際に芝生の上にいたのはマイルズであった。まず、この入れ替わりによって家庭教師は動揺しているように思われる。その上、芝生の上で塔を見上げる姿は、雇い主に焦がれて塔の上の男を見ていた自分自身と重なるのだ。ミス・ジェスルとクイントの性的関係や自らが雇い主に抱く恋愛感情から、家庭教師はマイルズが恋愛感情でクイントを探し求めている可能性を思い浮かべたはずである。あとに続く家庭教師の描写の仕方は、彼女の恐れに対する本稿の議論を裏づけるものとなっている――マイルズが「そのかわいらしい顔を上に向け」るのに対し「塔の胸壁からはおぞましいクイントの幽霊が手を伸ばし、マイルズの顔を弄んでいた」(12: 245)。実際にはマイルズが上を向いていただけで、クイントの姿も確認していないにもかかわらず、家庭教師は至近距離でクイントがマイルズを愛撫しているかのような描写をしている。「かわいらしい」という言葉はマイルズが欲望の対象であることや無垢であることを示すものとしても読めるが、同時に、クイントに顔を撫でられることを進んで求めるマイルズの能動性も感じられる表現だ。家庭教師がここで恐れているのは、マイルズが性的主体としてふるまっていることではないだろうか。

古代より世界中で男色が認められてきたのは、この制度が年長の成人男性側にのみ能動性を許していたためである（Greenberg 66）。このような能動と受動の明確な区別によって、男性社会の文化継承という目的が明快に達成されていた（匠 六五）。しかし、十九世紀に入ると医科学の対象として同性愛者とともに、子供のセクシュアリティが取り上げられるようになる（スパーゴ 一九）。さらに、一八八五年のラブシェール修正条項で同性愛が犯罪化されると、無垢な年少者を同性愛行為に導くことが成人同士の同性愛よりも非難されるようになるのだ（Greenberg 399）。その理由は、子供に同性愛を教えることに対する恐れを引き起こしたためであるが、さらに重要なことには、ちょうど同じ頃、子供の性的主体性が健康被害を引き起こす可能性が指摘され始めたためでもある。このような状況に鑑みると、マイルズが性的主体としてクイントを欲望することに対する家庭教師の恐れは、出版当時の多数派の人々の恐れを代表するものであったことがわかる。

本作はのちにベンジャミン・ブリテンによってオペラ化された。ブリテンは同性愛者であったために爵位の授与が遅れ、優れた作品に対する正当な評価を受けられなかったと言われている人物だ（Clippinger 141）。そのような彼が本作をどのように解釈したかがオペラに表現されているが、オペラの演出ではクイントとマイルズ、ミス・ジェスルとフローラの同性愛が強調されていることは興味深い。このオペラの同性愛について、デイヴィッド・クリッピンガーはクイントとマイルズが能動的に愛し合っていた可能性をブリテンが強調していると指摘する（Clippinger 138, 141, 147）。さらに、ハラルソンによると、ヴァージニア・ウルフを含む『ねじの回転』の初期批評家は、読者と作者の間にテクストを性的なものにする「共謀関係」が生まれることを指摘していたという（Haralson "Ritual Sexorcism," 135）。エリス・ハンソンはこの共謀関係についてさらに掘り下げ、読者はクイントやジェスルと共謀して、刑事責任を負わなくてよい安全な領域で小児性愛の快楽を代理的に楽しむことができるとした（Hanson 372）。ハンソンは子供が進んで性的快楽を望んでいることが、このテクストの仕掛けには欠かせないものとなることも論じている（Hanson 372）。ニール・マシソンは同じ議論をたどった末、本作が恐怖だけではなく、恐怖から引き出される快楽も含んでいるのではないかと述べた上で（Matheson 723-24）、性的主体としての子供というタブーがその恐怖と快楽を引き起こす役割を果たしていると結論づけた（Matheson 719）。ヴィクトリア朝の二面性はしばしば指摘されることであるが、公には関心を示すことのできない性のあり方に対し、密かに興味を抱いていた読者にとって、この共犯の仕掛けは魅力的なものとなったことであろう。しかし、おそらくそのような関心を自分に許さない家庭教師は、マイルズが主体的にクイントを求めることを恐れたに違いない。

こうしてクイントとマイルズが互いを欲望していると考える家庭教師は、不安を募らせ、ついにマイルズを「治療すべき病人」であるとみなすようになる。特に十七章ではその傾向が強く、何度も病人のようだと語っている。家庭教師によると「真っ白な顔をして、しっかりと話を聞いているマイルズの様子は、小児病院に入院している哀しそうな患者のように同情を誘うものだった。（中略）もし彼を治療するのを手助けできるシスターか看護師になれるのであれば、持っているもの全部手放したっていいくらいだと思った」（12: 263）という。さらに、その治療には告白が欠かせないと考えていることも興味深い。作中を通して家庭教師がマイルズに何かを言わせようとする様子は何度も描かれ、マイルズも告白の強要に気づいているが、その中でも告白と治療が結びつけられる例として次のセリフを確認しておこう。マイルズが前の晩「告白の必要がある」と考え自分のもとに来て、もう少しで何かを言いそうだったと思い込んでいる家庭教師は「(二人きりになれば) あの子は告白するわ。もし告白すれば、あの子は救われる。そしてもしあの子が救われれば――」と言い、グロースさんが「先生も救われるのですね?」とあとを続けている (12: 292)。

家庭教師の考えは一見非論理的であるように見えるかもしれないが、歴史的に告白は同性愛と密接に関わるものであった。同性愛者は医療、裁判、告解などあらゆる告白の場で自らのセクシュアリティを語り、権威がこれを解釈してきたのだ (スパーゴ 一五-一六、フーコー「性の科学」七六-七八、八二-八三)。その中でも特に本作と関わりの深いワイルド裁判を例に、告白が重視された歴史を確認したい。家庭教師が十年後に手記を渡したダグラスの名は、ワイルドの恋人であるアルフレッド・ダグラスにちなんで付けられている可能性が高い (Haralson, "Ritual Sexorcism," 91; Knowles 172)。ワイルドは裁判の中で「あえてその名を言わぬ愛」とは何か説明せよと命じられているが、この同性愛を指すフレーズはダグラスの詩「二つの愛」からの引用である (Holland 207; Kaneda 149)。「あえてその名を言わぬ愛」とは、同性愛が当時、社会の中で名づけられない存在であったこと、同時に、名前がつかなければ存在してよいという暗黙の了解があったことを明らかにしてくれるものだ(5)。こうした文脈を考慮すると、家庭教師が告白こそマイルズの同性愛を治療する手段だと信じたのは、告白によって同性愛を名づけ、公に見えるようにすれば、同性愛が社会から抹殺されることになるという考え方があったからであろう。

家庭教師は、その名づけの過程を次のように表現している――「マイルズの心にたどり着くためには、固く真っ直ぐに伸ばした腕をマイルズの性格の向こう側へ届かせることもやむを得ない」(12: 296)。「性格」とはマイルズが普段公の場で見せている顔を指し、リスペクタビリティを意味しているように思われる。そして家庭教師が「性格」と呼ばれる殻の奥に「性格」とは別物の「心」があると考えていることもわかる。その「心」から家庭教師は同性愛を取り除こうとしているのだ。さらに、タイトルと同じ「ねじの回転」というフレーズが出てくる重要な箇所で、家庭教師による同性愛との戦いが次のように表現されている――「私はこれまで「自然」を味方につけ考慮に入れることで、何とかやってこられた。これまでの大変な試練を、ある方向へとひと押しすることだと考えることで何とかやってこられたのだ。そのひと押しはもちろん異常であるし、不快でもあるのだが、それでも体裁を保つためには、さらにこらえて普通の人間が持つ美徳のねじをもうひとひねり（“only another turn of the screw of ordinary human virtue”）すればよかった」(12: 295)。この描写は表向きには、堕落した幽霊と無垢な子供たちの交流という「不自然」さを「自然」なものに見せながら対処することの苦しさについて書かれたものと読める。しかし同時に、同性愛者を治療することについて言及した箇所であるとも考えられるのだ。家庭教師は規範の側に立って「不自然」なものを罰し、ねじで押さえつけ、「自然」な体裁を保とうとしてきたのである。

三、上流階級の同性愛者への脅迫

美徳のねじを回して「不自然」なものを「自然」なものへと変えたというこの一文を加えたのは、家庭教師以外の人物である可能性が高い。彼女は結末におけるマイルズの死ですら、魔が払われた印だと受け取り、高揚感を書き記しているため、ここでねじを巻くことの苦しさや不自然さを自覚しているとは考えにくい。また、この手記は過去を振り返って書かれたものであるが、ほぼ現在進行形の視点で進んでいる。しかし、この「美徳のねじ」の箇所だけは、まだ時系列では完結していない幽霊たちや子供たちとの戦い全体を振り返るものであるため、ほかの部分から浮いて見えるのだ。

ここで、この手記が多くの人の手に渡るため、家庭教師以外の人物による修正が可能だったことを思い出しておきたい。手記の途中には劇場を頻繁に訪れる者にしか書けない比喩も出てくるが、ロンドン社交界の娯楽の一つであるこの趣味は、日々の暮らしにも困り、文化的なものに触れぬまま田舎から田舎へと移り住んだ家庭教師には知りようのないものであるはずだ。実際に彼女は俳優を見たことがないと語っている。したがってダグラスから語り手へと手記が渡る間にどちらかが書き加えた文言が、この手記には混ざっていると考えられる。タイトルと同じ「ねじの回転」というフレーズがそのままの形で使われるのは美徳のねじのくだりだけであり、タイトルをつけたがっていたのは前置きに出てくる語り手であった。この語り手は家庭教師に会ったこともないので、彼女に対する心理的距離はダグラスより遠くなるはずである。これらを考え合わせると、家庭教師の行いを非難するかのように書かれた「美徳のねじ」の文章は前置きの語り手による加筆であるように思われてくる。その語り手や、ひいては彼を操るジェイムズは、同性愛者に対する家庭教師のふるまいの恐ろしさを訴えたかったのではないだろうか。しかし、だからといって枠物語の終わりの部分を手記のあとに持ってきて、家庭教師の罪を非難する文章で締めくくることはしていない。非難しているようで、きっぱりとそうしているわけでもない、この矛盾を解く鍵は前置きで書かれた情報と階級制にあるように思われる。

前置きに書かれている豊富な情報の中でも注目すべきは、ダグラスと家庭教師をめぐる微妙な関係である。先行研究では、訪問客たちの推量を受け入れたためか、ダグラスが密かに家庭教師に恋をしていたことが当然視されている。しかし、テクストを読むかぎり家庭教師がダグラスを好きだった可能性は指摘できるものの、ダグラスが家庭教師に好意を寄せていたことについて確かな証拠を提示することはできない。二人の愛を暗示しているとされた夕暮れ時の散歩にしても、そのような機会を切実に望んでいたのは家庭教師の側であった。ダグラスとの散歩は、読者に対し何よりもまず、ブライで雇い主の登場を待ちわびていたときの家庭教師の願望を想起させるはずだ。また、家庭教師は、失業や刑事罰にさえつながるかもしれない、教え子の死に関与したという告白もしている。ここからも、家庭教師がいかにダグラスに心を開いていたかがわかる。これに対しダグラスは、家庭教師との恋愛を進めようとはしていない。クリスマスの訪問客たちが、ダグラスと家庭教師との恋愛に妄想を膨らませると、ダグラスは冷静に二人が友人だったことを伝えている。しかし、二人の関係はダグラスが言うほど割り切れるものではなかったように思われる。ダグラスは「あの人は恋をしていたんだ。つまり、過去にという意味だけれど（“[the governess] was in love. That is she had been”）」（12: 150）と語っているが、ここで用いられる過去完了形の文は、ダグラスと交流していた時点で、家庭教師の雇い主への恋が終わっていたことを暗示するものだ。誰かの恋が終わったかどうかを断定するのは難しいことであるが、ダグラスが当時、家庭教師からの好意を感じていれば話は違ってくる。ジェイムズ自身、自分と結婚したいと思っているコンスタンス・フェニモア・ウールソンの気持ちを知りながら、巧みに距離を取っていた。また「密林の獣」はまさにジョン・マーチャーとメイ・バートラムとの好意の差を主題にしたものである。誰かに好意を持たれたときに気づかないふりをし、自分さえも騙して友情を続けていくことに対し、ジェイムズはきわめて敏感であったと言える。ダグラスの描き方は、このようにして家庭教師と微妙な距離を保っていたことを示すためのものではないだろうか。

この前置きでは、ダグラスと語り手の関係についても読み取れることがある。ダグラスは家庭教師の手記について打ち明けようとするとき、訪問客の中でも特に語り手に聞いてもらいたがるような様子を見せる。ダグラスは繰り返し情熱的に語り手の目を見つめており、手記を公開するのを励ましてほしいという合図を送ったとも書かれているのだ。このように親密なダグラスと語り手は、当時の慣例にならってクリスマス休暇を多くの知人と過ごしているものの、そうした訪問客にまぎれて秘密の合図を送り続けていることがわかる。家庭教師がなぜ仕事を引き受けたのかについて皆で推測する場面では、ダグラスは語り手を「じっと見つめ、「きみなら簡単にわかるよ」と言い、さらに「きみならわかる」と繰り返した。／僕もダグラスを長いこと見つめた。／「彼女は恋をしていたんだね」／これを聞いて彼は初めて笑った」(12: 150)。二人が見つめ合い、恋人の心理を推量し合う様子には、異性のカップルの恋愛に仮託して自分たちの恋を楽しむ気持ちが隠されているように思われる。また、語り手がダグラスの秘密のメッセージを正しく理解したとき、それまで陰鬱だったダグラスが幸せそうな様子を見せることも、やはり相思相愛の関係を示しているのではないかと思えてくるのだ。

これらの情報から、次のような状況が立ち現れてくるだろう。すなわち、ダグラスが同性愛者だと感づいた家庭教師が、彼との間に垣根を敷かれたような気になり、ブライでも同様の経験をしたことが思い出されたために、気づかぬうちに脅迫めいた話をしていたという状況である。マイルズの死に関する陰鬱な話は、当時の読者にとっても二重の意味を帯びるものであり、わかる人にはわかるという話であったと考えられる。それは作中において読者の役割を果たすダグラスの場合も同様であり、同性愛者であるダグラスには、家庭教師の話の意味するところが「同性愛者の矯正と死」であったことが感知されるはずだ。ブライで働いていたとき家庭教師は二十歳であったが、ダグラスと出会う頃には三十になっている。当時の結婚年齢を考慮すると、おそらく家庭教師には結婚によって労働から救われる機会が残されていない。手記の中でも子供たちと幽霊のことを思い詰めていくのは、秋になってからだと書かれている。秋になれば通常貴族たちはロンドンからカントリー・ハウスへ戻ってくるが、そんな季節になっても屋敷を訪れない雇い主が家庭教師に関心を寄せていないことは、読者にも家庭教師にも明らかなはずだ。このことが余計に家庭教師の執着を促し、「上流階級との結婚」という連想を通して、いっそうマイルズ問題に目を向けさせるきっかけとなっているように思われる。マイルズの死につながる告白強要の直前には、矯正に希望を見出した家庭教師が自分とマイルズを新婚の夫婦に喩えており、マイルズの問題と自らの結婚の夢を結びつけていることがわかる。マイルズが学校に戻してほしいと頼んだときも、家庭教師は涙が込み上げてくるのを感じ、自分のことを「永遠の家庭教師」(12: 249) と呼んでいる。これは表向きには、自分がマイルズの行くところならどこでもついていく鬱陶しい存在であることを、マイルズの視点に立って揶揄した表現として読める。しかしその裏には、今後も家庭教師のままであるかもしれないという不安が隠されているのだ。なぜなら前述のとおり学校に戻りたいというマイルズの願望は、家庭教師にとって、同性愛の道へ進む宣言とも取れるからである。このように家庭教師は自分の将来について何度も悩む様子を見せる。これらの状況から家庭教師が同性愛者の子供の死を同性愛者であるダグラスに語った行為には、脅迫の意味合いが込められていると考えられる。

ダグラスはこうした家庭教師の意図をよく理解しているように思われる。そもそもダグラスは家庭教師のことを「あの職にある人の中では、一番感じのいい人だったよ」（12: 149）と語っている。上流階級の人々が家庭教師を名前や人格を持った一人の女性として個別に認識することはめったになく、彼女たちの無知や生まれの低さを軽蔑する傾向にあった。しかし、家庭教師が全体としては知的にも階級的にも劣るという見方を共有しながらも、ダグラスはこの手記の家庭教師を個人として評価している。したがって、彼は家庭教師の置かれた環境に同情できる人物であると考えられるのだ。ダグラスは家庭教師の話から、彼女が独身であること、雇い主への想いが叶わなかったこと、働かざるを得ないことなどを知っている。そんなダグラスが彼女の手記を読んで「全体的に不気味な醜さと恐怖と苦痛に満ちていて」（12: 148）恐ろしいと感想を述べたことは注目に値する。これらの表現しがたい感情は、怒りと罪悪感とがないまぜになったことに起因するように思われるからだ。前述のとおり、ダグラスと前置きの語り手は同性愛者である可能性が高く、ダグラスの意図をよく知るこの語り手は手記に「美徳のねじ」の文言を加えていると考えられる。同性愛者として生きることのつらさを知る二人は、マイルズに同情し、家庭教師の抑圧に怒りを覚えただろう。そして同時に、自分たちが属する上流階級や、自分たちもそうである同性愛者が家庭教師の苦しみを生んだのだと感じさせられもすることは想像に難くない。この罪悪感は謂れのないものであるからこそ、言いようのない苦しみが生まれているのだと考えられる。ダグラスはこの苦しみを独りで背負うことがつらくなった様子であったが、同じように上流階級で同性愛者である前置きの語り手と共有することで重荷を軽くしたかったのではないだろうか。そうでなければ、なぜ他人の身に起きた恐ろしい話が、ダグラスにとってそれほど自分の身に重くのしかかるものとなったのかわからない、ということになるはずだ。

ダグラスと前置きの語り手（ひいてはジェイムズ）は、結末で規範を体現する家庭教師の拘束から逃れようと身をよじり、クイントを探し求めるマイルズに対し、共感を覚えたことであろう。そして、ダグラスらはテクストに仕掛けられた共謀によって、公にはできない同性愛をクイントとマイルズの関係に重ねて代理的に楽しむこともできたはずである。一方、内容は異なるものの、同じように社会の価値観によって不利益をこうむる家庭教師の苦しさを理解することもできている。だからこそ、マイルズ側の心理がわかるダグラスと語り手が、その反対の立場を取る家庭教師の手記を大事に保存し、受け継ぐことを決意したのではないだろうか。

子供を殺す破壊力が描かれる点で『あちらの家』と『ねじの回転』はよく似ており、死に関わった人物がどちらも罪に問われていない構造も同じである。しかし、前者ではそれぞれの規範から「逸脱した」愛を残すために協力関係が描かれるのに対し、『ねじの回転』では厳しい現実が描かれている。家庭教師の治療とダグラスらの（責任のない）抑圧を通して、傷つけられた者が本人も自覚しないうちに別の誰かを傷つける立場になるという問題を扱っているのだ。社会的弱者であった同性愛者の中でも、権力を持つ上流階級の人々は、思いがけない力の働きに悩まされていたことを本作はよくとらえている。

注

（1）意見は大きく三つに分けられる。家庭教師が幻覚を見たという説、本当に幽霊が出たという説、半分はいたずらや幻覚で半分は本物だとする説がある。

（2）一八九五年、裁判の中でワイルドは『ドリアン・グレイの肖像』のヘンリー卿がドリアンに渡した影響力のある本について尋ねられ、ジョリス＝カール・ユイスマンスの『さかしま』であると答えた（Baldick 5）。デカダンスの倒錯や新奇なセンセーションを求める傾向などが盛り込まれた『さかしま』は、*Against Nature* というタイトルで英訳された。ドリアンが犯した罪の中にはある男性が自分を愛していることを見抜き、その人を何らかの悪徳に引きずりこんだ可能性も示唆されているほか、そのような行為に走らせるきっかけをつくったヘンリー卿がドリアンを誘惑していることも、『さかしま』の英訳にある同性愛の響きに通底するだろう。

（3）ハラルソンはシモンズの書いたものを研究し、この結論を導いた。シモンズはジェイムズとも関係の深い人物である。直接頻繁に交流したというより、ゴスや書物を介しての間接的な接触が主であったが、ジェイムズはシモンズの同性愛運動に深い関心を寄せていた。前述のとおり「『ベルトラフィオ』の作者」ではシモンズをモデルにしている。シモンズとジェイムズの関係については、町田の論文に重要なポイントがまとめてあるので参照されたい（町田「男性性とセクシュアリティの教育」二三一―三二）。

（4）ここで「クイントの顔」と断定しているが、それがクイントであったのか、すなわち幽霊は実在するか否かの議論には、本稿では戻らない。『ねじの回転』はどちらの解釈も特権化してはいないためである。しかし、家庭教師にとって幽霊が実在していることは確かであり、重要なことは家庭教師が幽霊に関して何を想像し、どんな意味を見出しているのかを考察することであるように思われる。

（5）告白の対極にある「沈黙」に同性愛的欲望が隠され、保存されることについては、作品分析の実践例として町田の「巨匠の教え」論も参照されたい。町田はオーヴァートとセント・ジョージが喫煙室のほかの男性たちと切り離され、好意を示す発言のあとに二人が沈黙する点に着目し、「彼らの沈黙には表面的会話以上の意味の充満した心的交流の存在が暗示されており、沈黙による他者からの隔絶は他の男性たちのホモソーシャルな交わりとは異なった関係を示唆している」(町田「男性性とセクシュアリティの教育」二三〇)と分析している。

第九章 『大使たち』における「息子」の救済

ジェイムズの後期三大傑作の一つ『大使たち』(*The Ambassadors*)の主人公ランバート・ストレザーは、貧しさや地位の低さ、男性性の欠如を恥じて生きてきた人物である。本作は彼がそのようなコンプレックスを解消する最後の機会に賭けて、ヨーロッパへ渡る物語だ。きっかけは恋人のニューサム夫人から受けた、息子チャドウィックについての相談だった。ニューサム家はニューイングランドの名家であり、その土地に雇用を生み出す大きな工場を経営している。チャドは経営の才能に恵まれ、将来を期待されているが、ヨーロッパで遊学したまま帰ってこない。そのように相談を受け、ストレザーは連れ戻す役を引き受けるのだった。チャドが経営者になれば、ニューサム家にはさらに莫大な利益が見込まれる。そのため、ストレザーもこの使命に成功すれば、会社で役職に就くことができ、ニューサム夫人との結婚も保証されることになる。つまり、金銭や地位、男性性などこれまで欠けていたものが手に入るのだ。ところが、パリでチャドに再会したストレザーは、チャドをヨーロッパにとどまらせようとし始める。チャドが商業主義のアメリカに帰れば、ヨーロッパで身につけた洗練が台無しになると考えたためだ。また、チャドの洗練を助けた恋人ヴィオネ夫人を見捨てるべきではないとも考えている。ストレザーはヴィオネ夫人とチャドが清らかな関係にあると信じ込み、ニューサム家の利益に反して二人の仲を取り持とうとしたため、ニューサム夫人の怒りを買ってしまう。ニューサム夫人はストレザーを見切り、娘のセアラとその夫ジム・ポコック、ジムの妹でチャドの花嫁候補のメイミーといった新たな大使たちを派遣する。その後ストレザーは、チャドとヴィオネ夫人が性的関係を持っていたことを知るほか、チャドが夫人を捨ててアメリカに帰るつもりであることにも気づく。結局、ストレザーはアメリカ的価値観もヨーロッパ的価値観も、手に入るはずだった地位も富も失うのである。

このように人生をかけた使命にストレザーは失敗するのだが、それが彼にとって虚しい結果だったとは考えにくい。ストレザーは犠牲を払ってチャドを守ることで、自らも救われているからだ。こうした議論に移る前に、本作がストレザーとチャドの関係を主題とした物語であることを確認しておきたい。E・M・フォースターは、結末でストレザーとチャドが立場を交換したことに着目し、本作が持つ「砂時計」の構造に言及している（Forster 137）。フォースターによれば、砂時計の両端にチャドとストレザーが配置され、中心にパリのきらめきがあるという（Forster 139）。この指摘のとおり、ジェイムズはチャドとストレザーの関係を主眼に置いていたようだ。一八九五年の創作ノートの書き込みでは、次のように構想を練っていることがわかる――「遅すぎるというテーマには何があるか。友情か情熱か絆か、とにかく長いこと望まれ、待ちわびていた愛情が、遅すぎてから成就するというテーマには何を見出し得るか」（*NHJ* 182-

83)。この書き込みから、ジェイムズが時機を失して貴重なつながりを得た男の話を書こうとしていることは明らかだ。そして次の書き込みは、その関係が異性愛に基づくものではないことを示している。ジェイムズは別れた妻が現れることで心の平穏を失う独身者の話にしようと考えていたのだ（*NHJ* 183-84）。ストレザーはヨーロッパでヴィオネ夫人だけでなく、マライア・ゴストリーという女性とも親しく交際し、相談があればすべて彼女に打ち明けているが、女性嫌いをうかがわせるこの当初の設定から考えるに、ジェイムズが主題にしたかったという大事な絆は、ストレザーと女性登場人物との絆ではないだろう。一八九五年十月三十一日の書き込みでは、過去の過ちを償う初老の男という設定に変化している――「その人物は、友だちか息子か弟か、そのうちの誰かを犠牲にした。相手の気持ちを汲み取ることができなかったからだ」（*NHJ* 227）。しかし、その男性はヨーロッパで今度こそ別の若い男性を救う決意をするのだ、と続く（*NHJ* 227）。若い男性に対する過去の過ちを償うために旅に出るというのが、ジェイムズが描いた設計図だったことがわかる。ジェイムズは登場人物に最適な名前を付けられるよう、名前のリストを大量に作る傾向があったが、チャドの名前が思い浮かんだのは一八九四年と早く、この若者を主要人物として小説を構成することが、ジェイムズの揺るぎない方針であったと思われる。これらを踏まえて本作では、ストレザーとチャドの関係に焦点を絞って考察することにする。

　同性愛者であったフォースターがストレザーとチャドの関係の重要性を見抜いたように、二人の関係には同性愛の雰囲気が漂っている。ストレザーはチャドを崇めており、最終的にはすべての利益を彼のためになげうつほどの関心を寄せているのだ。しかし、先行研究ではストレザーとチャドの関係は十分に議論されておらず、さらなる考察の余地がある。(1) また、本作がストレザーの回想として語られる点にも着目して議論を進めたい。本作の語りは全知の語り手によるものであるが、ストレザーの意識を反映させており、できごとの一つ一つが段階を追ってストレザーに思い起こされている。ストレザーがこうして回想できるのは、彼が小説の現在で語られる体験をすべて終えた地点にいるためである。つまり、チャドに裏切られたことまで経験済みであるにもかかわらず、ストレザーはチャドとの思い出を振り返ろうとしていることになるのだ。語りには全体として自分を笑うさわやかな余裕があり、体験当時は怒りや悲しみを感じていたストレザーが、時間を経てチャドとの思い出を楽しく刺激的な体験だったと感じていることがわかる。こうしたストレザーの心理がチャドに対する同性愛から来ることや、ストレザーがチャドを助けることで自らの反規範的な性質も受け止められるようになることを以下に考察していきたい。

一、ヴィオネ夫人とともにチャドを愛するストレザー

ストレザー、チャド、ヴィオネ夫人は奇妙な三角関係を成し、その三角関係の中では異性愛と同性愛が複雑に絡み合う。ストレザーはヴィオネ夫人への愛を自覚していないが、テクストには二人が惹かれ合っていることが暗示されている。たとえばチャドとヴィオネ夫人が性的関係にあったことを知ったとき、ストレザーが冷たい怒りを込めてヴィオネ夫人を軽蔑していることなどはその証左であろう。ストレザーはヴィオネ夫人が「粗野なほど慌てて」いる様子を冷酷に眺め、まるで「召使い女」(*NTHJ* 22: 286 以降、本章での本作品からの引用は、巻号とページ数のみ記す)のようだと考えるのである。粗野だとか労働者階級の女性であるという言葉は、当時の小説によく見られる言説であり、性に対する奔放さを暗に非難する軽

蔑の言葉として使われている。このような攻撃にはストレザーの失望が滲み出ているため、「清らかな関係」を信じたかったのは、ただ野卑な想像を嫌ったためだけでなく、ヴィオネ夫人に惹かれていたためでもあると考えられるのだ。その証拠にヴィオネ夫人に「あなたのことも欲しかったのです」と言われると、「確かにあなたは私を捕まえていましたよ」(22: 289) と返事をするものの、ストレザーの怒りは治まらず、過去に自分もヴィオネ夫人に惹かれていたことを告げるその言葉は「これで終わりだと強調するような調子で」(22: 289) 発せられている。セリフそのものも、ヴィオネ夫人を許さない姿勢も、ストレザーが彼女に惹かれていたことをよく表していると言えるだろう。

マライア・ゴストリーもストレザーの無意識の愛を読者に明かしている。ストレザーがチャドとヴィオネ夫人の不倫に気づいたことを知ったとき、ヴィオネ夫人は釈明のためにストレザーを探す。しかし、結局ストレザーを見つけることはできず、最終的にマライアのもとに助けを求めてやって来るというくだりがある。マライアはストレザーに「彼女としては二人が友だちになれたかもしれないと考えているのです」(22: 303) と言い、仲を取り持とうとするが、ストレザーは「そうかもしれませんね。だからこそ、行かなくては」(22: 303) としか答えない。マライアがせめてその言葉をヴィオネ夫人に伝えようとすると、ストレザーは口止めさえするのである。慰めを得られないヴィオネ夫人や、自分の本心に向き合えないストレザー、ストレザーを愛しながら別の女性との仲を取り持とうとする自分自身が不憫に思えてきたマライアは「私たちみんな、かわいそう！」(22: 303) とつぶやかずにはいられない。こうしてマライアはストレザー自身ですらうまく取り扱えない、ヴィオネ夫人への愛を明らかにしているのである。

しかし、本作の愛は異性愛の悲劇のみには終わらない。ストレザーがヴィオネ夫人に惹かれる過程には、チャドへの想いが絡んでいるのだ。ストレザーがヴィオネ夫人に感謝しているのは、チャドを洗練させた功労者としてである――「ヴィオネ夫人の関心や才能の結果として、チャドが目の前に提示された。この変身には夫人が関わっていることや、その変化があまりにも類まれなるものであることがわかったので、これまで以上にストレザーは、まだ聞かせてもらっていない変身事業の詳細を尋ねたい気持ちに駆られた」(22: 116)。このようにストレザーはヴィオネ夫人の腕前を芸術家として賞賛するが、それはチャドのすばらしさに強く惹かれたためである。ストレザーは「チャドの生活がヴィオネ夫人にすばらしい影響を受けたかぎりにおいて、これは僕の問題なのです」(22: 204) と語り、ニューサム家の利益に反するヴィオネ夫人への手助けまでも、大使の仕事の範疇に収めてしまう。ヴィオネ夫人に「私を救ってほしいということではないのです。あなたが私に興味を持ってくださるのは、あなたがチャドに興味を持っているからだと思っています」(22: 22) と言われたとき、ストレザーはこの言葉に感動さえしている。二人にとってチャドへの想いは、互いへの関心を持ち続ける口実ともなっているが、ヴィオネ夫人が言い当てたとおり、そもそもストレザーが夫人に関心を持ったのはチャドを深く愛しているからであることがわかる。

ストレザーの気持ちは、ヴィオネ夫人を想うチャドの気持ちに近づくよりも、チャドを想うヴィオネ夫人の気持ちに近づいていく。チャドの変身に深く感動していたストレザーだが、ヴィオネ夫人と性的関係を持っていたとわかると、「チャドはやはりチャドだった」(22: 284) と幻滅を口にする。どれほど熱心にチャドに尽くしても無駄ではないかという虚しい気持ちを抱いているのだ。ストレザーはヴィオネ夫人が若い恋人に捨てられないよう必死になっていることを、誰よりも強く感じ取っている人物でもある。そしてヴィオネ夫人の献身も、自身の献身と同様に虚しい結果に終わるのではないかと案じさえするのだ――

「こんなに美しい人が、不思議な力の働きによって搾取される人になることがあろうとは、考えただけでも恐ろしく、寒気に襲われるような気がした」(22: 284)。ストレザーがヴィオネ夫人の虚しさを理解できるのも無理はない。チャドはストレザーに対しても全く罪悪感を覚えていないのだ――「チャドは興奮だろうが、そのほかの感情だろうが、とにかく洗濯物を預けるように人に押しつけてくる。それ以上に家の中を綺麗にしておく方法などないからだ。要するにストレザーは、自分が糊のきいた洗濯物を家に運ぶ洗濯女に似ているような気がしてきたのであった」(22: 213)。ここでストレザーは、自分自身をチャドのために家事を行う女性に見立てている。ストレザーの愛は、男性に対して自己犠牲を払う女の愛として想起されているのである。このこともヴィオネ夫人とストレザーとの類似を際立たせるものだ。

さらに、ストレザーはチャドとヴィオネ夫人の性的関係に気づいたとき、自分を女の子に喩えてもいる――「ストレザーは暗闇でそれとわかるほど顔を赤らめた。体の関係があったことをあんな風に曖昧に装っていたなんて、小さな女の子がお人形遊びをしていたようなものではないか」(22: 266)。ストレザーは性愛に関する知識不足のために自分を恥じているが、幼い男の子には喩えていない。少女の比喩はストレザーの女性性を明らかにし、ヴィオネ夫人と立場を同じくし得る性質を持つことを示している。チャドもストレザーとヴィオネ夫人の立場が同じであることを口にする――「あなたがヴィオネ夫人のしてくれたことに手を加えたんです」(22: 224)。チャドは自分を変身させた夫人の行いを、ストレザーが現実よりも余計に高く評価したことで、夫人と同様に自分の価値を高めたと言っている。このようにチャドを愛し導く点でストレザーとヴィオネ夫人は立場を同じくしているのだ。二人ともチャドに報われることもなく、ひたすらチャドのために一方的に尽くしている。チャド、ストレザー、ヴィオネ夫人をめぐる三角関係は、一見明らかに思われるチャドと夫人の関係の下に、ストレザーとヴィオネ夫人の関係も隠しているが、ストレザーとヴィオネ夫人の関係は二人がともにチャドを愛することによって促されたものなのである。

二、「父」として、「息子」として――ストレザーの二つの役割

ストレザーがヨーロッパに来たのは、自らに欠けている男性性を獲得するためだけではない。あまり言及されないが、彼は昔息子を亡くしており、その子は生きていればチャドと同じ年の頃であった。ストレザーはその息子を放っておいたことをずっと悔やんでいる。

ストレザーは何度も何度も悔やんだ。もしかしたらあの子を、あのぼんやりした子を生かしておくことができたかもしれないのに、と。学校で急性ジフテリアにかかって死んでしまったけれど、自分があれほど妻の死に嘆き悲しんでばかりいなかったら、救えたかもしれないのだ。ひょっとするとあの子は全然ぼんやりした子なんかではなかったのかもしれない。父親に放っておかれ無視されたから、父親が愚かなほど自分のことばかり考えていたから、あの子はぼんやりした子になったのかもしれない、そう思うとストレザーは後悔で胸が痛くなった。（21: 84）

このようにストレザーは父として息子にきちんと向き合い愛情を注がなかったことを深く後悔している。

その後悔が、チャドを連れ戻しに行く決意につながったのである。今度こそ息子を無関心に放置するまいという思いで、ストレザーは普段なら引き受けない役を引き受けた。チャドは将来ストレザーの義理の息子になるのだから、父と息子の関係修復を代理的にチャドに仮託することは自然であるように思われる。

しかし、ストレザーは奇妙なことに息子の役割も担っているのである。彼は五十になるまで故郷ウレットで禁欲生活を送っていたため、ヨーロッパに来ても、どう楽しんでよいかわからないでいた。そんなストレザーに性の楽しみを教えたのはチャドであり、この通過儀礼においてチャドは父親の役割を果たしているのだ。そもそも、ストレザーの使命自体が性の観察であったことを確認しておきたい。当初はチャドを引き留めている「身持ちの悪い女」を突き止め、チャドとの関係を探り、適切に引き離すことが目的であった。しかし、チャドの性愛に関する生活を観察しに来たストレザーは、ミイラ取りがミイラになるように、チャドの教えを通して変わっていく。

父としてのチャドと息子としてのストレザーという関係が読み取れる例として、ストレザーが気づかぬうちにカルチェ・ラタンに足を踏み入れ、チャドのたどった足取りを確かめる場面を取り上げたい。チャドはパリに来たばかりの頃、芸術家たちとボヘミア的生活を送っていた。ストレザーはその界隈でチャドの「いわくつきの生活（"rather ominous legend"）」(21: 90) を想像しながら、散策を楽しんでいる。さらに「五年前、すでに半年も旅を引き延ばしたあとで、チャドが節約のこともあるし、本物を経験したい気持ちもあるからカルチェ・ラタンに居を構えると言って寄こしたとき」、想像の中で「愛しむようにチャドの移住に付き添った」(21: 91) ことも思い出す。ボヘミア的生活は性に奔放であることを暗示しており、ウレットの禁欲的な風土には見られないものである。そのようにいかがわしい生活を、ストレザーはチャドを通して代理的に体験していく。通り過ぎる女性を見ては「チャドの一号、二号、三号」(21: 93)とチャドが交際した女性を数え上げ、想像を楽しむストレザーは、確かにチャドの交際を追体験していると言えるだろう。チャドの足跡をたどるのは、少しでも父親として息子を理解したい願望があるからだが、そうする過程において、ストレザーはチャドの教えをなぞる息子の役割も果たしているのだ。

ストレザーはヨーロッパの快楽を知らない自分を子供に喩え、[2] チャドを初老の男性に喩えている。チャドは白髪交じりの髪と優雅なふるまいのために実年齢よりも年上に見えるのだ。そうしたチャドの成熟はストレザーにとって魅力的なものであると書かれている。そして、チャドの顔は、「人生経験が豊かで、その身に起きたことが広く知られているような男」(21: 152)の顔であるとも感じている。ヨーロッパでチャドが身につけた知識や本物の体験は、あまりにもストレザーを惹きつけたため、「ストレザーはとうとうテーブル越しに手を伸ばして、チャドの腕に触れ」(21: 152)、チャドの変身が蝕知できるものか確かめようとさえする。チャドの成熟がストレザーに触れてみたいという衝動を掻き立てているのだ。その性的魅力に圧倒されたストレザーは、チャドこそ「女性が放っておかない男」(21: 153)なのだと理解するようになる。女性と交際する上でチャドがロール・モデルとなっており、女性を介してストレザーの関心がチャドの性的魅力に向けられていることがわかる。チャドの中に「何か隠れて手の届かないもの、不穏だが羨ましくもあるようなものがある」(21: 156)と見抜いたストレザーは、チャドの提供する妖しいものを進んで受け入れるようになっていくのである。

チャドが提供するものの一つが、有名な彫刻家のグロリアーニだ。チャドはあるときストレザーがグロリアーニのガーデン・パーティに参加できるよう手配するが、そこでストレザーはグロリアーニを性的魅力のある人物だと考えるようになる。グロリアーニは、何とかして彼を捕まえようとする女性たちを巧みに遠ざけることができる人物だ。リトル・ビラムによると「女性たちは決してグロリアーニを諦めないのに、グロリアーニは彼女たちを落ち着かせておくことができる。一体どうやっているのか誰にもわからないんだ」（21: 199）というほどの魅力と支配力を持つのである。女性たちを引き離しておく必要があるという点に、グロリアーニの持つ性質が反異性愛的なものであることが暗示されている。それに加えて、ストレザーがグロリアーニと目を合わせたとき感じる性的魅力も、グロリアーニが同性を惹きつける磁力を発していることをうかがわせるものだ。ストレザーにとってグロリアーニのまなざしは「長くまっすぐな一筋の光線」や「芸術の松明」（21: 197）のようなもので、特に「その射貫くような輝きをあとになって思い出すことになる」（21: 197）と語っている。「光線」にあたる"shaft"も「松明」もまっすぐに伸びた棒を指す。「射貫く（"penetrating"）」という語はその棒が何かを挿し貫くことを表すため、ここではグロリアーニの男性性にストレザーが魅力を感じ、刺し貫かれる側に身を置いて想像を楽しんでいることがわかる。(3) これらの語を飾るのは「光」や「芸術」といった審美的なものだが、その裏に性的な快楽が隠されているのだ。ストレザーはグロリアーニの目を見たときのぞくぞくするような感覚をのちに思い出している。

ストレザーはこの目をすぐには忘れられなかった。その目は無意識で、無関心で、何か別のことを考えているようでありながら、ストレザーがこれまでにさらされたことのない、深く知的で品評するようなまなざしであったと考えることになる。このときのことをストレザーは暇を見つけては愛しむように思い出し、その光景を空想の中で弄ぶようになった。ただ誰にもこの体験について話したりはしなかった。誰に話しても戯言だと言われるに違いないとわかっていたからだ。（21: 197）

ストレザーはグロリアーニの凝視が芸術に関する試験だと感じているが、右のとらえ方を見るかぎり、性愛を感じさせる含みがある。ストレザーはグロリアーニの目が伝えることを自分だけがわかると感じており、私的で親密な関係をほのめかしている。その上、グロリアーニの目は二人の間に起きたことを秘密にさせるような類のものであるということも書かれているのだ。ストレザー以外には理解されず、話せば一笑に付される非言語的な意思疎通であったことも見えてくる。そして、ストレザーはその秘密を愛おしそうに思い出すのである。ストレザーの感受性が試されることと、性的に凝視されることが混ざり合っていることがわかる。

このグロリアーニの場面は本作全体を支える重要な場面となっている。ストレザーはこの庭園で有名なスピーチ――「力のかぎり生きなさい。そうしないのは間違いだ」（21: 217）――を披露することになるが、この見解は作品の主題に通底するものであることは言うまでもない。したがって、ストレザーはグロリアーニの視線に貫かれることによって禁欲的な文化から解放され、自由に生きることの重要性に目を開かれたのだと考えられる。(4) さらに、グロリアーニの同性愛的な刺激によって、ストレザーがチャドのようになりたいという考えを強めていることも考察する必要があるだろう。チャドもグロリアーニと同様、女性を自由に操り、彼女たちを夢中にさせながら、自らは本気になることなく戯れていられる人物だ。ストレザーは賞賛の思いで、チャドが花ざかりの乙女を侍らせ、闊歩する様子を見つめている。こうした性の操作は、パリでの快楽をうまくコントロールすることとも関連づけられているのだ。ストレザーはパリの快楽に「急いで飛びこもうとする衝動を恥ずかしいと思いながら、もう半分ではそれ以上に何もしないでいることも恐れていた」(21: 86)。ストレザーは何かに没入することも、距離を取ることも、どちらもやり過ぎてしまうのではないかという恐れを拭いきれない。一方チャドはパリの快楽を、それに取りつかれて我を失うことのないまま、十分に味わうことができる――「そんなに執着したことはありませんよ。でも本当によいものなら、それを恐がったりはしません。(中略) パリが大好きですから、おわかりでしょう?」(21: 158)。チャドは同様にして、悪女に引き留められて帰れないのかと問われたときも、そんな状況に陥るようなへまはしないと答えている。この点においてチャドはグロリアーニのように、ストレザーの憧れとなるのである。チャドもグロリアーニも性的魅力を持ち、異性愛を回避する傾向を見せるが、チャドはそのよさをストレザーに教えていることがわかる。

ストレザーにとって重要な人物としては、グロリアーニのほかにリトル・ビラムを挙げることができるだろう。チャドはビラムを自分の身代わりとしてストレザーに会わせ、男性同士の親密な関係に導いている。まず、ビラムがチャドの分身としての役割を果たしていることを確認しておきたい。チャドが初めてストレザーの前に現れたとき、ストレザーはリトル・ビラムを待っているところであった。また、ストレザーが初めてチャドに会おうと待っていたとき、現れたのはリトル・ビラムである。のちにチャドがストレザーを楽しませるためにビラムを派遣していたことが明らかとなるほか、ビラムはチャドのために嘘をつき、チャドが指示した人物にストレザーを会わせてもいる。ビラムは分身として、チャドの意志を実行する役割を担っているのである。

そのビラムを通してチャドが誘う世界とは、どのようなものであったのだろうか。チャドに会う前、ストレザーは彼の家を下見に行く。「通りの向かい側で五分ほど立ち止まり」(21: 95) チャドの部屋のバルコニーを見つめるのである。第二章で論じたとおり、窓辺に現われる男を待つ人物は、ジェイムズ自身の経験を反映させたものであるように思われる。激しい雨の中、ジェイムズは兄ウィリアムと思しき人物が現れるのをひたすら待ち続けた。その姿と重なるように、少し上の階にいる近づけない人を見上げて待つストレザーの姿にも、チャドへの愛が感じられる。そして、その想いが同性愛である可能性が、擬人法によって描かれた家の様子に暗示されているのだ――「その建物は高く、広く、すっきりとした (“High, broad, clear”) 造りであった。ストレザーは建築にも通じていたので、すぐにそれが立派に建てられている (“admirably built”) ことがわかった。そして、彼が言いそうな言葉を使うなら、彼に向かって「飛びかかってくる」ような性質であったために、ストレザーは何だか恥ずかしいような気がしてくるのだった」(21: 96)。建物の外見 “High, broad, clear” は人の身体のたくましさや男性の額の立派さを表す言葉として用いられるものである。身体を表す場合、“clear” は余分な装飾が施されていないことのほか、衣服を身につけていないことも指せる。そして、“admirably built” も建築、身体ともに使える言葉であるが、後半の「飛びかかる」という擬人法や、なぜかストレザーが「恥ずかしい」と動揺することなどから、やはり誰か力のある人の身体美に惹かれる様子を思わせる。(5) ストレザーが女性的であることはこれまでにも確認したが、グロリアーニの目に貫かれるのと同様に、ここでも男性的なものに「飛びかかられ」「恥ずかしい」と思う、当時女性的とみなされた受け身の立場を割り当てられている。本書でも繰り返し紹介してきたように、十九世紀後半、同性愛が「発見」された頃、男性の同性愛者は「女性の心を持った男性」とみなされていた。同性愛とは当初ジェンダーの倒錯であると考えられていたのである。ワイルドの身につけたユリやパンプスが、同性愛と結びつけられたこともそのためだった。したがって女性の立場に身を置くストレザーの描写には、同性愛という言外の意味が込められているように思われる。

しばらくストレザーがチャドの家を批評していると、若い男性が現れる。ストレザーは率直に自分を見つめてくる青年の目に若さを感じ圧倒されるが、その反面じっと見られることを楽しんでもいる——「彼も若いのだ、あの上にいる青年も——彼はとても若い、年配の男が家を見張っているのがおもしろいと思うほどに若い、その年配の見張りが見られていると気づいたらどうするか知りたいと思うほどに若いのだ」(21: 97)。ここでは「若い」という語が繰り返され、ストレザーが青年の若さに圧倒されていることがわかる。そして、見ていることも、見られていることもわかっている。一人が、どちらもその状況を楽しんでおり、性愛を感じさせる好奇心を抱いていることも見逃せない。青年がチャドではないとわかると、ストレザーはすぐに「抑えようのない（中略）堕落した好奇心」(21: 105)を覚える。それは、その青年(リトル・ビラム)がチャドの人生、性格、趣味を明らかにしてくれるように思えたからだ。

バルコニーは——その品格のある建物の正面部分は、突然ストレザーの空想に働きかけ、上へ上へと上がっていくような気がした。（中略）その青年はストレザーをじっと見つめ、ストレザーも青年を見つめていた。そうしている間になぜか高い場所にあるチャドの私生活を知ることが、ストレザーにはたまらなく贅沢に思えてくるのだった。(21: 98)

バルコニーや、リトル・ビラムとの見つめ合い、秘められた私生活という感覚がストレザーに高揚感を与え、興奮させていることがわかる。リトル・ビラムはチャドの代理として、チャドの最も私的な領域へとストレザーを誘っており、その導きがもたらすのは同性愛の快楽であることが、向かい合う身体や見つめ合う目の描写、高揚感などによってほのめかされているのだ。そして、このことをあらかじめ頼んでおいたのは、チャド自身であることも忘れてはならない。チャドはこうしてストレザーをウレットの禁欲生活から解き放ち、本物の芸術とそれだけが自由に扱うことのできる性に目を開かせる「父」としての役割を果たしている。チャドの教える性には同性愛の気配が色濃く出ており、ストレザーは息子としてその世界に没入していく。そうしてチャドの見せるものを受け入れていくことが、結果的に父として息子チャドを救うことになるのである。

三、救済される「息子」

ストレザーがチャドの導く世界にはまっていく間、チャドはストレザーを身代わりになるように変身させ、ヴィオネ夫人の相手に据えることで、あと腐れなくアメリカへ帰る手筈を整えていく。そのことにストレザーはすべてを失ってから気づくのである。しかし、ストレザーはチャドを救うという使命を「正しい」やり方で完結させることにこだわり続けている。「正しく」ありたいという信念こそ、マライアからの求婚を断る理由として提示されたものであった。マライアはストレザーを愛するあまり、自分を妻だと思う必要すらなく、ストレザーのために安楽な老後を提供する友人だと考えてくれればよいと申し出る。

この申し出はストレザーにとってありがたいはずだが、それを受け取ってしまっては私利私欲のために使命を引き受けたことになると断っている。このように「正しい」ことにこだわるストレザーだが、では一体誰に対してどのように「正しく」ふるまったのだろうか。

ストレザーの「正しい」行いはアメリカ人としての道徳観を表すものではない。ニューサム夫人はアメリカの道徳観を体現する人物だが、ストレザーは夫人の価値観から少しずつ気持ちが離れていく。ニューサム夫人が頑なにヨーロッパの洗練された文化を認めないために、彼女を「大きな氷山」(22: 240) のようにとらえ、「一つの道徳的、知的存在そのもの」(22: 239) であると考えるようになるのだ。少しも譲歩することのないニューサム夫人の頑固さが、細かく割れることのない大きな冷たい塊として表現されることで、ストレザーがニューサム夫人に感じている威厳や恐ろしさが表現されていることがわかる。ストレザーはこうしたニューサム夫人の道徳観に対し、「押さえつけられ、取りつかれ、苦しめられる」(22: 237) ような感覚さえ覚える。ニューサム夫人への愛情がなくなりつつあるのか否かについては明記されないものの、夫人が体現する価値観の重苦しさには敏感に気づいているのである。これに反比例するように、ストレザーはヨーロッパでの自由や快楽を心地よいものと感じ始め、ニューサム夫人の体現するアメリカ的道徳観から離れていく。したがって、旅を「正しく」終わらせたいという願いが、アメリカ的価値観の名残であるとは考えにくい。

ではストレザーの正しさは何に基づくのか。マライアも同様の疑問を抱き、使命が終わりかけている今、なぜそれほど正しさにこだわらなくてはいけないのかと尋ねる。これに対しストレザーは「だってほら、それだけが僕の拠って立つところですから。この使命全体から何も自分のものを得てはいけないということがね」(22: 326)と答えている。ストレザーは誰か自分以外の人のためにこの使命があると考えているようだが、その誰かはヴィオネ夫人ではないだろう。結末でストレザーは夫人を遠ざけ、決して許そうとしない。ここでもやはり、唯一ストレザーが救いたい相手はチャドであるように思われるのだ。すでに述べたとおりチャドをありのままに受け止めていくことが、ヨーロッパに来て以来ストレザーの貫いてきた方針であった。チャドの変身ぶりを堕落とは受け止めず、洗練とみなし、アメリカにいるニューサム夫人やセアラに対し擁護してきた。チャドの助言を受け入れ、自らもチャドのように変身することで、チャドの成長を正しく評価してきたのである。したがって、最後までチャドの身代わりとなり、自分の利益をすべて放棄することで、この使命全体を純粋にチャドのために捧げたかったのではないかと考えられる。しかし、ここで重要なのは、チャドを「息子」として救ったという点であり、救われる息子という観点で見れば、ストレザー自身も救われていることだ。

ストレザーがマライアを拒むことによって救われたことを考察する前に、マライアが本作において果たす役割について考えておきたい。ジェイムズ作品には、同性愛を思わせる男性が語る奇妙な話を辛抱強く聞き、理解する女性登場人物が繰り返し登場するが、マライアはその典型であると言える。「密林の獣」のメイ・バートラム、「にぎやかな街角」のアリス・スタヴァトン、「モード・イーヴリン」のラヴィニアなど、それぞれ自分に何かが起きるという予感、成り得たかもしれない自分についての妄想、すでに死んで会ったこともない女の子と結婚したという告白など、ほかの人には理解されないであろう奇妙な話を真剣に聞いている。マライアは清らかな関係というストレザーの考え出した奇妙な前提を否定せず、チャドが変身したという話に付き合い、成功すれば手にするはずの輝かしい地位や富をストレザーが得られるよう、ともに想像力を働かせる。これらの女性登場人物に共通するのは、話を持ち出した男性よりも先に、彼らに降りかかる運命がわかってしまうことであるが、マライアもストレザーが旅の終わりにどうなってしまうのかを早い段階で予見している点で似ていると言えるだろう。しかし、すぐにそれを告げることはせず、自分で真実に気づくよう待ちながら、ストレザーが傷つきはしないかと心配している。彼女はストレザーが自分を愛していないことも知っており、ストレザーのほうではマライアの愛に薄々気づきながらあえて突き詰めないでいることも察知しているにもかかわらず、である。

マライアが察知するとおり、ストレザーはマライアとの関係について答えを保留し続ける。たとえば、もし最後にすべてを失ったら私が助けますとマライアが宣言したとき、ストレザーはその意味を掘り下げて考えようとしていない。マライアは「私があなたにしてあげられることがあるのです。最後には私はそうしようと考えるはずのことが」(22: 52) と告げるが、ストレザーは何をするつもりなのかを「彼なりの理由からあえて尋ねないことにした」(22: 52) と語っているのである。マライアは「破滅」(22: 52) が訪れるまで中身を明らかにしないと決めているが、それはニューサム夫人にもストレザーにも最善のものを選ぶ権利が残るように配慮したためだと考えられる。もしストレザーが使命を果たしニューサム夫人と結婚すれば、マライアが差し出すものは二人の邪魔にしかならない。ストレザーはニューサム夫人と一緒にいればはるかに安楽で優越感を満たす生活を送ることができるし、ニューサム夫人がストレザーを見切る前に誘いをかけては、夫人に対し不誠実となってしまう。しかし、「破滅」したあとでなら、純粋にストレザーのために奉仕できるのだ。ストレザーはマライアの好意にも、おそらくは彼女が想定する「保険」にも気づいたが、それに好意で報いることも独り立ちすることもせずに甘え続けている。マライアがストレザーのために人払いをしてくれることや、「尽くす代わりにマライアが何も求めてこないこと、ただ驚いたり、質問したり、耳を傾けたり、参考になる推理を披露したりして話に付き合ってくれること」(22: 49) にストレザーがあまりにも心地よさを感じているためである。ストレザーは「ほかの人なら僕が胸を躍らせている体験談はつまらないことにしか思えないだろうが、マライアだけは今自分が感じていることを重要だとわかってくれる」(22: 50) と考えるほど、彼女の母性をありがたく感じているのだ。こうしてストレザーは甘い安らぎだけを得ながら、マライアとの関係を深める話を巧みに逸らし、チャドやグロリアーニのようにマライアを操作していることが見て取れる。

このように自分にとって都合がよいように思われるマライアとの距離を慎重に保ち、結末で求婚を断るのは、ストレザーがチャドに教えてもらった生き方を貫くためであるように思われる。ストレザーが使命を果したあとに獲得するはずだったものは、いずれも男らしい異性愛者としての自己を築くためのものである。ストレザーはニューサム夫人の夫となり、その土地一番の事業に経営者として名を連ね、地元の名士となり、莫大な資産を手にすることになるからだ。しかしストレザーはこれらに対し、チャドの変身を理解するという方法で間接的に抵抗している。ニューサム夫人はストレザーに男らしさや権力を与えてくれるが、彼女が体現する価値観はストレザーを苦しめるものでもある。ニューサム夫人の褒美そのものが、ストレザーの貧しさや、女性性、無名性、独身生活を否定するものであり、快楽の追求を禁じる命令となっている。実はこうして否定されたものこそストレザーが追い求めているものであり、チャドがストレザーの目を開かせたものと考えられる。このように考えたときストレザーがマライアに告げる次のセリフは示唆に富むものとなるだろう——「僕を間違ったほうへ進ませるのはあなたたちなのです」(22:

326)。ストレザーはニューサム夫人とマライアが体現するものが同じであるととらえているようだ。マライアは芸術を理解し、快楽に反対ではないが、妻を持ち、財産を持つ生活に縛りつける点ではニューサム夫人と同じである。マライアを個人として非難しているのではなく、女性が自分を本心に反する異性愛者や男性性などに引きずり込む存在であることをストレザーは指摘しているのではないだろうか。

ストレザーが自らを解放することは、チャドに教えられたことであり、ストレザーもその恩恵を実感している。その実感が描かれているのは、旅も終わりに近づいてきたある夜、チャドの部屋を訪れ、彼が教えてくれたことを想像上のチャドに語りかける場面である――「ストレザーは堕落するためにヨーロッパに来たような気がして悲しさを感じていたが、自由のために渡って来たかのように興奮してもいた。しかし、その自由はこのとき、この場所に最も満ちているものだった。その自由こそ、ストレザーがずっと前に失くしてしまった若さをもう一度取り戻させてくれたものだったのだ」(22: 210-11)。ストレザーはチャドの教えでたどり着いた自由や若さを、このようにチャドの部屋で実感しているのである。そしてそれを恋愛のように表現してもいる――「ずっと昔に失くしてしまった若さこそ、このときストレザーのために姿を現したものだった。その若さは奇妙なほど確かな存在感を持ち、謎に包まれながらも現実的で、ストレザーはそれに手で触れ、味わい、匂いをかぎ、それが深く吐息を漏らす音が聞こえるようであった」(22: 211)。チャドの部屋にいることから、ここで擬人化された「若さ」はチャドを思わせるが、彼が体現する若さがストレザーの性愛を掻き立てるものとして描かれている。官能的な比喩に満ちた言葉で、ニューサム夫人の価値観にとらわれない若さと自由を取り戻したことの満足感が語られているのだ。チャドは目の前にいないものの、ストレザーの想像の中ではチャドとの同性愛が成就したかのような描写である。

ジェレミー・タンブリングが指摘するように、チャドの部屋はリアリズムが描けないもの、イデオロギーが認めることのできないものであり（Tambling 36）、チャドの部屋を訪れたストレザーの空想は、ストレザーが「逸脱した」性に目覚め自由を手に入れたことを示唆している。このようにストレザーはマライアの求婚を逃れることで、女性によって絡め取られる男性性や異性愛中心主義そのものに背を向け、チャドのためと考えていた使命を最後までチャドのために果たすことで、自らも「息子」として救われたのである。

注

（1）ジョナサン・フリードマンは本小説と『ドリアン・グレイの肖像』とが似ていることを指摘しているが、『大使たち』と『ドリアン・グレイの肖像』におけるペイターの影響が明らかにされているのみである（Freedman 192-201）。ハラルソンはストレザーとチャドの友人リトル・ビラムとの関係が「遅すぎた頃に成就した最も重要な絆」だと見ており、ストレザーが抱くチャドへの想いは「自体愛（"autoeroticism"）」を表していると解釈するものの詳述はしていない（Haralson, *Queer Modernity* 127, 130, 131）。ポール・フィッシャーはミス・バラスのヴィオネ夫人に対する賞賛がレズビアニズムを暗示していると考えている（Fisher 252）。しかし、やはりフィッシャーもストレザーとチャドの関係には触れていない。ケヴィン・オオイはストレザーの意識に生じる「遅延」が、「クローゼット」と類似していると指摘している（Ohi 165）。同性愛者は自らのセクシュアリティを言葉にして語るとき、過去のアイデンティティもつくり出しているのだから、この「遅延」は「クローゼット」の認識そのものだというのだ（Ohi 165）。このように『大使たち』における同性愛は議論されてきたものの、ストレザーとチャドの関係については未だ考察の余地が残されている。

（2）劇場で、ストレザーは自分が「まるで劇を少しでも見逃すまいとかじりつく学童のよう」（*NTHJ* 21: 139）だと感じている。ノートル・ダム大聖堂では「美術館の魅力に取りつかれた学生のようだった。それは人生の黄昏時に異国の街で、まさしくストレザーが気ままになってみたい姿であった」（22: 5）とも書かれている。チャドとヴィオネ夫人の不倫に気づいたときに、人形遊びをする少女に自分を喩えたことも同様の例である。友人たちに見放され、マライアと自分が「森をさまよう幼子」（22: 293）のようだと考えているときもある。このようにストレザーは自分を子供に喩え、無知を恥じたり、未知の世界に興奮したりしていることがわかる。デイヴィッド・マクワーターもストレザーが子供の性質を持っていることに着目している（McWhirter 45-46）。

（3）タンブリングやF・O・マシーセンもグロリアーニの性的魅力について論じている（Tambling 36; Matthiessen 37）。

（4）グロリアーニの性的魅力によって、ストレザーが生の自由を訴える相手が、リトル・ビラムであることもよく計算されていると言える。セジウィックはボヘミア的生活を送る者の系譜にリトル・ビラムを置き、ボヘミア的生活者は一八九〇年代以降、同性愛者として連想されたことを指摘している（Sedgwick, *Epistemology* 193-94）。ビラムは芸術家仲間と暮らしており、チャドの家にも住んでいることから、セジウィックの言う「強制的家族構造の不在」（Sedgwick, *Epistemology* 193）を表すボヘミアンとして表象されていると言えるだろう。これらはビラムによる規範からの逸脱を示すものである。海老根もやはりストレザーをめぐる「セクシュアリティの二重性」として、ヴィオネ夫人との関係のほかに、ビラムとの関係があることを論じている（海老根　六八）。また、ストレザーがビラムに行う有名な演説が、『ドリアン・グレイの肖像』において、ヘンリー卿がドリアンに吹き込む言葉のエコーであるという指摘も複数の研究者によってなされており、ストレザーのセクシュアリティを考える上で、興味深い点である（海老根　四六、Freedman 168）。

（5）トニー・タナーもチャドの家がチャド自身を表すことを指摘している（Tanner 40）。

第十章

『鳩の翼』における同性愛ロマンス

本章では、執筆時期としては『大使たち』のあとに書かれた、もう一つの後期の傑作『鳩の翼』(*The Wings of the Dove*) を取り上げ、本作が愛を芸術へと昇華させることを主題とした小説であることを明らかにしたい。議論に移る前に作品の概要を確認しておこう。主人公のミリー・シールは病にかかったことを知り、友人のスーザン・ストリンガムとヨーロッパへ行く。その旅の途中、病がかなり深刻であるとわかり、ロンドンの名医の診断を仰ぐことになる。スーザンはロンドンに住む旧友のラウダー夫人と連絡を取る。ラウダー夫人もケイト・クロイという若い女性の面倒を見ていたため、ケイトとミリーを引き合わせることになった。ラウダー夫人はケイトに上流階級の生活をさせるため、彼女の人間関係に干渉している。たとえば恋人であるマートン・デンシャーは貧しいので結婚しないよう言い聞かせたり、父親のライオネル・クロイと姉のマリアン・コンドリップとは縁を切るよう指示したりしていたのだ。父親と姉がケイトを利用して、ラウダー夫人から生活費を手に入れるつもりでいることを危惧しての指示である。しかしケイトは家族も恋人も諦めることができず、死期が迫ったミリーから遺産を奪う計画を立てる。ミリーは一度アメリカでデンシャーに会ったことがあり、彼に恋をしていた。それを見抜いたケイトはデンシャーにミリーを誘惑させ、遺産を彼に譲るように仕向ける。デンシャーはケイトのために努力するものの、この計画に乗り気ではない。やがて二人の計画はミリーの知るところとなるが、ミリーの死後遺産はデンシャーに譲られていたことがわかる。ミリーの気高さに心打たれたデンシャーは、ケイトに遺産を放棄するよう迫る。ケイトはデンシャーがミリーを愛していることに気づき、別れを決意する。

このように見ると『鳩の翼』は結婚の物語のようであるが、ケイトとミリーの同性愛が指摘される作品でもある。セジウィックは二人の関係から、同性愛が同性愛を引き起こす現象について論じている。セジウィックによると、ケイトはライオネルの同性愛と彼が迫害されて負わされた恥辱を受け継いでいるという (Sedgwick, *Tendencies* 77)。[1] さらに、ライオネルの同性愛はケイトからミリーへ、そして小説全体へ広がっているとも指摘している (Sedgwick, *Tendencies* 86)。ピジョンや本合もケイトとミリーのロマンティック・フレンドシップを考察しており、これらの研究によって『鳩の翼』に描かれる同性愛の重要性が明らかにされてきた。そこで本稿では、本作における同性愛のテーマの重要性を汲みつつ、スーザンがミリーに対して抱く同性愛にも考察の余地があるものとし、議論を進めたい。

グレアムはスーザンとミリーの関係を論じた数少ない研究者であり、スーザンが、自らは見られないままミリーを一方的に見るという特権に喜びを感じていると指摘している (Graham 217)。スーザンは直接的に異性愛中心主義に抵抗してはいないが、異性愛中心主義の監視システムを同性愛に援用することで間接的に抵抗しているのだという（Graham 218)。そのほかの批評家はミリーとスーザンの関係について簡単に言及するのみである。セジウィックは「旧式だが規範に適うとされた、最初期のレズビアンのアイデンティティ」（Sedgwick, *Tendencies* 79）を表しているにすぎないとしており、スコット・S・デリックはミリーとスーザンが冒頭ではカップルとして登場するが、二人の関係にはミリーとケイトの間にあるようなサド・マゾキズムの官能性が欠けていると言及している（Derrick 146)。しかし、ミリーに対するスーザンの愛が本作で果たす役割は無視できない。ニューヨーク版全集の序文では、スーザンこそミリーの冒険や気高さを壮大なものに見せる人物であると紹介されており（*AN* 299)、スーザンによるミリー崇拝が作品を支えていることがわかる。したがって以下の議論ではミリーを愛するスーザンが、デンシャーの力を借りてミリーを神話化し、ミリーへの愛を芸術として昇華させたことを論じていく。

一、『鳩の翼』におけるロマンスとリアリズム

マクワーターが明らかにしたように、ジェイムズが本作を書く上で難しさを感じた原因の一つは視点の操作にある（McWhirter 87)。複数の視点を行き来するスタイルは、確かに一つの視点による統一美を極めた『大使たち』のあとでは困難を伴うものであっただろう。それだけでなく『鳩の翼』の視点は文学様式や舞台となる国の文化とも関連している点で、より執筆が難しくなっているように思われる。本作の視点は大まかにイギリスとアメリカの二つに分かれ、それぞれに描写の様式が異なっている。ケイト、デンシャー、ラウダー夫人、マーク卿といったイギリス人登場人物の視点から映し出される世界はリアリズムの

手法で描写され、ミリーやスーザンらアメリカ人登場人物の視点から見た世界は、ロマンスの手法で描写されるのだ。(2)

まず、限られた紙幅の中での議論とはなるが、リアリズムとロマンスが何を指すのかについて、簡単に確認しておきたい。リチャード・チェイスはロマンスを「性格より行動を描くのを優先させる」物語であり、その「行動は小説よりも自由で、現実に即しているかをそれほど考える必要はない」(Chase 13) 物語だと定義している。そして最も重要な点として、以下の点を挙げた。

ロマンスは関係性の複雑さを描くことなく進んでいく。登場人物の性格はかなり平面的になる上、人物同士の関係や社会、過去との関係が綿密に描かれることもない。また、人間関係は全体として理想的なものとして描かれる。つまり、登場人物たちは抽象的、あるいは象徴的な感情を共有することになるのだ。(Chase 13)

これに対し、チェイスはリアリズムとは以下のようなものだと説明している。

[リアリズムは] 現実を綿密に、読者が納得できるような詳しさで描いていくものである。ある一群の人々を扱い、彼らの人生について描くが、こうした人々は、その気質や動機において複雑で現実的なつながりを持って描かれることになる。彼らは自然、ほかの人物、社会階級、過去と関わり、その関係性は明確に説明できるようなものとして提示される。また、登場人物の性格が行動やプロットよりも上位

に置かれるものでもある。（Chase 12）

この定義によるとリアリズムは現実に即して複雑な関係性を描くのに対し、ロマンスは非日常が重視されるため、登場人物の性格や感情が単純化されたり、理想化されたりすることがわかる。ジョナサン・ベイツもチェイスと同様の説明をしている。ベイツによると、ロマンスとは「戦争や愛における壮大な冒険が描かれる物語」であり、「奇跡のような偶然とあり得ない行い」（Bate 122）が描かれるものである。ロマンスには、しばしば死者の蘇り、王女、危険、英雄による救出などが描かれるという（Bate 122）。

このような要素を持つロマンスの起源は文学の始まりまで遡る。英文学史ではウィリアム・シェイクスピアの晩年の作品が「ロマンス劇」として紹介される。この「ロマンス劇」という呼称を最初に用いたのはエドワード・ダウデンであり、それ以来シェイクスピア研究の中で慣例になっているという（McMullan 6）。チャールズ・モーズリーはシェイクスピア晩年の作品が「ロマンス劇」と呼ばれる理由について、これらの劇が中世騎士道ロマンスの影響を受けているからだと説明している（Moseley 47, 49）。「ロマンス劇」は家族の別離と和解、許し、再生を特徴としているが、こうした特徴は中世ロマンス文学に見られるものである。中世ロマンス文学とはアーサー王伝説に基づく騎士道物語であり、代表作として『ガウェイン卿と緑の騎士』や『アーサー王の死』、『カンタベリー物語』中の「バースの女房」による騎士の旅物語などが挙げられるだろう。騎士の出てくるロマンスでは、序盤で騎士の命が危険にさらされ、自らを救うために旅に出ることを余儀なくされることが多い。旅は十二か月続き、途中魔術を用いる恐ろしい敵と戦うが、無事勝利して国に帰還する。結末はいずれもハッピーエンドで、貴婦人から褒美をもらったり、君主に偉業を認められたりして終わることが多いのも特徴だ。また、旅で危険にさらされるのは命だけではない。騎士道精神に反する誘惑が騎士を襲い、忠誠心や貞操、誠実さなど騎士の徳目が試されもする。そのため、結末では過ちを犯しそうになった騎士に対する許しや精神的な再生が描かれるのである。

イギリス文学史において長い伝統を誇るロマンスは、国や時代によって形を変えていくものの、主として前述のように（一）冒険や危険など日常では起こり得ないできごとを扱い、（二）王女や君主、貴婦人など高貴な人物を登場させ、（三）真実の愛や和解、許し、忠誠などといった理想的な関係性を主題とするものであるとまとめることができる。ロマンスに遅れ十八世紀に登場したリアリズムは、十九世紀以降特に、正典として高い地位を占めてきたのに対し、ロマンスは周縁に置かれてきた（大橋　一二二）。そして、渡辺久義はアメリカ文学がロマンスの地位を向上させたことを指摘している（大橋　一二四）。[3]　このロマンスの地位を向上させることに貢献したアメリカの作家として、エリッサ・グリーンウォルドが挙げたのはホーソーンとジェイムズであった（Greenwald 14）。二人はロマンスとリアリズムの境界を壊し、ロマンスを正典の地位にまで高めたのである（Greenwald 13）。グリーンウォルドによると、新しいロマンスはジェイムズにとって隠れた人間の欲望を理解する唯一の方法であり、物理的な現実ではなく、心理的な現実を描くことを可能にしてくれる方法であったという（Greenwald 105）。

実際にジェイムズは先に挙げたロマンスとリアリズムの特徴について意識的であった。『アメリカ人』のニューヨーク版全集に付された序文には「リアルなもの」と「ロマンティックなもの」の違いが「危険のとらえ方」の違いとして表現されている。「リアルなもの」の危険は日常で感じられるもので、人の心の中で処理されていく、一見するとささやかなものだが、本人にとっては生と名誉をかけた重要な問題として差し迫ってくるものだという（*AN* 32-33）。ジェイムズはこちらの危険のあり方を「散文的」と表現している（*AN* 33）。これに対し、もっと派手に目立つ形で危険やそれを引き起こす挑戦が描かれることがあるが、それを「ロマンス」とし、「英雄的」と呼ぶ（*AN* 32-33）。続けて「ロマンス」とは、日常生活で体験しているようにものごとの緊密なつながりを描かなければならないという不都合さから「解放された経験」を扱うのだと定義している（*AN* 33）。このあと、ロマンスとリアリズムの境界を壊した作家らしく、ロマンスを描く際、リアルさをあまりに損なってはいけない、作家は読者にまだ現実が描かれていると思わせたまま巧みにロマンスの世界へと移るべきだという持論を展開してもいる（*AN* 33-34）。このようにロマンスとリアリズムの特徴に意識的で、常に新境地を切り開こうとしていたジェイムズは、『鳩の翼』でこの二つの手法を巧みに操ってみせた。本作ではロマンスとリアリズムを効果的に用いることによって、英米を描き分けつつ、セクシュアリティの主題を表現することが可能になっているのである。

本作はケイトが父のライオネルと話をするために訪れたみすぼらしい家の描写から始まる。次に、ケイトと姉のマリアンが話し合う、もう一つの粗末な家の場面が続くが、これらの家は貧困による重苦しい雰囲気に満ちている。

ケイトとマリアンは、パンくずだらけのテーブルクロス、あちこちに散らばった前掛け、食べ物のソースがこそぎとられた汚れた皿、茹でた食べ物の臭いがまだ漂う食卓を前に、じっとしていた。ケイトが上品に、窓を少し開けても構わないかしらと尋ねたところ、コンドリップ夫人はぞんざいに、好きにすればと答えた。（*NTHJ* 19: 36　以降、本章での本作品からの引用は巻号とページ数のみ記す）

召使いを雇う余裕がないのはもちろんのこと、マリアンは子供たちの世話で部屋を掃除する時間がなく、訪問客が来ても通す別室はないことがこの描写から浮かび上がる。料理をすれば部屋中に臭気が立ち込めるほど窮屈な家なのである。この臭いに気づかず、ぞんざいな口調でしか話さないマリアンは貧しい暮らしに慣れきっていることがわかる。

この貧しさのせいでマリアンは善良さを失い、周囲の人を食いものにする人物と化したのだ。マリアンは「太って赤ら顔」であるだけでなく「どんどんクロイ家らしくなくなっていく」(19: 37) とケイトは考える。家族の誇りを失ったマリアンは、ケイトから得られるものは何でも得ようとする醜い女性に成り下がってしまうのである。マリアンの亡くなった夫の姉妹も、マリアンがケイトから援助を引き出せることに気づき、絶えず指示を出す。「ケイトの見たところ」、その姉妹は「マリアンのところにあまりにも来すぎていたし、あまりにも長く滞在しすぎていた。そのせいで、お茶とバター付きパンが出る時間にさしかかることが多かった。マリアンが抱える買い物のつけが気にならないでもなかったので、ケイトは彼女たちの滞在を疎ましく思った」(19: 37)。亡くなった夫の姉妹は明らかにマリアンの費用で食事を済ませており、今後もケイトを搾取して自分たちも生きていけるよう、マリアンをそそのかしさえしているのだ。こうしてケイトは父や姉だけでなく、姉の夫の姉妹、そしてその先にいるかもしれない誰かへと、貧しい人々が層のように連なった底なし沼に引きずり込まれつつある。タンブリングが指摘するように、この搾取の連鎖はチャールズ・ディケンズやウィリアム・メイクピース・サッカレーの小説で写実的に描かれる要素であり (Tambling 141)、ケイトの貧しさはリアリズムの手法を用いて巧みに伝えられていると言える。

リアリズムのこうした側面はロマンスと対比されることで、より明確になるだろう。ミリーが登場するとすぐに語りの調子が一変し、ロマンスの様相を帯び始める。ミリーとスーザンの旅には活力がみなぎっている――「はっきりとは先が見えないまま、開けた世界へ飛び出し、目的もなく情熱のままに行動し、立ち止ることなくあらゆるものに興味を持ち続ける――これらは最初に出会ったときから変わらない、ミリーの風変わりな性格が持つ魅力の一つであるが、移動や変化を繰り返すうちに、ますますその魅力が目立つようになってきた」(19: 114-15)。この描写が示すように、ミリーはスーザンとともに世界中を旅して回る。ミリーのスピードはどんどん加速し、ついには引用のように情熱や疾走感だけが印象として残るほどだ。この描写には前述のケイトの描写より動きがあり、自由で新鮮な空気が感じられる。「ミリーにはひとときも休まず行動することが期待されていた。それこそがミリーの「偉大さ」の一部なのだ」(19: 114) と語られるミリーは、明らかにロマンスの主人公として設定されている。「偉大な」ミリーの旅は、騎士の探究として描かれるのである。ミリーが実行した世界旅行のエピソードだけでなく、ミリーを描く際の比喩も、彼女の持つロマンスの特徴を補強している。たとえば自分が重い病にかかっているかもしれないとわかったとき、ミリーはしばらく途方に暮れたあと、スーザンに希望を見出すが、この部分は暗闇や星といった要素を用いて語られ、ロマンス文学で人生の比喩となる危険な旅を彷彿させるものとなっている――「それは朝なのに、暗闇が――星の力を際立たせる夜の濃い影が――あまりにも突然に訪れたためだった。闇はまだ深いかもしれないが、空はだいぶ明るくなってきた。スーザン・シェパードの星はこのとき以来、ミリーのためにきらめき続けることになる」(20: 106)。暗闇に光る星（スーザン）がミリーを導き、そのおかげで空が比較的明るくなったのは、死という運命が重くのしかかっていても、スーザンのおかげで今後の人生に対しミリーが希望を感じ始めたことを表している。このあとミリーは冒険に出ることを決意するが、それもやはりロマンスの言葉で語られる――「これから今までに背負ったことのない偉大な冒険、先の見えない大きな実験や奮闘に挑戦するのだという考えが持つ美しさが、代わりに実感されるようになった」(19: 248)。冒険や危険、命を救うために旅に出る騎士のイメージはロマンス文学の特徴であるが、ミリーの考え方や行動を語る言葉にそのイメージが踏襲されていることがわかる。

ロマンス文学の旅人と同様に、ミリーも自らの命を救うためにヨーロッパへ渡るが、その際、女の子としてではなく、武装した兵士として旅することもロマンス文学との類似性を高める要素だ――「まるでミリーが、よくある飾りか花か、あるいはちょっとしたアンティークの宝石か何か、日常のドレスの一部となるようなものをその胸からむしり取り、投げ捨てなければならないとでも言うかのようだった。そして代わりにミリーは奇妙な武器、マスケット銃、槍、あるいは戦斧を取り上げ、肩に担いだかのような様相を呈したのだ」(19: 248)。女性らしい飾りを捨てて、武器を手に取る騎士としてのミリーの勇ましさがよく表現されている。

さらにミリーの病気も非現実的な描写で語られることに着目したい。ミリーの医者ルーク・ストレット卿は決してミリーの病名を明らかにしない。ルーク卿はミリーの命を「秤にかけ」(19: 236) るほか、まるで精神科医のように、できるかぎり生きるよう助言している (19: 246)。このミリーの命を秤にかける比喩や曖昧な診断は、ロマンスの世界に属するもののように思われてならない。語り手はミリーの病を、人生における心の問題の比喩としてすり替えているのである。スティーヴンスはミリーの病が間接的に描かれるのは、それがセクシュアリティの比喩だからだと主張している (Stevens, *Sexuality* 40)。セジウィックも、名づけられない病は同性愛を表すのだとし、ミリーの病に関する沈黙は「病気のポルノグラフィ」とでも呼ぶべきものを生み出していると言う（Sedgwick, *Tendencies* 89）。こうした批評家の解釈そのものを言い表すかのように、エミリー・シラーはミリーの病がほかの登場人物によって自由に埋められる空隙であると解釈している（Schiller 3）。これらの先行研究が示すとおり、ミリーの病はその曖昧さゆえに象徴として機能していることは間違いないが、このように曖昧に語られるのはロマンスとしてミリーの生を扱いたいからであるように思われるのだ。ミリー自身も常に病を「すばらしい」などといった曖昧で幸福な言葉で表現するが、それはミリーが現実に負けまいとするからである。スーザンはミリーがこれほどまでに冒険したがるのは、死が迫っているからではないかと心配するが、おそらくその心配は当たっており、ミリーは死への恐れを感じるからこそ必死で生きようとしているのだ。しかし、もし語り手が病をロマンスの言葉で語らず、ミリーの不安や苦しみを写実的に描写すれば、彼女の旅は生にすがりつこうともがき苦しむ絶望的な身ぶりとなるだろう。この場合、おそらくケイトのリアリズムと同じように、重い雰囲気が語りに立ち込めることになる。しかし、ジェイムズはミリーの生をそのように描くことを拒んだ。現実のつらさや厳しさを直視してきた作家が、あえてミリーの病をロマンスで表現することを選んだのである。

このようにケイトのいる世界はリアリズムで、ミリーの世界はロマンスの手法で語られている。シラーは、スイス旅行中にミリーが崖の上から眼下に広がる世界を眺める場面を取り上げ、ミリーが人々のために犠牲を払おうとするキリストを象徴していると論じた（Schiller 6）が、この場面でミリーは確かに死すべき人間の代表として描かれている。そしてロマンスの騎士と同様に、ミリーは自分の運命と向き合うことを余儀なくされ、読者を含めて人類全体のために、死や生にまつわる答えを見つけることが期待される存在なのだ。

二、ロマンスとリアリズムの相克

グリーンウォルドは、ケイトがディケンズ的なリアリズムから逃れるために、助けを求めてミリーのロマンスに目を向けると指摘した(Greenwald 110-11)。しかし、ケイトのリアリズムとミリーのロマンスは、より複雑に危険を孕みながら関わっているように思われる。

まず、本作におけるリアリズムとロマンスは分かちがたく混ざり合い、ロンドンがその交差点となっていることを見ていきたい。ミリーにとってケイトが導くロンドン社交界は、戦うべき怪物そのものだ。ロンドンへの旅は、「妖精の女王に導かれ」(19: 145) 別世界へ行き、そこで道に迷った体験としてミリーに想起されている。「明らかに、ニューヨークやボストンでは想像もできないほどの危険がランカスター・ゲイトにはあった」(19: 182) と書かれ、ロンドン社交界にうごめく策略や罠が、ロマンスの主人公の戦うべき敵として描かれていることがわかる。ミリーが戦わなければならないのは、一人の人間ではなく複雑な組織そのものだ——「一つのつながりにおける作用者は、別のつながりで被作用者となる。この連鎖は長く、広範囲に渡るものだ。このシステムの歯車は、お気づきかもしれないが、しっかりと油を差してある」(19: 179)。こうした組織の代表がケイトなのである。

ケイトと交際するうち、ミリーは自らをより明確に理解するようになる。ロンドン社交界にデビューしたあと、「ミリーは、そのハンサムな女の子[ケイト]から自分の状況を見つめる視点を借りるようになった」(19: 174-75)。これとは対照的にケイトは次第に自分のことだけでなく、ミリーをよく知るようになっていく。ミリーがロンドン社交界でアメリカ人として成功を収めるのと同時に、ケイトもミリーが紹介したアメリカ人共同体で時の人となる。ケイトやラウダー夫人が体現するものは「海を越えてやってきた最新のすばらしい外国小説のように、たちまち流行した」(20: 136)のだ。このように自らも新規性を備えていながら、ケイトはミリーのほうがより優れていると思い始める。ミリーが突然ケイトとデンシャーをランチに誘ったことで、二人ともミリーの自由なふるまいに驚き魅了される場面がある。イギリスの人々は食事に招いたり招かれたりするのに複雑な作法があるため、ミリーの自由が際立つのだ。この自由なふるまいを見て、ケイトは次のようにつぶやく――「あなたって何でもできるのね。つまり私たちができないことを何でもって意味だけど。あなたはこの社会の人ではないし、自分のことは何でも自分で決められて、自分一人で立ってる感じ。私たちみたいに、何層も何層も他人が連なる、ぞっとするような関係に絡め取られていないのね」(19: 281)。ケイトはリアリズムではなくロマンスの世界に生きるミリーが、自分にできないことを成し遂げられると気づいたのである。チェイスのロマンスとリアリズムの説明に当てはまる、複雑な人間関係の有無という違いを、ケイトがここで実感していることは興味深い。ケイトは他者を考慮し、組織の中で生きていかなければならないが、ミリーはそれを考慮しないで行動できる。そうしたミリーの自由はアメリカ人の特徴として描かれ、ケイトの計算はイギリス社交界の産物として描かれている。このようにリアリズムがロマンスを人間関係の網に引きずり込み、搾取する危険が本作では中心に描かれることになる。

リアリズムは当初ミリーを脅かすものではなかった。むしろミリーはリアリズムの助けを得て旅の目的を果たそうとしていたほどだ。ケイト的な世界を散策し、貧しい人々を目にするミリーは、この冒険を通して「本物」(19: 250) にたどり着けると期待している。ミリーにとって「本物」とは人間の生を指す。たとえばマリアンの貧困生活に代表されるような、ミリーが崖の上から見下ろしていた「普通の人々」の人生こそ、ミリーを惹きつけてやまないものであり、そんな大衆の一部となって死にたいとさえ願っているのだ。ルーク卿からできるかぎり生きるようにと助言をもらったあと、ミリーは生きる一環として、ナショナル・ギャラリーへと向かうが、そこで病気や死といった個人的な問題が、群集の中で消えてしまう体験をする。このときミリーは、そのまま美術館で人々の生を実感しながら死にたいと切に願うのである。この場面でミリーは普遍的な人間の一人として生や死を感じようとしているが、それは生と死を探究する旅に出てその意味を読者に示す騎士の役割に等しい。このように、ミリーの偉業はロンドンでリアリズムと交わることによって成し遂げられるのである。

ミリーがリアリズムの世界である、貧しい「普通の人々」の生に溶け込み、彼らとの死を模索する間、ケイトはリアリズムの世界で生き残る力を得るためにロマンスを搾取する計略を練る。当初ミリーはケイトのことを、恐ろしい世界での戦い方を教えてくれる戦友だと感じていた。スーザンもケイトが喜んでミリーを助けてくれるだろうと期待している。ケイトは「魔法の力で額縁から飛び出してきた人物」のようであり、のちにそのイメージは「街の門で王女を待ち受ける」「一番頼りになる侍女」(19: 171) へと変化していく。どちらの比喩もミリーという王女を救う存在としてケイトを表しているが、ケイトはミリーの富を自分の人生のために奪おうとしていた。デンシャーが「ミリーは難破から助かった人のような印象を与えるね。確かに彼女の船は難破して、大変な冒険をしてきたに違いない」と言うと、ケイトは「ミリーにその冒険を続けさせましょう」(20: 53) と、ミリーの危険を顧みずに不吉なことを言うのだ。ケイトはミリーの冒険こそ自分に利益をもたらすものだと気づいているからである。

二人の関係は章を追うごとに危険を孕んだ言葉で描写されるようになっていく。

ケイトとミリーの関係が見せる様相は、夕闇が二人を取り囲むような暗さを帯び、メーテルリンクの劇に出てくる陰鬱な場面を思い起こさせた。繊細な闇の中に、深く関わり合い、対立した二人の人物が姿を現し、互いを見張っている。確かにそんなイメージが浮かんでくるのだ。一人は黒い服を着て、駝鳥の羽飾りをつけ、お守りや形見を身につけてじっと座っている青ざめた王女。もう一人はゆっくりと弧を描きつつ歩く侍女で、背筋をまっすぐに伸ばし、ひとときも休まず動いている。侍女と王女は夕闇の光で縞模様を描く黒い河を挟んで、ときおり何かを尋ねたり答えたりしている。(20: 139)

この場面はミリーとケイトの関係をよく表しており、以前の比喩とは対照的に二人が対立していることを示すものだ。二人の間には黒い河が流れ、ミリーを表す王女は不安そうに青ざめるのに対し、ケイトを表す侍女は捕食者のように旋回している。空や河の黒さ、ミリーの喪服と死を待つ捕食者、メーテルリンクという名前は、いずれも死を表していると言えるだろう。この場面はミリーのロマンスが、大衆の中にある崇高な死ではなく、リアリズムに搾取されたみじめな死へと変化していることを示している。

三、ミリーを芸術に昇華するスーザンとデンシャー

ここまでミリーに付与されたロマンス文学の性質を見てきたが、実はスーザンこそ、そのロマンス性を強調する役割を果たす人物だ。ミリーをロマンスの主人公にしたのはスーザンであり、それによってミリーの生を救おうとしてもいる。デンシャーはそんなスーザンに協力し、ともにミリーを愛することを選ぶが、この二人の協力関係について以下に考察していきたい。

ミリーを「読まれるべき」(19: 116) 存在に見立てるスーザンは、ミリーの「主人公」としての性質を特徴づける人物である。スーザンは「ミリーの感じていることを感じるだけでも生きたと言える」(19: 115) と考えるが、これは読者が物語を読むことで代理的に主人公の人生を経験することに似ている。スーザンにとってミリーは「彼女と交流した人全員の空想、好奇心、同情に作用する人であり、彼らの印象や、もし必要なら彼らの混乱を共有すること以外にミリーに近づける方法はない」(19: 116) と感じさせる人物なのだ。ここでもスーザンを初めとする『鳩の翼』の登場人物たちが、読者としてミリーを読んでいるかのように描かれていることがわかる。スーザンはまた次のようにも語っている——「ミリーがほほえむと、それは公の事件になる。ミリーがほほえまなければ、それは歴史の一章になる」(19: 118)。このミリーに割り当てられた主人公の役割は、ミリーが大衆の一部となりたいと願う気持ちとつながってくる。なぜならその願いは「非個人的なもの」(19: 247) であり、ロマンスの主人公のように、読者が接続できる普遍性を、自らの生を通して示すことになるからだ。ミリーは「文字どおりこの瞬間に、自分の唯一の仲間は、自分を取り巻きながら別の次元に属するかのように非個人的でもある人類全体だと強く感じ

た。そして自分が戦うべき場所はそのとき、その場所、つまり灰色の巨大なロンドンにほかならないと感じたのであった」(19: 247)。ここでミリーは、人類全体との一体感を覚えている。その結果「まるで世俗的な苛立ちをあとに残し、薄靄のかかる金色の空へと飛翔したかのよう」(19: 194)に、ミリーは世俗にまみれるのではなく、高みに上るのだ。ここから大衆との一体化が、ミリーを崇高な英雄にするものとして描かれていることがわかる。これは一見矛盾するように思われるかもしれないが、ロマンスにおいて騎士が特別な存在でありながら、普遍的な人間の生を体現することを念頭に置けば不思議ではない。

ミリーの飛翔を描く場面には語り手の介入が続く――「これこそミリーの偉大なところである。これこそミリーに特徴的な詩なのである。あるいは、少なくともスーザン・シェパードの詩であると言えるだろう」(19: 194)。この介入によって語り手はミリーの持つロマンスの特徴が、スーザンの心を通して補強されていることを指摘している。スーザンはミリーを崇めているが、その強度は自分がミリーの完全さを台無しにしてしまうのではないかと恐れるほどである。

スーザンはミリーに自分がしてしまうかもしれないことを考えると、とても恐ろしくなった。そうした過ちを情熱と崇拝によって避けるだけでは、不十分であろう。誰であっても、どんな理由があったとしても、どれほど誠実に気をつけていたとしても、ほんの少しでもミリーに手を触れてはいけないのだ。かといってミリーをそのままにしておくために、何もしないでいるのもよくない。それは完全なものに、ただ汚い泥を塗らないでおくだけでしかないのだから。(19: 111-12)

スーザンはミリーの偉大さを損なうことも、損なうことを恐れて偉大さを高めないことも恐れている。それほどまでにスーザンはミリーを崇めているのだ。ミリーがスーザンを惹きつけるのは、ミリーが豊かで、若くて、知性にあふれ、美しく、自由だからである。ケイトと同様、スーザンはミリーなら奇跡を起こせると信じている。

スーザンのミリーへの情熱は同性愛と職業意識とを混ぜ合わせたもののように思われる。ミリーに初めて出会ったとき、スーザンはミリーこそ「ロマンティックな人生そのもの」(19: 107) だと直感する。スーザンはミリーのような人に出会いたいと生涯をかけて望んでいた。ミリーは王女のように気高く暮らし、「現実」(作中の人物にとっての現実) 世界で小説のように生きる人物だからだ。スーザンは、ミリーの「主人公」としての生に美を感じ取っている――「そう、人は本を読める。でもこれは本以上。そこに美しさがあるのよ。だからこそミリーは偉大で、この世で唯一の王女なの」(20: 211)。この見解からも明らかなように、スーザンはフィクションよりも「現実」のミリーにロマンスを見出している。そのため、ミリーに出会った途端に短編小説を雑誌に寄稿する仕事がおもしろくないと思うようになり、もっと偉大な主題を備えたミリーとともに過ごしたいという夢を抱くようになる。そして、ミリーからの誘いを受けると二人でヨーロッパへ旅立ち、ロマンスを現実に創造する行いに身を捧げることを決意するのである。この決意によって、スーザンは本物の美の創造者になるための一歩を踏み出していると言えるだろう。スーザンの並々ならぬ関心はミリーへの個人的な愛を感じさせるものの、それは偉大な物語を生み出したいという作家としての関心と切り離せないものなのだ。

スーザンがミリーの生をロマンスとみなし、そのようにテクストを作っていくことは、次の考察によって確認されるだろう。スーザンはミリーとの関係が水の上に浮かぶ島に似ていると考えており、さらにその島はページの上に書かれたテクストに喩えられている——「二人の関係は、南の島のように壮大な温かい海に漂っているものだという感覚が、スーザンには常にあった。その海は、あらゆる機会のために取っておかれた、様々な感情を記すための余白や、外側の領域といった趣を見せる。何かが起これば、海が島を覆い、余白がテクストを洪水のように覆ってしまうことになるのだ」(19: 199)。一度水があふれれば、スーザンはミリーを連れて別の場所へ行かなければならない——「今、大きな波が来て一瞬ですべてをのみこんだ。「あなた［ミリー］が行きたいところなら、どこへでも行くわ」」(19: 199)。これらの描写からミリーとスーザンの旅がテクストを作ることを意味し、そのテクストに描かれるのは海を渡る冒険物語であることがわかる。

ロマンスのテクストに欠かせないものとして、スーザンも作者同様、ミリーの生における恋愛を重視する傾向にある。ミリーがデンシャーを愛していることに気づいたスーザンは、ミリーへの愛からそれを支えようとするのだ。この点において、スーザンはミリーとの恋愛を試みるデンシャーと共通の目的を持つことになる。デンシャーは次第にミリーを本気で愛するようになるため、スーザンのパートナーとしてふさわしい。デンシャーにとってスーザンは安心してミリーの思い出を語ることのできる唯一の人物となり、彼もスーザンにとってミリー神話を完成させられる唯一の人物となる。

スーザンとデンシャーの協力関係は、デンシャーの人物造形からも自然の成り行きであることがわかる。デンシャーはイギリス人登場人物の中でもあまり現実に関与しない、珍しい人物だ。通信記者として働いているため、自由がきく。そのため作中ではデンシャーは常に上流階級とともに余暇を楽しんでいるように見えるし、急遽イタリア行きが決まっても慌てる様子がない。また、デンシャーは中産階級でありながら、人間関係やお金に関する現実的な問題に関心を示さない。きちんとした生活は送っているものの、デンシャーはケイトやラウダー夫人と比較すると明らかにアウトサイダーである。この性質のためデンシャーの語りはミリーの世界に近く、ケイトのリアリズムとは一線を画している。デンシャーが登場すると、ケイトの重苦しい語りが一気に自由で開放的な語りへと変わるのだ。ケイトと同じようにデンシャーも貧しく、しかも上流階級に知り合いなどいないため、ケイトよりも無名である。しかしデンシャーは、貧しくても自由な今の生活を気に入っており、ケイトさえよければすぐにでも結婚するつもりなのだ。こうしたデンシャーの視点が語り手の穏やかな声に反映されている。また、デンシャーは想像力に富む人物で、その点もスーザンを助ける資質として十分だ——「デンシャーは要するに明らかに心ここにあらずといった状態であることが多かった。ときおり鋭いことを言うが、大体において近くにあることを忘れ、遠くにあることを取り上げる傾向にあった」(19: 48)。この描写が示すとおり、デンシャーは近くにある現実に取り組む人物とは大きく異なる、想像力豊かな人物として設定されている。

このようにロマンスとの親和性を感じさせるデンシャーの人生が、明確な形を持たない本に喩えられることにも注意を払っておきたい——「デンシャーの充実した鍵カッコは閉じられた。彼は再び、テクスト全体の中の一文に戻ってしまったのだ。そのテクストは、一瞬立ち止まった街角から見ると、広い灰色のページのように映り、「洗練された」ものになることはないまま、ただ文字で埋められるのを待つばかりのようだ。しかし、その灰色は多かれ少なかれ、今のところ取り戻せてはいない視点がぼやけたものにすぎない。まだまだこれから、十分に色が出てくるだろう」(20: 11)。アメリカからイギリスに戻ったデンシャーの人生は白紙に戻ったが、その余白は将来の希望も感じさせることがここに表現されている。デンシャーがケイトのリアリズムに染まることも、ミリーのロマンスに舵を切ることもできる状態であることが、このような比喩を通して描かれているのだ。

デンシャーはリアリズム（ケイト）かロマンス（ミリー）かを選ぶ前に、観察者としてふるまっており、それによってケイトの邪悪さやミリーの自由さに気づいていく。観察することは人生からある場面を切り取る行為に似ており、本を書くことに近い行為であるように思われる。ジェイムズは『ある婦人の肖像』の序文で、小説家を観察者になぞらえている。

小説の家には要するに一つの窓ではなく、無数の窓がある。数えきれないほどたくさんの窓があるのだ。その一つ一つの大きな広がりが、個人の見たいという要望や個人の意志の力によって見通されている。これらの窓の大きさや形は様々だが、どれも人々の人生に向かって掲げられている点では同じだ。となると、窓から見える光景は同じであるはずだから、我々は同じ報告を受けると思うだろう。ところが、これらの窓はそれぞれに特徴があり、それぞれに目や双眼鏡を持つ人が立っているのだ。この双眼鏡は観察のためのおもしろい道具となり、それを用いる人にほかの人とは異なる印象を約束してくれる。ある人とその隣にいる人は同じ光景を見ているのに、一方がより多くを見て取るところで他方はあまり気づかない。一方が黒だと見るところで、他方は白だと見る。一方が大きいと見るところで、他方は小さいと見る。一方が粗野だと見るところで、他方は洗練されていると見る、など印象は様々だ。（中略）この目の前に広がる景色、つまり人々の人生は、「主題の選択」なのである。そして見通される窓は、広いものやバルコニー付きのもの、細長いものや低いところにかけられたものなど様々だが、「文学の形式」である。しかし、これらはそこに立っている観察者——言い換えるならば、芸術家の意識——がなくては何の意味も成さないものだ。(*AN* 46)。

ジェイムズは窓に立つ観察者こそ、小説を書く上で重要な人物であるとしている。窓からの眺めは観察者によって異なり、それこそが小説の主題となる。したがって、デンシャーが観察者としてふるまうことは、小説を書こうとすることと同義であると言える。

観察者としてのデンシャーは、ミリーのロマンスの共著者になる可能性を秘めているが、晩餐会の場面でそれがより顕著になる。晩餐会にはアメリカ人をからかおうとする尊大なイギリス人が集まっており、語り手は彼らの残酷さを綿密に描いている。ジェイムズは通例、ヨーロッパの人々の蔑みを間接的に会話の積み重ねで暗示していくが、ここでは明確に彼らの悪意を表現している——「ミリーの友人はそこに座って見守っていた。その様子は古代の観客が、闘技場に引きずり出されたキリスト教の乙女が穏やかに撫でさすられるように殺されていく奇妙な光景を見つめるのに似ていた。それはトラやライオンが鼻を近づけたり、前足でつついたりするのとは違っていて、どちらかといえばほんの冗談とばかりに家禽が放たれた程度のものだった。しかし、その冗談すら、スーザンは何だか不穏な気がしたのだ」(20: 42)。スーザンは次第にミリーが怪物に取り囲まれているような気がし始め、ひどく心配する。その場にいる誰もスーザンの恐れを理解してはくれず、会話に奇妙な残酷さが含まれていることにも気づかない。しかし、デンシャーだけはすぐにスーザンの不安を察知するのだ。晩餐会の世界はケイトのリアリズムの範疇であるが、デンシャーがそこから心理的距離を取り始めたことの証左である。

　こうしてロマンスの側へと距離を縮めるデンシャーが作るフィクションは、ミリーが「生きる」ために欠かせないものとされている。フィクションとは、架空の人物やできごとを扱う想像上の話を指すと定義できるだろう。フィクションには何らかの形で現実を描き出すことが課せられているとはいえ、基本的に「本当ではないこと」を扱っている。この点において、フィクションの架空性は嘘に通じるものがある。嘘をつくことによって、人は現実の世界を自分の願うとおりに変えようとするからだ。『鳩の翼』では、このフィクションと嘘の類似が効果的に用いられていると言えるだろう。デンシャーはミリーに対し、ケイトとは婚約していないという優しい嘘をつく計画を検討するが、その後、ミリーのためを思って嘘をつくのを止め、黙って傍にいることにする。嘘をつかないで黙っていることが代わりにミリーに「愛」らしきものを提供することになるのである。このフィクションの要素を導入することによってミリーが英雄としてふるまうことが促される構造になっている。このあとミリーは自分を裏切った恋人たちに遺産を渡し、それによってミリーの短い生が詩的な崇高さを帯びることになるからだ。このロマンスの中でミリーは永遠に生き続けることができるのである。このように考えたとき、デンシャーの嘘（フィクション）をめぐるエピソードはミリーのロマンスを完成させる上で必要不可欠なものであることが理解されるだろう。そしてそのフィクションはスーザンとデンシャーの共同制作である点も確認しておきたい。小説の途中で、自暴自棄になったマーク卿がケイトとデンシャーの婚約のことをミリーに暴露してしまい、思わぬ形でミリーは真相を知ることになる。その結果、生きる気力を失い、心を閉ざしてしまう。スーザンはこのように惨めな気持ちでミリーの生を終わらせたくないと考え、デンシャーの部屋を一人訪れて嘘をつくよう頼み込む。こうしてスーザンはデンシャーのフィクションを取り込み、ミリーのロマンスを完成させようとするのだ。

ミリーはケイトとデンシャーに代表される貧しい人々に寄り添い、彼らの救世主となったことで、人生の意味を大きく変えているが、同様に、デンシャーの人生もミリーのロマンスを通して変化していることに着目したい。スーザンはデンシャーをケイトの物質的な世界からミリーの精神的な世界へと導いたのである。デンシャーがケイトの身体や豊かな生活を捨て、ミリーの気高い精神を思い出しながら生きるようになることは、イタリアで借りていた部屋の印象が変化することを通して表現されている。デンシャーはイタリアでもイギリスに戻ってからも、白い紙が窓に貼られた部屋のことを思い出す。語り手は白い紙が貼られた窓のことを「デンシャーの意志の証拠」(20: 178) だと語っているが、その白い紙はデンシャーの性的欲望を象徴するものだ。その部屋でミリーに対する詐欺行為の担保にと、デンシャーはケイトに性的関係を迫るのである。部屋には家具もなく、みすぼらしい様子であるため、二人の温かな家庭生活を予示するものではなく、単に性行為のための場所として設定されていることは明らかだ。同時にその部屋はデンシャーの男性性を証明してくれる唯一のものとなる。デンシャーはその部屋を思い出すことで、常にケイトの言いなりになっている自分の、脅かされた男性性を確保しようとするのである。しかし、デンシャーは次第にその部屋をスーザンの願いを聞き入れた日のことや、ミリーに会える日を待ちわびていた時間を象徴するものとして思い出すようになっていく。

さらに、ミリーのロマンスに協力したデンシャーの描写には、同性愛の暗示が含まれるようになることも興味深い。デンシャーはスーザンとの絆を深め、彼女がアメリカに帰ったあとも文通を続けている。しかし、デンシャーの「アメリカとの文通」は特にケイトに対して「秘密」にされ、「唯一デンシャーが率直でない（"he wasn't straight"）つながり」（20: 391）となるのだ。この文脈において「率直でない」とは、彼がスーザンとの文通を隠していることを指すが、結婚相手のケイトに隠さなければならないものとして見たとき、スーザンの同性愛がデンシャーに影響を与えたものとしても読める。スーザンとの秘密の関係は、彼女が好むロマンスの言葉で語られており、デンシャーは海で危機に直面する冒険物語の主人公のように描かれている。デンシャーはスーザンを「広大な海の広がり、底の見えない灰色のまっすぐな広がり（"the bottomless grey expanse of straightness"）に突き出た小さな岩」（20: 391）とみなす。この海の喩えはミリー登場の場面を思わせるものであり、スーザンの視点が入り込んでいることがわかる。デンシャーはスーザンによってミリーの神話化の影響を受け、その結果人には言えない絆を抱えることになったのだ。

この海の喩えが同性愛の言葉で語られていることを、より詳しく考察していきたい。ここではデンシャーが溺れないよう必死でスーザンという岩につかまっていることがわかる。そして、彼のアイデンティは「まっすぐ」なものに脅かされ、孤独を感じている様子が次のように描かれるのだ。

スーザンとのことをケイトに黙っていたのは、よかったたと思った。デンシャーはその秘密が気に入っていたからだ。同じく個人的なプライバシーの感覚で、デンシャーはスーザンとの文通をためらうことなく「秘密」と呼んだ。あるいは「唯一率直でないつながり」と言ってもよかった。デンシャーは実際この関係を鮮やかなイメージで思い描いていた。つまり、広大な海の広がり、底の見えない灰色のまっすぐな広がりに突き出た小さな岩だと想像していたのである。（20: 391）

デンシャーは秘密を抱えていること、自分のふるまいが“straight”でないこと、それが気に入っていることなどを意識している。その上、心に秘密を抱えたデンシャーには「さらされているという奇妙な感覚」(20: 391) があるという。スーザン (との関係) を象徴する岩を頼りに、デンシャーは“straight”な世界にさらされ、その世界でスーザン以外には打ち明けられない秘密を抱えているという状況が描かれているのだ。ここでデンシャーの言う「さらされている (“exposure”)」感覚は次のように詳述されている——「デンシャーの心の奥深くには、絶対に誰にも見せたくないものがあった。[ケイトには] 特に、どうしても言わなくてはいけない必要最低限のこと以外は打ち明けたくなかった。にもかかわらず、デンシャーはその秘密の影のもとで、いつかこの秘密が世間に暴露されるという恐ろしい結末が待ち受けているのではないかという考えに取りつかれていた」(20: 391)。デンシャーはここで明確に「さらされている」感覚を、世間に「暴露される」ことだと考えている。この場面は次の文で終わる——「突き出た岩にすがりつき、その岩とスーザンとにすがっているときでさえ、デンシャーは自分が誰にも見られないで隠れていると考えていたのは奇妙なことだった」(20: 391)。デンシャーは「広い“straight”な広がり」において、周囲よりも突出しているにもかかわらず、世間から隠れていると信じている。そして、スーザンだけが衝立になってくれるのである。デンシャーがここで感じている秘密を抱えているという感覚や、さらされながら隠されてもいるという感覚、暴露を恐れる気持ちなどは、ワイルドの時代における同性愛文学に特徴的な心理である。デンシャーはスーザンとともにミリーの生をロマンスにしたことで、奇妙にも同性愛者とよく似た心理を示すことになっている。

同性愛にとどまらず、デンシャーはスーザンと同じ視点を共有し始める。ミリーはもはやただのアメリカの女の子ではなく、王女として認識されるようになり、それに伴いケイトは魅力的な女性ではなくなってしまうのだ。ケイトの父と姉は冒頭以降姿を消しているが、結末になって突然戻ってくる。しかし、彼らの姿は冒頭と同じではない。ライオネルは何かにおびえており、たった今それから逃れてきたかのような様子を見せる。冒頭では、生活苦ではあるものの、ケイトが腹立たしくなるほど尊大で優雅なふるまいをしていた父が、部屋でしくしく泣いているというのだ。一方マリアンは、冒頭でもケイトから奪えるものは何でも奪おうとしていたが、その必死さが増して「金切り声を上げながら助けを求めてくる」(20: 360) かのように描かれている。ライオネルが今度は姉に頼り、搾取しようとしているせいだ。二人の様子は主にラウダー夫人を通してデンシャーに伝えられており、クロイ家の絶望的な状況はひどくなったにもかかわらず、その訴えは遠くから届く声に縮小してしまっていることがわかる。リアリズムの調子が物語の終わりのほうでは、弱まってくるのである。

リアリズムの衰退はデンシャーがケイトの世界への関心を失ったことを表すものではないだろうか。のちにデンシャーはマリアンの家にケイトを探しに来るが、あまりの貧しさに衝撃を受ける。それはミリーが追い求めた素朴な庶民の暮らしという美化されたものではなく、隠しようのない醜悪さを見せるものだ。このためにデンシャーはケイトを美しいとは思えなくなってしまう。次の引用にはそうしたデンシャーの困惑がはっきりと見て取れる。

ケイトの現状は、家の中に入ったときからデンシャーに一つのイメージとして強烈に伝わってきた。それはおそらく、これまでケイトと会っていた環境とは、はっきりと示唆に富む形で異なっていたからであろう。これまでデンシャーはケイトと比較的豪華な場所で会ってきた。ケンジントンの高い木に囲まれたラウダー夫人の壮麗な家や、何層にも重なるベネチアの屋敷などが、その背景となっていた。(20: 363-64)

デンシャーは、急いで豪華な環境を思い出すことで、ケイトが輝きを失った理由を探している。それほどケイトの変貌に衝撃を受けたのだ。デンシャーはその醜さが「ほとんど邪悪と言えるほどだ」と感じ、「飼いならすことも和らげることもできない。機転も趣味もなく、ただひたすら醜悪な違いを突きつけてくる」(20: 365) ものと感じている。ケイトは、スカラリー・メイドという皿洗いの召使いで、屋敷の使用人の中では最下層に属する者にも喩えられているが、それは彼女の威厳がデンシャーの視点からはなくなってしまったことを表す。『大使たち』において、ストレザーがヴィオネ夫人をメイドに喩えたことを思い出してもよいかもしれない。下層階級の少女に喩えることは、見ている者の幻滅を表すのである。デンシャーはもはやケイトのリアリズムには戻れず、ミリーのロマンスを心に秘めながら「いつか秘密が暴かれる」という恐れを隠して生きていくことになるのだ。

四、神話化にまつわる心理的距離

デンシャーが、ミリーが死んだあとにようやく安心して彼女を愛し始めるように、スーザンもロマンスを持ち込むことでミリーから距離を取って彼女を愛することができている。もちろんスーザンがミリーをロマンス化するのは、ミリーを愛しているからにほかならない。スーザンはミリーにすべてを捧げ、「現実」においてロマンスを生み出そうとしてきたのだから。二人の旅は「詩」(19: 111) や「ワーグナーのオペラ」(19: 114) と表現されており、これらの言葉はスーザンの愛が職業的な愛でもあることを物語っている。個人的な情熱と職業的な関心とが混ざり合っていることは、スーザンの立場をやや複雑にもしているだろう。スーザンがミリーを見つめる目は「科学的」で「スパイのよう」(19: 117) でもあり、ミリーもスーザンの目に宿る冷たさに気づいているからだ。ここに、スーザンがミリーを「物語の王女」や「すばらしい主人公」として扱うことで距離を保っている様子がうかがえる。また、スーザンのロマンスはミリーのためというより、自分のためであることも描かれているのだ。ミリーは実際には「自分が内心ひどく心配していること、本当に個人的な悩みを抱えていること」(20: 160) を自覚しており、これらは病気や死の不安を指している。そしてミリーはそれが美しくないことにも気づいているのだ。マーク卿が、病気を美しいと信じるようにミリーを説得すると、ミリーはすぐに彼が「ドレスを切って新しい型にするように、(現実を) 飾り立てようとしている」(20: 158) と感じる。ミリーが病のことを話さないのは、あまりにも誇りが高すぎて弱さを見せたくないせいでもあるが、それ以上にマーク卿も含めてほかの登場人物や読者がミリーにリアリスティックにではなく、英雄のようにふるまうことを求めているからだ。マーク卿は読者を代表するかのようにミリーに英雄としてのふるまいを求めている——「私たちはみんな、あなたを愛しているのです。もし、そのほうが聞きやすいと言うのであれば、もちろん個人的な想いは置いておき、そのように言わせていただきます。私は大勢のうちの一人として話しましょう。あなたは私たちを苦しめるために生まれたのではありません。私たちを幸せにするために生まれたのです。ですから私たちの声を聴かねばなりません」(20: 160)。マーク卿は、ミリーを物語の英雄のようにとらえ、ほかの人々とともに崇拝している。そしてこのセリフからはミリーがただ崇拝されるだけでなく、人々に仕えなくてはならない存在であることもわかる。ミリーは「あなたがたの声を聴くことはできません」「そんなことをしたら私は死んでしまうもの」(20: 160) と答えている。さらに「私はひたすら与えるのみ」(20: 161) と悲しそうにつぶやいてもいる。ミリーは人々の代表としてふるまい、自分の人生を通して人々を救うことの苦しさも実感しているのだ。こうしたミリーの心情を踏まえると、スーザンの愛にはかぎりがあるように思われる。ミリーに仕えていることは確かだが、その献身ぶりは自らの理想を追求するためでもある。

しかし、その距離こそ同性愛を芸術に昇華させる上で重要なものであった。ニコラス・ブッシェルによると、ミリーのモデルとなったメアリー・テンプル（ミニー）が一八七〇年に亡くなったとき、ジェイムズはミニーが観念の世界に入ったことを知って喜んだという (Buchele 144)。想像の世界でなら、人は死者を自分の思うとおりに想像し、交流できるからだ。その上気持ちを隠す必要もなく、堂々とミニーを愛することができる。この安心は『鳩の翼』でミリーを、彼女が亡くなったあとでようやく愛し始めるデンシャーの心理に似ている。ブッシェルも指摘するように、こうした愛し方は「男らしい」、異性愛中心主義者の反応とは言いがたい (Buchele 144)。また、ジェイムズは晩年に、彼が愛していた青年アンダーセンに宛てた手紙の中でも、直接会うより、互いへの想いを芸術へ高めることを提案している。こうして愛する対象を観念的に扱うことを意識していたジェイムズがスーザンを描く際、そのことを意識しなかったとは考えにくい。むしろスーザンの愛による屈折があってこそ、ミリーの生が芸術となることを表したかったように思われるのだ。

ジェイムズはニューヨーク版全集に寄せた序文で『鳩の翼』の欠陥について言及している。ケイトに圧力を与える状況について、読者を納得させられるような描写ができなかったというのだ（*AN* 297-98）。ジェイムズがここで取り上げている状況とは、ライオネル・クロイやラウダー夫人の圧力を指すと考えられる。ディケンズ的なリアリズムを十分に描くことができなかったことが悔やまれているのだ。これに対し、ジェイムズはミリーやスーザンの扱いには自信を見せた上で、スーザンの役割はミリーの経験を神話化するコロスの役割であると説明している（*AN* 299）。スーザンが芸術家として距離を保ちながらミリーを愛することで、古典劇に匹敵する最高の芸術が生まれたことを誇りに思っていることがわかる。本作には、それまでジェイムズ作品で中心となっていた、現実的な同性愛に付随する独占欲やもどかしさが描かれていない。ミリーによるデンシャーへの愛のように、異性愛に起こり得る嫉妬までも崇高なものに置き換えられているのだ。作中ケイトは婚約者が別の女性と交際することに嫉妬することもなく、結末でミリーかデンシャーのどちらかにようやく嫉妬を感じたときには、すでにその存在感が弱められている。スーザンにミリーをロマンス化させることで、ジェイムズは愛の美しさだけを芸術として昇華させたのだ。ジェイムズ・バークレーはロマンスが読者を現実逃避させるものだと指摘し、そこに描かれる「真実の愛」といった理想を普遍的な真実だと鵜呑みにしないよう注意している（Berkley 1-2）。このロマンスの要素をジェイムズは逆手に取り、ロマンスでしか成立し得ない理想を描きたかったのではないだろうか。架空の話にすぎないとしても、スーザンのミリーに対する愛を、この世界で最も美しいものとして示したかったのだ。

注

（1）デリックはセジウィックが登場人物間の関係の複雑さを見落としていると指摘する。『鳩の翼』では「逸脱したもの」と「規範的なもの」がいかに互いに依存してアイデンティティを築いているかを見るべきだというのだ（Derrick 139-40）。デリックによれば、デンシャーの脅かされた男性性は、ミリーのケイトに対する愛が犠牲にされることと関係している（Derrick 139-40）。デリックと同様に、スティーヴンスもデンシャーの脅かされた男性性に着目し、ホモセクシュアル・パニックとの関係を論じている（Stevens, *Sexuality* 28-35）。

（2）海老根は場所ごとに描写の違いをとらえているが、本稿と同様にリアリズムと詩的な雰囲気とを読み取っている――「物質主義に支配されたランカスター・ゲイトを中心にしたロンドンの部分と、一転して詩的な雰囲気を帯びるヴェニスの部分は異質であり、前者のリアリズムが重すぎる印象があるとは言えるが、そのリアリズムは後者の部分にもデンシャー、ケイトの関係の中に接続し、（中略）複雑な意味の展開につながる」（海老根　八三）。本稿では詩的雰囲気がミリーやスーザンに端を発するものとし、それがロマンスの伝統に属することを論じていく。

（3）大橋健三郎と渡辺の見解はシンポジウムにおいて発表され、のちに書籍としてまとめられている。本稿では書籍より引用した。

終章

ここまでヘンリー・ジェイムズが同性愛についてどのような問題意識を持ち、作品の中でどのようにそれを描いてきたのかを探ってきた。その変遷をいま一度整理しておきたい。「古衣装のロマンス」はある女性が妹に対して抱く情熱を描いた物語である。ロザリンドのパーディタへの愛は、パーディタの夫と結婚し、パーディタの娘の母となり、パーディタのアイデンティティを模倣することを促している。しかし、ロザリンドはパーディタが自分のことを敵としか考えていないことを知り、大きな衝撃を受けるのだ。その衝撃が幽霊という形で表現されることになる。このように幽霊として登場した同性愛の主題は、初期作品を通して少しずつ探究されていく。『ワシントン・スクエア』では、ロザリンドの情熱に似た感情が、父と婚約者との間に見られる。スローパーとモリスはあまりにも互いを意識するあまり、客観性を失い、生涯を通して妄想に取りつかれるが、その妄想には同性愛的欲望が垣間見える。『ある婦人の肖像』

でも、結婚のプロットが再三阻まれることになるが、そこには父への欲望と同性愛が関係していた。これら初期作品において、ジェイムズは異性愛の中に生じる同性愛を多様な角度から観察していると言える。

次の段階において、ジェイムズは同性愛がいかに社会の中で打ち砕かれていくかを探究していくことになる。たとえば『ボストンの人々』では、女性同士の絆がどのような過程を経て壊れていくのかが描かれている。オリーヴとヴェリーナの仲を引き裂くのは、規範的な女性同士の関係にほかならない。彼女たちの関係は規範的な関係に読み替えられ見落とされるか、その型に適合しないとみなされ壊されるかのどちらかだ。女性同士の愛の美しさを知るジェイムズは、二人の別れを悲劇として中心に据え、物語を完成させている。そのような『ボストンの人々』と同じ年に『カサマシマ公爵夫人』が出版された。主人公ハイアシンスは両親の負の遺産を引き継いだために、女性の立場に置かれ、権威のある男性に惹かれるようになる。ハイアシンスはオリーヴやヴェリーナのように同性愛者として葛藤することはないが、母親の影から逃れたくても逃れられないという苦悩に、父親的存在に対する同性愛的憧憬や疎外感が重なることで、彼のアイデンティティの悩みが深まっていく構造になっている。初期作品では結婚文化に伴うものとして見え隠れしていた同性愛的欲望が、この段階では同性同士の規範的関係や両親の階級格差とも関わる問題として提示され始めたことがわかる。

その後ジェイムズは社会と同性愛者との関わりに関心を持ちながら、身体的接触を描いたり、婉曲法を用いたりして、同性愛者の心理を掘り下げていく。この時期、ワイルドが同性愛を一つのアイデンティティとして公に示し、裁判の末に投獄された。同性愛が可視化され、禁止がより強く人々に意識される時代となったのだ。この時期の登場人物たちが抱える闇は深い。『ポイントンの蒐集品』では、支配と被支配の関係を軸とした愛情がフリーダとゲレス夫人の間に交わされるが、両者はそのことを認識できていない。そのため、なぜ悲しいと感じているかもわからず、愛が満たされることもないまま、荒涼とした世界に取り残されるさまが描かれている。『ボストンの人々』よりも意識と無意識の乖離が広がり、身体的接触はそれと反比例して濃くなっているのだ。これによりセクシュアリティを認識することの難しさや重要性がより明確に表されていると言えるだろう。『ポイントンの蒐集品』と同じ頃に書かれた『あちらの家』では初めて自覚的な同性愛者が登場し、異性愛のふるまいを模倣しながら、愛する女性のために行動していく。その情熱は子殺しという破壊的な力を見せ、支配を基軸とする『ポイントン』の愛情表現のように暗い色調を帯びる。ジェイムズはローズの破壊行動を唯一理解する存在であり、現実世界ではすぐに壊されてしまう同性愛の絆を作品内部で彼女とともに守ろうとしているように思われる。ローズは結婚を迫られ、自分が自分でなくなる恐怖と、同性愛者であることによって迫害される恐怖との狭間に立たされている人物だ。そんな彼女の持つ、ジュリアを永遠に愛していられるときにとどまりたいという願いが、ほかの登場人物たちの逸脱した愛に支えられるという構図を取ることで、ジェイムズは理想世界を追求した。同じく子殺しを扱う『ねじの回転』は、ジェイムズが同性愛者の直面する別の危険に気づいていることを示している。社会的弱者である同性愛者が支配者である上流階級に属していた場合、「余った女」と言われる未婚の中産階級の女性から意図せず将来や夢、社会的評価などを奪ってしまう可能性を作中で描いたのだ。本作の「子殺し」の原因は、中産階級の女性が独身であるために労働、孤独、貧困、軽蔑などにさらされ、追い詰められたことにある。当時、中産階級の未婚女性の多さや家庭教師の不幸な人生は大きな社会問題となっていた。このように本作では、社会的弱者という視点から同性愛とほかの問題との相互関係をあぶり出すことに成功している。概して『ポイントンの蒐集品』から『ねじの回転』にいたるまでの時期は婉曲法が磨かれ、作家自身の安全が確保される形で同性愛が表現される傾向にある。これに比例して接触や破壊的な情熱の描写も力強いものに変化しているのが特徴だ。ジェイムズが同性愛者の直面する厳しい現実に最も深く向き合った時期であると言えるだろう。

次第にジェイムズは同性愛の美を芸術として昇華させることに関心を持ち始める。『大使たち』では自身の献身を顧みない若者に対し、恨みごとを言いながらも、人生のすべてを捧げて彼を愛そうとする初老の男性ストレザーを描いた。チャドを愛することで、ストレザー自身も結婚や男らしさを重視する価値観から解放されていく。貧しさを肯定し、芸術への情熱を持ち、男性への愛を胸に、自由に生きることのできる人へと変身するのである。続いて執筆された『鳩の翼』では、同性愛を芸術としてどのように扱うかがより意識されているように思われる。本作の同性愛者スーザンはロマンスを導入することで、愛する対象ミリーとの距離を保ち、芸術として愛を昇華させることをめざす人物だ。このロマンスを完成させることで、スーザンは芸術家として飛躍するが、スーザンがミリーを神話化する姿を描くことは、同性愛における精神性を重視し、芸術を生み出す原動力として同性愛を理想化するふるまいであると言えるだろう。社会の抑圧や同性愛者の葛藤を直視してきたジェイムズは、こうして自らの創造力を駆使することで同性愛に生を与えた。自由や理想を描くことのできるロマンスを用いて、同性愛の美しさをとらえ、芸術という永遠に変えたのである。

引用文献

Alexander, Catherine M. S., ed. *Cambridge Companion to Shakespeare's Last Plays*. Cambridge UP, 2009.

Allen, Elizabeth. *A Woman's Place in the Novels of Henry James*. Macmillan, 1984.

Babiiha, Thaddeo Kitasimbwa. "James's *Washington Square*: More on the Hawthorne Relation." *The Nathaniel Hawthorne Journal*, vol. 4, no. 3, 1974, pp. 270-72.

Baldick, Robert. Introduction. *Against Nature*, by Joris-Karl Huysmans, edited by Baldick, Penguin, 1959, pp. 5-14.

Barzun, Jacques. "James the Melodramatist." *The Kenyon Review*, vol. 5, no. 4, 1943, pp. 508-21.

Bate, Jonathan. *English Literature: A Very Short Introduction*. Oxford UP, 2010.

Bell, Ian F. A. *Washington Square: Styles of Money*. Twayne, 1993.

Bell, Millicent. "James, the Audience of the Nineties, and *The Spoils of Poynton*." *Henry James Review*, vol. 20, no. 3, 1999, pp. 217-26.

Berkley, James, ed. *Romance and Realism: An Introduction to the Study of the Novel*. Odyssey, 1961.

Berland, Alwyn. *Culture and Conduct in the Novels of Henry James*. Cambridge UP, 1981.

Berlant, Lauren. "Fancy-Work and Fancy Foot-Work: Motives for Silence in *Washington Square*." *Criticism*, vol. 29, no. 4, Fall 1987, pp. 439-58.

Bogaert, Anthony F. *Understanding Asexuality*. Rowman and Littlefield, 2012.

Bowden, Edwin T. *The Themes of Henry James: A System of Observation through the Visual Arts*. New Yale UP, 1956.

Bradley, John R., ed. *Henry James and Homo-Erotic Desire*. Macmillan, 1999.

Brontë, Charlotte. *Life and Works of the Sisters Brontë: Villette*. vol.3, AMS, 1973.

Brooks, Peter. *Melodramatic Imagination: Balzac, Henry James, Melodrama, and the Mode of Excess.* Yale UP, 1995.

Buchele, Nicolas. “Renunciations in James’s Late Novels.” Bradley, pp. 137-49.

Cambon, Glauco. “The Negative Gesture in Henry James.” *Nineteenth-Century Fiction*, vol. 15, no. 4, March 1961, pp. 335-43.

Cargill, Oscar. *The Novels of Henry James*. Macmillan, 1961.

Castle, Terry. *The Apparitional Lesbian: Female Homosexuality and Modern Culture.* Columbia UP, 1993.

Chambers, Diane M. “Triangular Desire and the Sororal Bond: The ‘Deceased Wife’s Sister Bill.’” *Mosaic*, vol. 29, no. 1, 1996, pp. 19-36. *JSTOR*. www.jstor.org/stable/44029836.

Chase, Richard. *The American Novel and Its Tradition.* Johns Hopkins UP, 1980.

Clippinger, David. “The Hidden Life of Benjamin Britten’s Homoerotic Reading of Henry James’s *The Turn of the Screw.*” *Literature and Musical Adaptation*, edited by Michael J. Meyer, Rodopi, 2002, pp. 137-52.

Cohen, Ed. *Talk on the Wilde Side: Toward a Genealogy of a Discourse on Male Sexualities.* Routledge, 1993.

Coulson, Victoria. *Henry James, Women and Realism.* Cambridge UP, 2007.

de Lauretis, Teresa. “Queer Theory: Lesbian and Gay Sexualities. ” *Differences*, vol. 3, no. 2, 1991, pp. iii-xviii.

Derrick, Scott S. *Monumental Anxieties: Homoerotic Desire and Feminine Influence in 19th Century U. S. Literature.* Rutgers, 1997.

Dupee, Frederick W. *Henry James.* Sloane, 1951.

Edel, Leon. *Henry James: The Untried Years: 1843-1870.* Avon, 1978.

——. *Henry James: The Treacherous Years: 1895-1901.* Lippincott, 1969.

Ellmann, Richard. “James Amongst the Aesthetes.” Bradley, pp. 25-44.

Faderman, Lillian. *Surpassing the Love of Men: Romantic Friendship and Love between Women from the Renaissance to the Present.* William Morrow, 1981.

Felman, Shoshana. “Turning the Screw of Interpretation.” *Yale French Studies*, vol. 55-56, 1977, pp. 94-207.

Fetterley, Judith. *Resisting Reader: A Feminist Approach to American Fiction.* Indiana UP, 1978.

Fisher, Paul. “‘Her Smoking Was the Least of Her Freedoms’: Henrietta Reubell, Miss Barrace, and the Queer Milieu of Henry James’s

Paris." *Henry James Review*, vol. 33, no. 3, 2012, pp. 247-54.

Flannery, Denis. "The Appalling Mrs. Luna: Sibling Love, Queer Attachment, and Henry James's *The Bostonians.*" *Henry James Review*, vol. 26, no. 1, 2005, pp. 1-19.

Forster, Edward Morgan. *Aspects of the Novel*. Penguin, 1981.

Freedman, Jonathan. *Professions of Taste: Henry James, British Aestheticism, and Commodity Culture*. Stanford UP, 1990.

Garber, Marjorie. *Bisexuality and the Eroticism of Everyday Life*. Routledge, 2000.

Gargano, James W. "*Washington Square*: A Study in the Growth of an Inner Self." *Studies in Short Fiction*, vol. 13, no.3, 1976, pp. 355-62.

Gosse, Edmund. "Henry James." *The London Mercury*, vol. 2, no. 7, 1920, pp. 29-41.

Graham, Wendy. *Henry James: Thwarted Love*. Stanford UP, 1999.

Greenberg, David F. *The Construction of Homosexuality*. U of Chicago P, 1988.

Greenwald, Elissa. *Realism and the Romance: Nathaniel Hawthorne, Henry James, and American Fiction*. UMI, 1989.

Gunter, Susan E., and Steven H. Jobe. "Dearly Beloved Friends: Henry James's Letters to Younger Men." Bradley, pp. 125-36.

Hadley, Tessa. *Henry James and the Imagination of Pleasure*. Cambridge UP, 2002.

Hall, Richard. "Henry James: Interpreting an Obsessive Memory." *Journal of Homosexuality*, vol. 8, no. 3-4, 1983, pp. 83-98.

Hallab, Mary Y. "The Romance of Old Clothes in a Fatal Chest." *Henry James Review*, vol. 16, no. 3, 1995, pp. 315-20.

Hanson, Ellis. "Screwing with Children in Henry James." *GLQ: A Journal of Lesbian and Gay Studies*, vol. 9, no. 3, 2003, pp. 367-91.

Haralson, Eric. "'His little heart, dispossessed': Ritual Sexorcism in *The Turn of the Screw*." *Questioning the Master: Gender and Sexuality in Henry James's Writings*, edited by Peggy McCormack, U of Delaware P, 2000, pp. 133-48.

——. *Henry James and Queer Modernity*. Cambridge UP, 2003.

Holland, Merlin. "Oscar Wilde's Crime and Punishment: Fictions, Facts and Questions." *Oscar Wilde in Context*, edited by Kerry Powell and Peter Raby, Cambridge UP, 2013, pp. 197- 210.

Honey, J. R. de S. *Tom Brown's Universe: The Development of the English Public School in the Nineteenth Century*. Millington, 1977.

Hughes, Kathryn. *The Victorian Governess.* Hambledon and London, 2001.

Hutchinson, Stuart. *Henry James: An American as Modernist*. Vision and Barnes & Noble, 1982.

Isle, Walter. *Experiments in Form: Henry James's Novels, 1896-1901*. Harvard UP, 1968.

Jacobson, Marcia. *Henry James and the Mass Market.* U of Alabama P, 1983.

Jöttkandt, Sigi. "Portrait of an Act: Aesthetics and Ethics in *The Portrait of a Lady*." *Henry James Review*, vol. 25, no. 1, 2004, pp. 67-86.

Kaneda, Masahide. *Displacing the Border: Oscar Wilde's Textual and Sexual Politics*. Eihosha, 2007.

Kaplan, Ann. "Is the Gaze Male?" *The Film Theory Reader: Debates and Arguments*, edited by Marc Furstenau, Routledge, 2010, pp. 209-21.

Kaplan, Fred. *Henry James: The Imagination of Genius: A Biography.* William Morrow, 1992.

Kellogg, Stuart. "Introduction: The Uses of Homosexuality in Literature." *Literary Visions of Homosexuality*, edited by Stuart Kellogg, Haworth, 1983, pp. 1-12.

Kern, Stephen. *Eyes of Love: The Gaze in English and French Paintings and Novels 1840-1900.* Reaktion Books, 1996.

Klein, Marcus. "Convention and Chaos in *The Turn of the Screw*." *The Hudson Review*, vol. 59, no .4, 2007, 595-613.

Knowles, Ronald. "'The Hideous Obscure': *The Turn of the Screw* and Oscar Wilde." The Turn of the Screw *and* What Maisie Knew, edited by Neil Cornwell and Maggie Malone, St. Martin's, 1998, pp. 164-78.

Leer, David Van. "A World of Female Relationship: *The Bostonians*." Bradley, pp. 93-109.

MacComb, Debra. "Divorce of a Nation; or, Can Isabel Archer Resist History?" *Henry James Review*, vol. 17, no. 2, 1996, pp. 129-48.

Mackenzie, Manfred. *Communities of Honor and Love in Henry James*. Harvard UP, 1976.

Maine, Barry. "Bring the Bodies Up: Excavating *Washington Square*." *American Literary Realism*, vol. 48, no. 3, Spring 2016, pp. 209-31.

Maini, Darshan Singh. "*Washington Square*: A Centennial Essay." *Henry James Review*, vol. 1, no. 1, 1979, pp. 81-101.

Marcus, Sharon. *Between Women: Friendship, Desire, and Marriage in Victorian England.* Princeton UP, 2007.

Martin, Robert K. "Failed Heterosexuality in *The Portrait of a Lady.*" Bradley, pp. 87-92.

Matheson, Neill. "Talking Horrors: James, Euphemism, and the Specter of Wilde." *American Literature*, vol. 71, no. 4, 1999, pp. 709-750.

Matthiessen, F. O. *Henry James: The Major Phase*. Oxford UP, 1944.

McColley, Kathleen. "Claiming Center Stage: Speaking Out for Homoerotic Empowerment in *The Bostonians*." *Henry James Review*, vol. 21, no.2, 2000, pp. 151-69.

McMullan, Gordon. "What is a Late Play?" Alexander, pp. 5-28.

McWhirter, David. *Desire and Love in Henry James: A Study of the Late Novels.* Cambridge UP, 1989.

Meissner, Collin. *Henry James and the Language of Experience*. Cambridge UP, 1999.

Milder, Robert. "The Ugly Socrates': Melville, Hawthorne, and the Varieties of Homoerotic Experience." *Hawthorne and Melville: Writing a Relationship*, edited by Jana L. Argersinger and Leland S. Person, U of Georgia P, 2008, pp. 71-112.

Miller, Elizabeth Carolyn. "The Inward Revolution: Sexual Terrorism in *The Princess Casamassima*." *Henry James Review*, vol. 24, no. 2, 2003, pp. 146-67.

Moon, Michael. "Sexuality and Visual Terrorism in *The Wings of the Dove*." *Criticism: A Quarterly for Literature and Arts*, vol. 28, no. 4, 1986, pp. 427-43.

Moseley, Charles. "The Literary and Dramatic Contexts of the Last Plays." Alexander, pp. 47-70.

Murphy, Brenda. "James's Later Plays: A Reconsideration." *Modern Language Studies*, vol. 13, no. 4, 1983, pp. 86-95.

Novick, Sheldon M. "Introduction." Bradley, pp. 1-24.

——. *Henry James: The Young Master.* Random House, 1996.

Ohi, Kevin. *Henry James and the Queerness of Style.* U of Minnesota P, 2011.

O'Toole, Sean. "Queer Properties: Passion and Possession in *The Spoils of Poynton*." *Henry James Review*, vol. 33, no. 1, 2012, pp. 30-52.

Pigeon, Elaine. *Queer Impressions: Henry James's Art of Fiction.* Routledge, 2005.

Poirier, Richard. *The Comic Sense of Henry James: A Study of the Early Novels*. Galaxy, 1967.

Pool, Daniel. *What Jane Austen Ate and Charles Dickens Knew: From Fox Hunting to Whist — the Facts of Daily Life in 19th-Century England.* Touchstone, 1993.

Powers, Lyall H. *Henry James and the Naturalist Movement.* Michigan State UP, 1971.

Putt, S. Gorley. *Henry James: A Reader's Guide*. Cornell UP, 1966.

Rowe, John Carlos. *The Theoretical Dimensions of Henry James*. U of Wisconsin P, 1984.

Sanner, Kristen. "Wasn't All History Full of the Destruction of Precious Things?: Missing, Mothers, Feminized Fathers, and the Purchase of Freedom in Henry James's *The Portrait of a Lady.*" *Henry James Review*, vol. 26, no. 2, 2005, pp. 147-67.

Savoy, Eric. "The Jamesian Turn: A Primer on Queer Formalism." *Approaches to Teaching Henry James's* Daisy Miller *and* The Turn of the Screw, edited by Kimberly C. Reed and Peter G. Beidler, Modern Language Association of America, 2005, pp. 132-42.

——. "The Queer Subject of 'The Jolly Corner.'" *Henry James Review*, vol. 20, no. 1, 1999, pp. 1-21.

Schiller, Emily. "Melodrama Redeemed; or, the Death of Innocence: Milly and Mortality in *The Wings of the Dove.*" *Studies in American Fiction*, vol. 24, no. 2, 1996. *Academic OneFile*.

Sedgwick, Eve Kosofsky. *Epistemology of the Closet.* U of California P, 1990.

——. *Tendencies.* Routledge, 1994.

Showalter, Elaine. "Dr. Jekyll's Closet." *The Haunted Mind*, edited by Elton E. Smith and Robert Haas, 1999.

Shine, Muriel G. *The Fictional Children of Henry James*. U of North Carolina P, 1969.

Sicker, Philip. *Love and the Quest for Identity in the Fiction of Henry James*. Princeton UP, 1980.

Smith-Rosenberg, Carroll. *Disorderly Conduct: Visions of Gender in Victorian America.* Oxford UP, 1985.

Soltysik, Agnieszka M. "Recovering 'Covering End': What Queer Theory Can Do for *The Turn of the Screw.*" *Victorian Literature and Culture*, vol. 36, 2008, pp. 247-52.

Springer, Mary Doyle. *A Rhetoric of Literary Character: Some Women of Henry James*. U of Chicago P, 1978.

Stevens, Hugh. *Henry James and Sexuality.* Cambridge UP, 1998.

——. "Queer Henry *In the Cage*." *The Cambridge Companion to Henry James*, edited by Jonathan Freedman, Cambridge UP, 1998, pp. 120-38.

Sweeney, Gerard M. "The Curious Disappearance of Mrs. Beever: The Ending of *The Other House*." *The Journal of Narrative Technique*, vol. 11, no. 3, 1981, pp. 216-28.

Tambling, Jeremy. *Critical Issues: Henry James*. Macmillan, 2000.

Tanner, Tony. "The Watcher from the Balcony: Henry James's *The Ambassadors*." *The Critical Quarterly*, vol. 8, no. 1, 1966, pp. 35-52.

Tilley, W. H. *The Background of the Princess Casamassima*. U of Florida P, 1960.

Tompkins, Jane. *Sensational Designs: The Cultural Work of American Fiction 1790-1860*. Oxford UP, 1985.

Trilling, Lionel. *The Liberal Imagination: Essays on Literature and Society*. New York Review Books, 2008.

Tucker, Amy. *The Illustration of the Master: Henry James and the Magazine Revolution*. Stanford UP, 2010.

Veeder, William. *Henry James — the Lessons of the Master: Popular Fiction and Personal Style in the Nineteenth Century*. U of Chicago P, 1975.

Walker, Pierre A. *Reading Henry James in French Cultural Contexts*. Northern Illinois UP, 1995.

Walpole, Hugh. "Henry James: A Reminiscence." *Horizon*, vol.1, no. 2, 1940, pp. 74-81.

Walton, Pricilla L. "'The Tie of a Common Aversion': Sexual Tensions in Henry James's *The Other House*." *Henry James Review*, vol. 17, no. 1, 1996, pp. 11-21.

Weber, Max. *The Protestant Ethic and the Spirit of Capitalism*. Translated by Talcott Parsons, Dover Publications, 2003.

Weeks, Jeffery. *Sex, Politics, and Society: The Regulation of Sexuality since 1800*. Longman, 1989.

Woolf, Virginia. *Mrs Dalloway*. Penguin, 2000,

——. "Henry James's Ghost Stories." *Collected Essays by Virginia Woolf*. vol. 1, edited by Leonard Woolf, Hogarth, 1966.

Yeazell, Ruth Bernard. *Language and Knowledge in the Late Novels of Henry James*. U of Chicago P, 1976.

Zacharias, Greg W. "Henry James' Style in *Washington Square*." *Studies in American Fiction*, vol. 18, no. 2, 1990, pp. 207-24.

Zorzi, Rosella Mamoli, ed. *Beloved Boy: Letters to Hendrik C. Andersen, 1899-1915*. U of Virginia P, 2004.

イーディー、ジョー編『セクシュアリティ基本用語事典』金城克哉訳（明石書店、二〇〇六年）。

海老根静江『総体としてのヘンリー・ジェイムズ』（彩流社、二〇一二年）。

LGBT支援法律家ネットワーク出版プロジェクト編『セクシュアル・マイノリティQ&A』（弘文堂、二〇一六年）。

大橋健三郎『ノヴェルとロマンス』（学生社、一九七四年）。

オールドリッチ、ロバート編『同性愛の歴史』田中英史、田口孝夫訳（東洋書林、二〇〇九年）。

河口和也『クィア・スタディーズ』（岩波書店、二〇〇三年）。

川本静子『ガヴァネス——ヴィクトリア時代の〈余った女〉たち』（みすず書房、二〇〇七年）。

スパーゴ、タムシン『フーコーとクイア理論』吉村育子訳（岩波書店、二〇〇四年）。

匠雅音『ゲイの誕生——同性愛者が歩んだ歴史』（彩流社、二〇一三年）。

角田信恵『オスカー・ワイルドにおける倒錯と逆説』（彩流社、二〇一三年）。

名本達也「ヘンリー・ジェイムズの“obscure hurt”と南北戦争」『佐賀大学文化教育学部研究論文集』十八巻、二号、二〇一四年、一一三-一二一頁。

フーコー、ミシェル『監獄の誕生——監視と処罰』田村俶訳（新潮社、一九七七年）。

——「性の科学」『性の歴史I——知への意志』渡辺守章訳（新潮社、一九九一年）、六七-九八頁。

本合陽『絨毯の下絵——十九世紀アメリカ小説のホモエロティックな欲望』（研究社、二〇一二年）。

町田みどり「男性性とセクシュアリティの教育——ヘンリー・ジェイムズ「巨匠の教え」」『ジェンダーと「自由」——理論、リベラリズム、クィア』（彩流社、二〇一三年）、二二一-四四頁。

——「『ポイントンの蒐集品』における「もの」とひとの関係」『ヘンリー・ジェイムズ、いま——歿後百年記念論集』里見繁美、中村善雄、難波江仁美編（英宝社、二〇一六年）、一八九-二〇七頁。

三成美保「尊厳としてのセクシュアリティ」『同性愛をめぐる歴史と法——尊厳としてのセクシュアリティ』三成美保編著（明石書店、二〇一五年）、二-一六九頁。

あとがき

本書は二〇一五年度に九州大学大学院人文科学府に提出した博士論文 "Seeking for Sexual Identity: Homosexuality and Homoerotic Desire in Henry James's Novels" を日本語に訳し、加筆・修正を施したものです。博士論文と本書に関連の深い論文は次のとおりに発表しています。

＊「Henry James の "The Romance of Certain Old Clothes" における姉妹の葛藤」
『九大英文学』五十一号　九州大学大学院英語学・英文学研究室　二〇〇九年三月

＊"The Passage to Acquisition in *The Ambassadors*"
『九大英文学』五十三号　九州大学大学院英語学・英文学研究室　二〇一一年三月

＊"Hyacinth's Fear of Heredity in Henry James' *The Princess Casamassima*"
『九州アメリカ文学』五十三号　九州アメリカ文学会　二〇一二年十一月

＊"Physical Contact and Homosexuality in *The Spoils of Poynton*"
『フォーラム』十九号　日本ナサニエル・ホーソーン協会　二〇一四年三月
＊"A Melting Pot of Affections in *The Other House*"
『北星論集』五十三巻一号　北星学園大学　二〇一五年九月
＊「*Washington Square* における遺産相続と父の喪失」
『アメリカ文学研究』第五十四号　日本アメリカ文学会　二〇一八年三月

また、『ボストンの人々』と『ねじの回転』の章は、次の学会発表の原稿を修正したものです。

＊シンポジウム「ヘンリー・ジェイムズと子ども」（「同性愛と「子ども」の効果——Henry James の *The Bostonians*」）九州アメリカ文学会第六十回大会　二〇一四年五月十一日　於：西南学院大学
＊「Douglas の感じた「醜悪さ」——*The Turn of the Screw* における異性愛、同性愛、階級について」
日本アメリカ文学会第五十三回全国大会　二〇一四年十月四日　於：北海学園大学

それぞれに発表された研究テーマはすべてが同性愛に関するものというわけではありません。本書のテーマや内容にたどり着くまでには試行錯誤を繰り返しました。今振り返ってみますと、最初は『ボストンの人々』を大学院の授業で論じていたときに本書のテーマに関心を持ったように思います。先生や先輩がオリーヴの同性愛を指摘され、そのように読むと作品の重要な柱が見えてくるように思われたのです。それから様々な作品を「愛」という観点で読み直していくにつれて、単純な解釈を許さない、その奥深い表現に驚かされることになりました。小説では曖昧なものや抽象的なものが重要になってくるように思われますが、論文では客観性を保つための論拠が必要になります。そこで、どこをどのように考えれば、それぞれの登場人物の愛をとらえられるのか考えようとしたとき、確かにこの登場人物間には愛があると感じられる場合でも、それにしっかりした形を与えるのはとても難しいことに気づいたのです。私たちはいったいどのように愛を認識したり、区別したりしているのだろうかと不思議に思うようになり、ジェイムズの愛の描き方はつかみどころがないからこそ美しいと思うようになりました。そうした愛についての認識の難しさをそのまま作品にして、「人間とは何か」「私とは何か」を問い直すことのできたジェイムズの力には、本書を書きながら改めて圧倒されました。そのような作家の作品に触れ、考える機会があったこと、私の時代にジェイムズの作品がきちんと受け継がれていたことのありがたさも実感する機会となりました。

博士論文の完成までには、指導教官である高野泰志先生に大変貴重なアドバイスをいただきました。また、大学院生時代を通して、先生は常に私の進む道を信じてくださいました。先生の励ましとご助言なくしては、建設的に研究を進めることはできなかったと思います。これまでのご指導に深く感謝申し上げます。また、イギリス文学の鵜飼信光先生、故村井和彦先生、英語学の西岡宣明先生にも様々な機会にご指導を賜りました。高野先生を初め、先生方に教えていただいた小説との向き合い方、研究の進め方、そして研究への熱意を持ち続ける姿勢などは、今後も私の研究人生を照らす星となっていくことと信じております。先生方のもとで研究者への道をめざすことができましたことは、大変な幸運でした。

また、博士論文を審査してくださった水野尚之先生にもこの場をお借りしてお礼を申し上げたいと思います。長年に渡る研究発表時のご指導のほか、拙論にいただいた詳細なコメントは、本書を執筆する際に大きな励みとなりました。そして北海道支部の先生方にも『ワシントン・スクエア』論の発表の際に貴重なコメントをいただきました。とりわけ本城誠二先生には何度もご指導いただき、おかげさまで本書の執筆に弾みがつきました。このように、専門や関心のあるテーマが異なっていても他者の研究を助ける先生方の姿勢を私も学ばせていただきたいと思います。お力添えをいただき、ありがとうございました。

そして、大学院生のときからこれまでの長い間、研究全般についてアドバイスをくださった福岡和子先生、諏訪部浩一先生にも感謝の気持ちを述べさせていただきたいと思います。先生方には研究を安心して進められ、さらに研究が広がるようなご助言を数多くいただきました。お話をうかがったあとにはいつも文学研究のすばらしさを改めて実感したものでした。その度に研究意欲を新たにすることができ、本書の執筆につながりました。これまでのご指導に、深く感謝申し上げます。

本書の出版に際し、助成金をいただいた北星学園大学後援会の皆さま、並びに日頃研究をサポートしていただいている北星学園大学の教職員の皆さまにもこの場をお借りしてお礼を申し上げたいと思います。よい学生にも恵まれ、文学の大切さを日々実感できています。また、本書は松籟社の木村浩之氏に編集していただきました。丁寧に原稿を読んでくださり、道筋も灯台のように照らしてくださいましたので、安心して初航海に乗り出すことができました。そして、幼い頃から私の読書好きを大事にし、これまで大変なときにも支えてくれた母にも感謝を伝えたいと思います。

こうして振り返ってみますと、多くの方の支えがあって研究を進めてこられたことが改めて実感されます。すべての方のお名前をここに挙げることができないのはとても残念ですが、これからも支えていただいた方々に恩返しができるよう、そして文学のすばらしさを伝え、文学作品をこの世界に残す一助となれるよう、研究者・教育者としての道を歩んでいきたいと思います。

二〇一八年十二月

斎藤彩世

【わ行】

ワイルド、オスカー　Wilde, Oscar　15-17, 28, 140, 145, 159-160, 186, 205, 213, 229, 264, 272
『ドリアン・グレイの肖像』 *The Picture of Dorian Gray*　74, 186, 213, 236-237

フーコー、ミシェル　Foucault, Michel　194, 205
フェダーマン、リリアン　Faderman, Lillian　101-102, 118
フェタリー、ジュディス　Fetterley, Judith　98
フェルマン、ショシャーナ　Felman, Shoshana　191
フォースター、E・M　Forster, Edward Morgan　216-217
ブラッドリー、ジョン・R　Bradley, John R.　13
フリードマン、ジョナサン　Freedman, Jonathan　236-237
ブリテン、ベンジャミン　Britten, Benjamin　203-204
ブロンテ、シャーロット　Brontë, Charlotte　86
『ヴィレット』 *Villette*　86
『ジェイン・エア』 *Jane Eyre*　199
ペイター、ウォルター　Pater, Walter　159, 236
『ルネサンス』 *The Renaissance: Studies in Art and Poetry*　159
ペリー、トマス・サージェント　Perry, Thomas Sergeant　31
ホーソーン、ナサニエル　Hawthorne, Nathaniel　59, 73-74, 162, 244
「痣」 “The Birth-mark”　73
『緋文字』 *The Scarlet Letter*　56, 162
「ラパチーニの娘」 “Rappaccini's Daughter”　73
ホール、リチャード　Hall, Richard　32-34, 41-42, 113, 147, 194
本合陽　13, 118, 240

【ま行】
マーティン、ロバート・K　Martin, Robert K.　83
マシーセン、F・O　Matthiessen, F. O.　8, 50, 237
町田みどり　13, 48, 162, 213-214
ムーン、マイケル　Moon, Michael　11, 38, 72

【や行】
ユイスマンス、ジョリス＝カール　Huysmans, Joris-Karl　213
『さかしま』 *À Rebours*　213

【ら行】
ラブシェール修正条項　15, 20, 203
リア、ディヴィッド・ヴァン　Leer, David Van　98, 101

「密林の獣」 “The Beast in the Jungle” 11, 14, 28, 193, 208, 232
「モード・イーヴリン」 “Maud-Evelyn” 27, 232
『ヨーロッパの人々』 *The Europeans* 60
『ロデリック・ハドソン』 *Roderick Hudson* 14, 60, 132, 159
『ワシントン・スクエア』 *Wasington Square* 18-19, 49-74, 95, 271
シモンズ、ジョン・アディントン Symonds, John Addington 17, 72, 213
ジューコフスキー、ポール Joukowsky, Paul 47
ジュエット、セアラ・オーン Jewett, Sarah Orne 102
ショーウォルター、エレイン Showalter, Elaine 74, 161, 198
ジラール、ルネ Girard, René 47
『新約聖書』 193
スコット、ウォルター Scott, Walter 118, 241
『マーミオン』 *Marmion* 118
スタージス、ハワード Sturgis, Howard 161
スティーヴンス、ヒュー Stevens, Hugh 23, 28, 118, 146, 248, 270
スミス＝ローゼンバーグ、キャロル Smith-Rosenberg, Carroll 99-100
セジウィック、イヴ・コゾフスキー Sedgwick, Eve Kosofsky 11, 28, 48, 144, 237, 240-241, 248-249, 270

【た行】

ダグラス、アルフレッド Douglas, Alfred 15, 17, 192, 205, 207-212
チェイス、リチャード Chase, Richard 242-243, 251
デ・ラウレティス、テレサ de Lauretis, Teresa 23
ディケンズ、チャールズ Dickens, Charles 246, 250, 269
テンプル、メアリー Temple, Mary 268

【な行】

名本達也 47
ノヴィック、シェルドン・M Novick, Sheldon M. 47, 161

【は行】

パース、ジョスリン Persse, Jocelyn 161
ハラルソン、エリック Haralson, Eric 12, 193, 196, 200, 204-205, 213, 236
バルザック、オノレ・ド Balzac, Honoré de 59, 73
『ウージェニー・グランデ』 *Eugénie Grandet* 73
ヒューズ、キャスリン Hughes, Kathryn 198, 201

クラフト＝エビング、リヒャルト・フォン　Krafft-Ebing, Richard Freiherr von　25
クリーブランド・ストリート・スキャンダル　the Cleveland Street scandal　15
グリーンバーグ、ディヴィッド・F　Greenberg, David F.　88-89, 139, 161, 203
グレアム、ウェンディ　Graham, Wendy　11, 22, 139, 240-241
ゴス、エドマンド　Gosse, Edmund　33-34, 166, 213, 217, 219

【さ行】

サージェント、ジョン・シンガー　Sargent, John Singer　31, 72, 74
サヴォイ、エリック　Savoy, Eric　11, 14, 200
サッカレー、ウィリアム・メイクピース　Thackeray, William Makepeace　246
『虚栄の市』　*Vanity Fair*　199
シェイクスピア、ウィリアム　Shakespeare, William　17, 186, 243
ジェイムズ、ウィリアム　James, William　30-32, 34, 36, 47, 86, 159, 228
ジェイムズ、ヘンリー　James, Henry
『あちらの家』　*The Other House*　20-21, 156, 163-187, 189, 212, 273
『アメリカ人』　*The American*　60, 73, 244
『ある少年の思い出』　*A Small Boy and Others*　31
『ある婦人の肖像』　*The Portrait of a Lady*　19, 50, 60, 73, 75-97, 139, 156, 259, 271
「いとよきところ」　"The Great Good Place"　35-36
「オーウェン・ウィングレイヴ」　"Owen Wingrave"　28
『カサマシマ公爵夫人』　*The Princess Casamassima*　20, 121-142, 272
「古衣装のロマンス」　"The Romance of Certain Old Clothes"　18-19, 27-48, 271
「死者たちの祭壇」　"The Altar of the Dead"　28
「絨毯の下絵」　"The Figure in the Carpet"　14
『信頼』　*Confidence*　60
『大使たち』　*The Ambassadors*　21, 215-237, 239, 241, 266, 274
「中年」　"The Middle Years"　35
『デイジー・ミラー』　*Daisy Miller*　60
「ド・グレイ――あるロマンス」　"De Grey: A Romance"　27
「友だちの友だち」　"The Friends of the Friends"　18, 27-48, 105, 118
「にぎやかな街角」　"The Jolly Corner"　14, 28, 48, 232
『ねじの回転』　*The Turn of the Screw*　14, 21, 28, 189-214, 273-274
『鳩の翼』　*The Wings of the Dove*　22, 239-241, 245, 254, 261, 268-270, 274
「『ベルトラフィオ』の作者」　"The Author of 'Beltraffio'"　14, 72, 213
『ポイントンの蒐集品』　*The Spoils of Poynton*　20, 143-163, 272-274
『ボストンの人々』　*The Bostonians*　14, 19-20, 56, 97-119, 121, 140, 176, 186, 196, 272-273
「ほんとうの正しいこと」　"The Real Right Thing"　28

◉ 索 引 ◉

・本文および注で言及した人名、作品名、媒体名、歴史的事項等を配列した。
・作品名は原則として作者名の下位に配置した。
・ヘンリー・ジェイムズについては本書全体で扱っているのでページは拾っていないが、下位に作品名を配列した。

【あ行】
『アーサー王の死』 *Le Morte d'Arthur* 243
『イエロー・ブック』 *The Yellow Book* 159
ウールソン、コンスタンス・フェニモア Woolson, Constance Fenimore 208
ウェーバー、マックス Weber, Max 74
ウォートン、イーディス Wharton, Edith 48
「柘榴の種」 "Pomegranate Seed" 48
ウォルポール、ヒュー Walpole, Hugh 34, 47, 161
ウルフ、ヴァージニア Woolf, Virginia 104-105, 118, 204
『ダロウェイ夫人』 *Mrs Dalloway* 104
エデル、レオン Edel, Leon 30, 33, 159, 161, 186-187
海老根静江 83, 102, 237, 270
エリス、ヘンリー・ハヴロック Ellis, Henry Havelock 144, 204
エルマン、リチャード Ellmann, Richard 159
オオイ、ケヴィン Ohi, Kevin 236
オスカー・ワイルド裁判 the trials of Oscar Wilde 15-17, 20, 42, 144, 191, 205
オトゥール、ショーン O'Toole, Sean 145, 147, 161

【か行】
ガーバー、マージョリー Garber, Marjorie 99, 118
カーン、スティーブン Kern, Stephen 194
『ガウェイン卿と緑の騎士』 *Sir Gawain and the Green Knight* 243
川本静子 198
『カンタベリー物語』 *The Canterbury Tales* 243
キャッスル、テリー Castle, Terry 11, 98, 196

本書は北星学園大学後援会より学術出版助成を得て刊行されました。

【著者紹介】

斎藤　彩世（さいとう・さよ）

九州大学文学部卒業、九州大学大学院人文科学府言語・文学専攻博士後期課程修了（博士（文学））。

現在、北星学園大学文学部英文学科専任講師。

専攻はアメリカ文学、特にヘンリー・ジェイムズを中心に研究。

論文に「*Washington Square* における遺産相続と父の喪失」(『アメリカ文学研究』第五十四号）など。

境界を持たない愛
――ヘンリー・ジェイムズ作品における同性愛をめぐって

2019年3月20日　初版第1刷発行　　定価はカバーに表示しています

著　者　斎藤　彩世

発行者　相坂　一

発行所　松籟社（しょうらいしゃ）
〒612-0801　京都市伏見区深草正覚町1-34
電話　075-531-2878　振替　01040-3-13030
url　http://shoraisha.com/

印刷・製本　モリモト印刷株式会社
装幀　安藤紫野（こゆるぎデザイン）
Printed in Japan

Ⓒ Sayo Saito 2019
ISBN978-4-87984-376-0　C0098